ダリウスが、服の上から胸に齧り付いた。
唾液が服に染み込んで、ぺたりと張り付く。
尖った乳首をかしかしと噛まれ、
身体は驚いてびくびく震える。

# ただ今、蜜月中！

騎士と姫君の年の差マリアージュ
＋新婚生活にキケンな誘惑!?

**永谷圓さくら**

Illustrator
**DUO BRAND.**

ジュエル文庫

Contents
目次

## 騎士と姫君の年の差マリアージュ



## 新婚生活にキケンな誘惑!?

※本作品の内容はすべてフィクションです。
実在の人物・団体・事件などには一切関係ありません。

# ただ今、蜜月中!

## 騎士と姫君の
## 年の差マリアージュ

「ひぅっ！　あ、あっ……」

繋《つな》がったまま身体を起こされて、ナターリエの目から涙がほろりと零《こぼ》れた。

もう、駄目。だって、無理。ふるふると、頭を振って嫌だと言えば、大きな手が涙で濡れた頬を撫《な》でてくれる。優しく、あやすみたいに涙を拭いてくれるけど、そうじゃないと胸をぽかぽか叩《たた》いた。

「も、やだっ……ダリウス様のっ、ばかぁっ」

くらくらと、視界が回る。ぞくぞくと、背筋に快楽が走る。へたりと座り込めば、身体の奥まで犯されて、悲鳴のような嬌声《きょうせい》が喉から零れた。

「きゃうっ!?」

絶対に手が届かないと思っていた人と、今日、正式に婚姻関係を結んだ。

婚約式を挙げて、指輪の交換をして司祭に祝福してもらい、認めてもらう。四十日間のお披露目期間で周りに婚約を公示した後、今日結婚式を挙げた。

「……私の、ナターリエ」

「うぁっ、んっ、も、だめっ……ダリウス様っ……」

会う前から、憧れていた。近い距離で話をして、憧れは簡単に恋情になる。

でも、好きだからといって、どうにかなるなんて思ってなかった。

身分違いにもほどがあった。だって、王族と結婚なんて、畏れ多くて考えたこともなかった。年が離れすぎているから子供扱いされて、やっぱり異性と思われてないんだと落ち込んだ。

仔犬《こいぬ》扱いされた時には、大好きだけど殴りたくなった。

貴婦人らしくないと説教するくせに、貴婦人の気持ちをわかってない。なのに、なんの衒《てら》いもなく褒め言葉を口にして舞い上がらせる。

どれだけ、悩んだだろう。絶対に報われないと思っていたから、婚約式を挙げた後も実感が湧かなかった。

結婚式を挙げた今でも、まるで夢のような気がする。凄《すご》く凄く好きで、自分でもちょっと気持ち悪いんじゃないかと思うぐらい好きで。

夢ならば覚めないで欲しい。

愛している。これから一緒に生きていけるのだと思うだけで幸せになる。

「嫌？　これか？」

「やぁあっっ⁉」

でも、それとこれとは違うのだと、ナターリエは逞《たくま》しい胸を引っ掻《か》いた。

普段は凄く優しいのに――むしろ過保護なぐらいなのに、どうしてベッドの中だと意地悪なんだろう。

もう、自分で背を伸ばすことすらできない。ぐずぐずと、腰が快楽に蕩《とろ》けている。揺さぶるみたいに軽く突き上げられて、繋がっている箇所がいやらしい水音を立てる。

「お、おわりっ、も、おわってっ……ダリウスさ、まっ」

爪を立て引っ掻いた胸に赤い痕が残っているのに、楽しそうに笑うから、幸せになっちゃって悔しくなった。

確かに、自分は大事にされているだろう。婚約式が終わって初夜の時だって、それまで練習に練習を重ねて痛みも少なかった。どこまでなら大丈夫なのかと、少しずつ慣らされていった身体は、自分のものではないような気がする。

今だって痛いよりも気持ちいいけど、快楽も過ぎれば拷問に近いと思う。

「ううう……いじわるっ……」

「ああ、泣くな。可愛くて、我慢がきかなくなる」

意地悪く笑うから、ひくりと喉が鳴る。

これは、駄目だ。きっと、もっと、されてしまう。泣いて鳴いて、何を言っているのかわからなくなるぐらい、されてしまう。

明日の朝を思って、ナターリエは諦めることにした。

いっぱい世話を焼いてもらおう。ずっと抱っこしてもらって床に足を付けることなく、食事も食べさせてもらって、湯浴みだって手伝ってもらおう。

そこまで考えて、もしかしていつもと変わらないのかもしれないと、どこか遠くで思った。

『恐ろしく強い騎士がいる。邪神か、悪魔か。あれは、人ではない。大剣を振り回し、首を撥《は》ねる。薙《な》ぎ払われた首は宙を飛び、恨めしそうな目で全てを睨《にら》み付ける。斧《おの》で真っ二つにされた者もいれば、一蹴りで倒された者もいる。邪神だ。悪魔だ。逆らうな。呪われる』

◆
◆
◆

そう、吟遊詩人が謳《うた》った。恐ろしい騎士の噂《うわさ》は他国にも響き渡る。


大国と呼ばれるに相応しい、ブルグスミューラー王国。

そこに、噂を囁《ささや》かれる騎士がいた。

吟遊詩人は謳う。悲しい物語を、一人の騎士を邪神に、悪魔に変えた物語を、声高らかに謳う。

広く豊かな領土に、大勢の民がいた。幸せの国と言われるくらい栄えていて、皆の顔には笑みが絶えない。

優しい国王と王妃に、国王に似た優しい王太子。祭事の折には民にも派手に振る舞われ、幸せの絶頂を迎えた時、卑劣な隣国に奇襲された。

王族はほとんど殺され、残ったのは王の長女と、騎士団に行った次男だけ。

勇猛で屈強な騎士である次男は、泣き崩れる前に悪魔と契約したのだろう。

彼は卑劣な隣国に単身で挑んだ。馬に乗り、剣を振り回し、城に攻め入った。

仇討ちだ。怒れる騎士に敵《かな》う者はいなかった。左の頬から首にかけてを斬りつけられても、怯《ひる》まずに敵を討ち取った。

邪神か、悪魔か――。人ではあり得ない強さに、皆は慄《おのの》く。

隣国を討ち取り、領土を広げたブルグスミューラー王国はさらなる大国となったが、たった一人の騎士に他国は怯《おび》えて手を出さなかった。

そして、国は長女が治めることになった。後ろには、誰もが恐れる騎士がいる。手を出せるわけがない。女王も傀儡《かいらい》ではなかろうか。なんて、恐ろしい。

国を救った騎士は、強さ故に恐れられた。
ダリウス・フォン・ブルグスミューラー。
左の頬から首まで続く彼の傷痕は、ブルグスミューラー王国の象徴となった。

# 序章　最悪の出会い

ナターリエ・フォン・レンネンカンプの初めての恋は、自覚する前に終わった。

「……ご、ご機嫌よう」

「…………」

青い空。白い雲。爽やかな風がナターリエの頬を撫でる。

とても気持ちのいい天気で、清々《すがすが》しい気温だというのに、冷や汗が背中を伝っていくのがわかった。

ああ、どうしよう。なんで、こんなことになってしまったのか。両親に連れられ、式典に来ただけなのに。自分が悪いとわかっているけど、ナターリエは頬を引き攣《つ》らせた。

「……えっと、あの、ですね」

「…………」

真剣に後悔しても遅かった。

だって、ナターリエは今、塀の上にいる。言いわけなんかできないぐらいに、がっつりと塀によじ登っていた。

でも、心の中で言いわけをすると、塀の向こうには誰もいないと思っていた。誰もいないと思っていたのに、実際には凄い人物がいた。

ダリウス・フォン・ブルグスミューラー。

ブルグスミューラー王国の女王の弟で側近を務めている騎士だ。

「……あ～、その」

「…………」

帰りたい。もうレンネンカンプに、帰りたい。自分のベッドに潜って布団の中に入って、何もなかったことにしてしまいたかった。

ナターリエの住むレンネンカンプは、ブルグスミューラー王国の国境にあり、王都から山を越えないといけない場所にある。そんなレンネンカンプが田舎なのだと、ナターリエは初めて王都に来た時、知った。

本当に、都会というのは凄い。

屋台が並び、物売りが声を張り上げる。軽業師《かるわざし》や楽団は、王都に来て初めて見た。人の多さに驚いて、行進する隊列に目を見張る。

絢爛《けんらん》な王宮で行われるパーティーはびっくりするぐらい豪華で、大勢の貴族達の間に立って女王の話を聞いた。

遠くから来ている貴族達のために開かれた客室も豪華で、食事も美味しい。特にデザートが美味しかった。カスタードクリームにアーモンドクリーム。さくさくのパイに、バターの美味しいペストリー。

いや、そうではない。そんなことは、どうでもいい。

重要なのは、今のこの現状だろう。

「………あの、何をしていらっしゃるんです、か？」

「……何をしているのかは、私の方が聞きたいな」

低い声が耳を擽《くすぐ》る。訝《いぶか》しむように見てくるダリウスに、ナターリエの心臓は壊れそうなほどバクバクと鳴っている。

だって、こんなにも近くでダリウスを見たことがない。綺麗な中庭から二階のバルコニーにいるところだとか、街を練り歩く行進の時とか、本当に遠いところから見たことはあったけれど。

屈強な体軀《たいく》。

ブルグスミューラー王国の紋章が刻まれた甲冑《かっちゅう》は白銀で、見る者を圧倒する。

早馬に乗れるほど乗馬が上手いのに高い身長で、陽《ひ》に焼けた肌と赤茶の髪は遠くからでもわかる。

だから、初めて近い距離でダリウスを見て、深い緑色をした瞳なんだと、ナタ一リエは知った。

「…………………あの」

「……そこは危ない。降りてきなさい」

こんなに近い距離で、塀をよじ登っている姿を見られている。

だりだりと、嫌な汗が背中を流れていく。普段よりも重いドレスのせいか、腕がプルプルと震えている。

何がいけなかったのだろうか。アレだろうか。いやいや、コレか。それともソレか。もしかして、もしかしなくても、最初からいけなかったような気がしてきた。

そうだ。最初からいけなかった。それこそ生まれたからいけなかったのだと、ナタ一リエは心の中で開き直った。

ナターリエの生家レンネンカンプ家は辺境伯《へんきょうはく》という位を持っているが、普通の貴族とは違う。そう、両親が教えてくれた。

貴族というよりも国境を守る騎士団のようなものだと、父は言っていた。ブルグスミューラー王国に攻め入る他国を牽制《けんせい》するためにレンネンカンプの城は配置されていると、教えてもらった。

もちろん、ナターリエもいつかは嫁ぐ身だ。だが嫁ぐまでは普通の貴族の娘とは違うことも教えているのだと父から言われた。

そのせいか、普段は馬に乗り、木に登り、川で遊んだ。馬の乗り方。弓の引き方。敵から逃げ、深い森の中で生きていく術を教わった。運動神経もいいし、生き残る力に長けていると、皆に言われて褒められたのはいつだっただろうか。

そんな、おてんばを通り越した自分には、王都のような煌《きら》びやかで優美な場所は本当に似合わなかった。

王宮に招かれたのだからと、いつもより凄く重いドレスに、髪飾りやらネックレスやらの装飾品をつけられた。いつもは履かない流行りの靴は痛いのに、上品で優雅な動きをしろと言われる。

出発前には何より、大股で歩くなとか柵を跳び越えちゃ駄目だとか、走っちゃ駄目だとか、馬に触るなとか言われていたので、ナターリエはいつも王都に行きたくなくなっていた。

今回で五回目の王都訪問だが、賑やかさと華やかさと豪華さに、喜んでいたのは二回目までだ。三回目からは、どうにかして退屈なパーティーを抜け出せないだろうかと、それだけに頭を使った。

運が良かったのか、悪かったのか——。今回のパーティーでは、ナターリエ一人が抜け出しても気にされなかった。

前回抜け出した時に、気になる場所を見付けていた。綺麗な中庭に飽きて探索していたら、城の裏側に低めの木の塀があるのを見付けたのだ。

塀の向こう側が気になって登りたくなるに決まっていると、ナターリエは心の中で言いわけをする。

まさか、向こうに人がいるなんて思わなかった。花壇か物置だと思っていたと、言いわけならばいくらでも浮かんできた。

「……うううう」

「……とりあえず、君が誰なのか聞かないから、降りてきなさい」

どうしよう。本当の本気で、どうしよう。

だって、これは不審者というヤツではないのか。貴族の娘らしくないということを差し引いても、かなりまずい。レンネンカンプの城の塀を登っている人を見付けたら、自分だって問答無用で石を投げる。

「……あ、あのです、ね、怪しい者では、ありません？」

「……どうして疑問形なんだ？」

思いっ切り怪しい人だと自覚があるからだとは言えなかった。

青くなった額に、たらりと冷や汗が流れる。

一応、貴婦人と呼ばれる身分のナターリエが塀の上にいて、下には訝しむダリウスがいる。これ以上ない不審な状況だ。

「…………あうううう」

「……まぁ、いいだろう。問わないから、降りてきなさい。そこは危険だ」

「危険？　何が危険です？」

そっと、周りを見渡してから、下の方も見たけど、どこにも危険そうなものはない。塀が壊れそうでもないのに、何が危険なのだろうか。ナターリエは首を傾《かし》げた。

しかし、塀に登っている自分の足を見て、ナターリエは青くなってから赤くなったり白くなったりした。

この格好は、まずい。初対面の、しかも王族に見せる格好じゃないと、ナターリエはダリウスを見つめながら硬直した。

今、自分が着ているのは若い貴族の娘に相応しいドレスだ。ピンク色で刺繍《ししゅう》が美しく流行を取り入れ、裾も長くなっている。

だが、塀を登るのに思い切り足を上げているせいで、ドレスは捲《めく》れ上がっている。ストッキングも穿《は》かない足が、ダリウスに見られていると、ナターリエはさらに冷や汗をかいた。

「高さに気づいたか？　受け止めてやるから、飛び降りてきなさい」

「え？　あ？　た、高さ？」

両腕を広げるダリウスは、大丈夫だと言っている。この程度の高さが大丈夫なのはわかっているけど、そこまで心配させるようなことなのか。首を傾げていれば、低い声が耳に届く。

「……怖いか？」

自嘲するように顔を歪《ゆが》めたダリウスに、ナターリエは眉を寄せた。

それは、どういう意味なのだろう。

この高さから飛び降りることが怖いかと聞いているのか。ダリウスの腕の中に飛び込むことが怖いという意味なのだろうか。

それともダリウス自身を怖いかと聞いているのか。

ナターリエはたった五回しか王都に来ていないが、それでも嫌というほどダリウスの噂を聞いていた。

『恐ろしい。邪神に違いない。アレは悪鬼だ。国を滅ぼす悪魔だ』

そんな嫌な噂を知っているからこそ、ダリウスの自嘲するような声に胸が痛む。本人が噂を気にしているのだと知って、ナターリエは唇を嚙《か》んだ。

この国を救ったのはダリウスなのに、恩を仇で返すような噂が忌々しい。

だって、ダリウスが悪く言われる意味がわからないからだ。王族だろうが、貴族だろうが、地位のある男子は等しく騎士になるものだ。

なのに、どうして強いことを怖がるのだろう。平和に慣れきった貴族というのは、そんなにも臆病で卑屈なのか。戦いを忘れていないレンネンカンプでは、ダリウスは素晴らしい騎士だと言われているのに。

「……このぐらいの高さ、怖くないですよ？」

ダリウスは狂気に駆られ、剣を振り回しているわけではない。奉仕の精神を忘れ、敵味方関係なく、誰も彼もと戦いを挑み、強さを誇示したわけでもない。

ただ、恐ろしいほど強いだけで、ダリウスは立派な騎士だった。

「……えっと、足を見せちゃって、その、恥ずかしいな、って」

ダリウスを怖がっていると、思われたくない。

だけど、家では散々おてんばと言われてるせいか、この高さを怖がっていると思われたくない気持ちもある。

「その、ここに人がいるって思ってなかったので……、えっと、ごめんなさい？」

「……だから、何故、疑問形なんだ？」

いつも一人で飛び降りているから、受け止められると逆に怖いからと、ナタ－リエは両腕を広げたダリウスの前に飛び降りた。

ダリウスを怖がっていると思われたくない。ナタ－リエはそっとダリウスの手を握る。

しっかりと着地してスカートの裾を直してから、ダリウスの手を離してお辞儀をした。

「えっと、色々と、その、申しわけありませんでした」

「どこも怪我《けが》をしていないか？」

「はい。大丈夫です！　私は……あ」

もじもじして視線をうろうろさせているとダリウスの手が目に入る。左手の人差し指。爪の横に小さな切り傷を見付ける。

すわわわっと、ナターリエは青ざめた。

「も、もしかしてっ、私のせいでしょうかっ⁉」

「……いや、これは……」

「あ！　その薬草をもらっていいでしょうか。いいですよね、もらいます！」

周りを見回せば花壇があって、薬草も植えてある。

確かこの薬草は、擂《す》り鉢《ばち》がないと使えなかったような気がする。手で揉《も》んでも無理だし、どうするべきかと悩んでいれば、ナターリエの手が摑《つか》まれた。

「この程度の傷で薬草など必要ない。気にするな」

思わずナターリエはダリウスを見つめてしまった。怒っているような顔ではない。呆《あき》れているような声でもない。

「……薬草に詳しいのか？」

「え？　あ、はい。食べられる草とか、毒草も学んでます」

だけど、眉間に皺《しわ》を寄せているダリウスを見ていると、怪しまれているだけだとわかって、ナターリエは落ち込んだ。

ダリウスがいるとわかっていたら、精一杯貴婦人らしく振る舞っていたと、ナターリエは自分の運の悪さに膝を突きたくなった。

だって、ダリウスに憧れていた。出会う前から——まだ王都に行けない子供の頃から、両親やレンネンカンプにいる皆の言葉だけで憧れていた。

立派な騎士だと、父が言った。

ダリウスを主君として従騎士になりたかったと、兄は言った。

ダリウスのような騎士と結婚できれば幸せだろうと、皆が言った。

だから、見たことのないダリウスに憧れた。王都に来るようになって、まだ五回目だけど、本物のダリウスを見て憧れが強くなった。

そんな憧れの人に、足を出して塀を登っているところを見られて、本当に泣きたくなる。

後悔しても遅い。どんなに願っても、時間は元に戻らない。

ならば、せめて、これ以上の悪印象を持たれたくないと思うのは、当たり前のことだろう。

「あの、せめて、これぐらいさせてくださいっ」

袖の裾を飾っていたリボンを見付け、ナターリエはダリウスの手をがしりと掴んだ。

白のレースにピンクと赤の糸で刺繍があるリボンは、ナタ―リエが頑張って作ったものだ。

ダリウスの手を摑みながら、袖のリボンを引き抜く。飾りリボンが左腕だけになってしまうけど、お洒落よりもダリウスの手の方が大事だ。

「棘《とげ》とか……入ってないですね。コレは痛いですか？」

「いや……」

ナタ―リエは傷口を確かめる。小さいとはいえ血が滲《にじ》む傷だ。指先と爪の横。小さな傷はスッパリと切れているけど、こういう傷は染みるだろうと眉を顰《ひそ》めた。

気づかなければ痛くないのに、気づくと痛くなるのはどうしてなんだろう。

そんなことを考えながら、もにもにとダリウスの掌《てのひら》を揉んでいると、うっかり感動してしまった。

厚くて硬い。父の手も凄かったが、ダリウスの方が凄い。剣や手綱《たづな》を握る手だ。肉刺《まめ》が潰れ皮が厚くなっている。

ナタ―リエは、こういう騎士の手が好きだった。

「……何か、気になることが、あるのか？」

戸惑うような、困ったような、声が聞こえてくる。

しかし、父よりも大きく厚い掌がどうしても気になって、ナターリエは上の空で返事をする。

「上の兄様より大きい手……お父様より厚いなぁ……」

「…………」

「あ、ここに肉刺ができるって……」

気になる肉刺を指で触って、顔を上げたナターリエは硬直した。

ぼぼっと、顔が赤くなるのがわかる。顔に火がついたように熱く、いっそこのまま燃え尽きてしまえばいいと思う。

だって、物凄く失礼なことをしたのだろう。

運が悪いというより情けない。どうして、こんなに失敗を重ねてしまうのか。憧れの人の前で、失礼なことしかしていないなんて情けないにもほどがある。

「私の馬鹿馬鹿馬鹿！」とナターリエは自分の迂闊《うかつ》さを呪いながら、慌ててリボンをダリウスの指に巻き付けた。

「……この肉刺は、槍《やり》のせいだな」

「……え？」

不審者として切り捨てられても仕方がないことをしているのに、ダリウスは優しく声をかけてくれた。

このまま自分で穴を掘って埋まりたいと思うことをしているのに、ナターリエの独り言にも答えてくれる。

「あ、槍？　槍も使えるんですか？」

「ああ、剣も槍も弓や斧なんかもあるな。まぁ、弓は歩兵に任せているが」

騎士になるためには全ての武器を習うと、丁寧に教えてくれるダリウスにナターリエは赤い顔のまま何度も頷《うなず》いた。

なんて優しいのだろうと、ダリウスを見つめる。いきなり塀の上に現れた怪しい貴婦人にも、嫌な顔もしないで話をしてくれる。

もう、どうやっても失態は隠せないので、ナターリエはこの時間を大切にしようと思った。

目を見て、話をして、ダリウスのことをいろいろと聞きたい。名を呼んでもらえたら嬉しいけど、そこまでは望まない。だから、そのぐらい許して欲しい。

だって、できることならダリウスのような騎士と結婚したいと、ずっとずっと思っていたから。

「弓なら、私も少しだけ習っています」

「……ふむ。確かに、弦を引く指先だな。もう少し肩の力を抜くといい」

「肉刺だけでわかるんですか？　凄いです！」

ぎゅっと、ダリウスの手を握って、ナターリエははしゃぐ。

今日は、実はいい日なのかもしれない。

取り返しのつかない失態を見せているけど、ここまで破天荒なことをしていれば、逆にダリウスに覚えてもらえるかもしれない。いや、覚えて欲しくないけど、こんなにも近くで話ができるなんて凄い奇跡だと、ナターリエは幸せを噛み締めた。

でも、ふと気づいて、ぼひゅっと、ナターリエの顔がさらに赤くなる。

話を聞くだけで憧れ、遠くから見ることができるだけで心躍った相手が、目の前にいて手を重ねている。手を握ったというより、もにもに揉んだのだが、もしかして凄く恥ずかしい行為ではないかと首を傾げる。

だって、さっき会ったばかりだ。話をするのも初めてなら、瞳の色を知ったのだって初めてだ。

いっそ、冷静になどならなければ良かった。混乱したままで、ただ嬉しいと思っていれば気付かなかったのにと、ナターリエは顔を引き攣らせる。手を振り払うのは駄目だろう。自分からダリウスの手を握って、離してくださいと言うのも違うような気がする。

でもでも、まるで恋人のようだと、ナターリエは一人の世界に入って、羞恥と幸せに悶《もだ》えていた。

ダリウスのような立派な騎士と恋人になれたら、本当に嬉しい。両親や皆は、結婚できればいいと言っていたが、その前に恋人という位置づけがある。

なんとなく、なんとなくだが、結婚したいと思うよりも恋人になりたいと思うのは、物凄く現実的な感じがした。

恋人になったらこうやって、手を握って目を合わせて、色々な話をする。

もっと、ダリウスの話を聞きたい。もっと、ダリウスのことを知りたい。一緒に遊びに行ったり、馬に乗ったり、食事をしたり。

絶対に無理だとわかっているからこそ、妄想は止まらない。

その時、遠くでナターリエを呼ぶ声がして、慌てて声がする方を見た。

「……ナターリエ、とは、君のことか？」

自分の名前を呼ぶ声は、もう叫びに近いほどの大きな声だ。怖くて、どうしていいかわからなくて、ナターリエはダリウスの手をきゅっと握り締める。

「は、はい……パーティー抜け出したの……バレた……」

「………ところで、君は」

呼び声が父のものとわかって、ナターリエは青くなる。

そういえば「今回の王都訪問では、お前の見合いも兼ねている」と、城を出る前、父に言われていた。

「ど……どうしよう……怒られる……」

「ん？　なんだ、王宮を抜け出してきたのか」

「ででで……結婚とか……今さら、言われても……」

「……結婚？　君は、何歳だ？」

「え？　あ、十五歳です。もうすぐ十六歳になります」

ナターリエは素直に答えた。すると、ダリウスが物凄くびっくりした顔をするから、ナターリエは顔を顰《しか》めた。

ぷうっと、頬を膨らませたナターリエは、じろりとダリウスを睨んだ。

「もっと年下と思いました？　背も小っちゃいし？　胸もないし？」

「失礼。いや、そういうわけでは……」

「でも小っちゃい方が馬に乗る時には有利なんですからねっ！　この間、お兄様の馬に勝ったんですから！　家で一番速いんですよ！　お母様も小さいし！」

きゃんきゃんと、ナターリエが叫べば、父の声が近付いてきた。

まずい。塀の外には登る時に脱いだナターリエの靴が置いてある。

結婚相手を探すためのパーティーを抜け出したのもまずいが、何より靴を脱いで塀に登ったことを怒られてしまう。

「どどどうしましょうっ……」

「褒められたことではないが、そこまで怯えることはないだろう？」

「おっ、お淑《しと》やかに上品に貴婦人らしく振る舞えと言われているんですっ」

「………君は、素敵な貴婦人だと……私は、思うぞ？」

「無理矢理言わされた感が凄いんですけどっ」

「……いや、そんなことは……」

ナターリエが泣きそうになっていると、ダリウスは苦笑しながら木の扉を開けてくれた。

「塀を乗り越えずとも、扉がある。花壇に鍵をつける者もいないだろう」

「あ……」

早く出て靴を履いて父の元に行けと言っているのかもしれないが、残念なことに開いた扉からナターリエは父に見付かってしまった。

「コラっ！　ナターリエ！」

「あわわわわ……」

父はナターリエを見て、怒った顔をして近付いてきた。

死角になっている場所に、ブルグスミューラー王国の王族がいるなんて、思いもしないだろう。

「まったく！　今度の言いわけはなんだ!?　ベルクフリートからマントが落ちてきたのか!?」

顔を顰めていると後ろからダリウスに声をかけられた。

「……花を見ようと、私がお誘いいたしました」

「…………………………ダ、ダリウス様っ!?」

こんな父を見たのは初めてかもしれないほど驚いている。

「申しわけありません。ご両親に許可を取ってからお誘いするべきでした」

そっと、ダリウスが花を差し出してくれる。

香りのいい百合を差し出してくれるのは嬉しいのだが、裸足なのを父に見られるとどう考えても怒られる。

しかし、父は目の前に王族がいることで、驚くというか混乱している。通常、辺境伯の娘が王族に誘われることはないのだが、そんな簡単な現実にも気づけないでいるようだ。

「ダリウス様に声をかけて頂けるなんて勿体《もったい》ないお話ですっ」

「いえ。レンネンカンプ家の素敵な貴婦人です」

名前を覚えてもらっていたと父は喜んでいるが、ナターリエは靴を取りに行きたくて仕方がなかった。

もぞもぞと動いて、ちらちらと下を見た。そんな不審な動きをしていれば、ダリウスと父親も下を見る。

「………レンネンカンプ家は国境を守る大事な城です。そう教育されたお嬢様がパーティーを退屈がるのは仕方のないことかと」

「………馬と弓だけを教えるつもりだったんですが……どうにもおてんばで……」

ナターリエを置いて、ダリウスと父が話し始めてしまった。

何か言えるような立場ではないとわかっている。口を開いて言いわけなんてすれば、きっともっと大きな怒りが飛んでくるだろう。

さすがに「憧れのダリウスの前でそういうことを言うのはやめてください」とか、とてもじゃないが言えそうになかった。

神妙に黙って下を向く。ちらりと顔を上げて、ダリウスにへらりと笑いかけた。苦笑を苦笑で返され、こんなことに巻き込んで申しわけないと心の中で謝った。

できればおてんばな姿を見た事実は忘れて欲しい。自業自得なんだけど、名前だけ覚えてくれたらいいのにと、都合のいいことを祈ってしまう。憧れの人に、悪く思われたくないというのは普通だろう。

こうして、ナターリエ・フォン・レンネンカンプの初めての恋は、自覚する前に終わった。

# 第一章　まさかの再会！

邪神と呼ばれる騎士に憧れていた。

でも、会ってしまえば憧れは高じて、恋に変わっていたのかもしれない。

見もしないうちから憧れていたのだから、恋に変わるのは簡単だ。

そう思ったのは、ダリウスと話をした後だった。

今さら、気づいても遅い。あんな出会いで、何かが始まるわけもない。

ただ、素晴らしい騎士だったと、優しい人だったと、そう思う。けれどナターリエの恋が叶《かな》うことはないだろう。

当たり前だ。身分が違い過ぎて、恋を叶えたいと思う気持ちすら湧かない。

もとより、貴族の結婚というのは、財や土地を広げるために行われる。王族ともなれば、そこに国同士の政略が絡み、さらに複雑になるのだろう。

そうでなくとも、レンネンカンプは領土を持つ普通の辺境伯ではなく、国境を守る騎士団みたいな身分の低い貴族だ。

身分を超えた結婚なんて、夢のまた夢。吟遊詩人の謳う物語の中だけだと、ナターリエにもわかっていた。

だから、会った時のことを思い出す程度だ。「いい人だったな～」と、「ダリウスのような騎士に嫁ぎたいな～」と、そんなふうに思っている。

だって、出会った瞬間に全てが終わった。

それでも結婚ではなく恋愛だけならば可能性はゼロではない。物凄く小さな小さな夢みたいな僅かな可能性だけど、絶対にないとは言い切れない。

でも、結婚は無理だろう。どう考えても、無理だろう。

奇跡が起きたというのに、ナターリエは自分で台無しにしたのだ。会って話をするだけで、奇跡と幸運を使い果たしたぐらいだったのに、裸足で、ドレスから足を出し、塀を乗り越えるのを見られたからには無理だと、ナターリエだってわかっていた。

あれから、もうすぐ一年が経《た》つ。

何が起きるわけでもない。やはり夢は夢で現実ではないのだと知った。

「姉様。大広間に集まれって、父上が言ってる」

ぼんやりと考え事をしていたナターリエの耳に弟の声が届いた。驚いて、刺繍をしていた布をくしゃりと摑み、針を落としそうになる。

「わかった。この刺繍だけ……」

「すぐにって言ってました。お姉様」

今度は妹の声が聞こえてくるから、慌てて扉の方を見れば、小さな弟と妹が手を繋いで立っていた。

弟と妹が伝言に来るのはおかしくないけど、すぐにというのが気になる。少し緊張しているような表情も気になるし、何があったのかと不安になった。

「すぐに？」

刺繍の布と針を置いて、ナターリエは首を傾げた。

「うん。早く、姉様」

「そうです。お姉様」

二人に手を引かれ、ナターリエは椅子から立ち上がった。こんなにも急《せ》かす理由はなんだろうと、引かれるままに部屋を出た。

「……何か、あったの？」

「ぼく、知らない」

「ウーヴェがベルクフリートから帰ってきて、お父様に何か話してました」

ベルクフリートは、城壁の中にある主塔だ。一番高く作られているから、平時は見張り台だった。登れば、遠くまで見渡せる。父の側近であるウーヴェが、何か見付けたのか。異常事態が起こったのだろうか。

ナターリエが生まれてから、この城が危険に晒《さら》されたことは一度もない。祖父の代に一度あったらしいが、レンネンカンプの立地が攻め込みにくい場所なので、心配はないだろうと言われていた。

「お母様。何があったの？」

「ああ、ナターリエ。今、お父様がベルクフリートから帰ってきますから、それまで大人しくしていなさい」

大広間には、レンネンカンプの民も集まっていて、ナターリエは弟と妹と一緒に椅子に座った。

二人とも心配そうな顔をしているから、手をぎゅっと握って大丈夫だと声をかける。

ナターリエも不安になったが、弟と妹の前だからと笑顔で父を待った。

「……何かあったのかねぇ」

「……何年ぶりだ？　ずっと平和だったってのに」

ぽつりぽつりと、聞こえてくる声に頷きそうになる。ナターリエが馬や弓を覚えたように、皆も『いつか』に備えていたのだろう。

そんなことを考えていれば、父と数人の騎士達が大広間に入ってきた。

「エンリコとグンドルフはどうした？」

「狩りに出た人達を呼びに行きました」

「そうか」

ナターリエの兄二人がいないと思ったら、城の外に出ているのかと眉を寄せる。レンネンカンプ家の者自らが呼びに行かなければならないことなんて、めったにあるものではない。

何が起きているのか、心臓が痛いぐらいに不安になった。

「……お父様？」

「ああ、そうだな。全員揃《そろ》ってないが……まあ、いいだろう」

ナターリエの不安そうな声に、父が苦笑しながら椅子に座った。侍女が皆に渡るように、飲み物を配っている。

でも誰も手を出さない。不安で喉は渇いているのに、父が話をするのを見つめてしまう。

「今すぐに戦いが始まるわけではない。安心しろ」

「……では、ご主人様。何が起きたんでしょうか？」

「見張りの者から音が聞こえると報告を受けてな……私がベルクフリートに登ったんだが、蹄《ひづめ》のような音が聞こえた」

皆が息を呑《の》んで顔を顰める。ナターリエは両隣にいる弟と妹を抱き寄せた。

さっきまで囁き声が聞こえてきたのに、今は誰も何も話さない。

「だが、土煙は見えなかった。もしかすると、行商か、軽業師の一団か、移動民族の可能性もある。敵襲とは限らないから先走らないように」

しかし、行商や軽業師達ならば、王都に近く歩きやすい道を選ぶだろう。移動民族でもやはり山を越えるような場所は選ばないと思う。

約十年前、ブルグスミューラー王国の土地となった時からレンネンカンプは重要な城だ。

「わからないが、用心するに越したことはない。母さんとチビ達はベルクフリートへ。ナターリエ、こちらに来なさい」

「お父様」

「いつも俺が言っていたな。いざという時は、一番速い馬を持つ者が王都まで知らせに行く」

「はい。わかってます」

一番速い馬を持つのは、ナターリエだった。今日も馬の調子は良かったから、王都まで効率的に休みを入れて、一日半ぐらいで着けるだろう。

「レンネンカンプは、ブルグスミューラー王国の国境を守っている。異変が起きた場合、王都からの援軍が来るまで戦うことが使命だ」

「はい」

「我々も鍛錬は怠っていないが、国境に異常が発生したと、素早く王都に知らせなければならない」

わかっている。何度も聞いた。

ただ、実感が湧かないだけで、やることはわかっている。

「この書状を、女王に。それから、ブルグスミューラーの紋章を掲げている家にコレを見せろ。飲食と寝床は貸してもらえる」

「……………そんなことまで?」

父から渡された銀のカードにブルグスミューラーの紋章が彫られている。

馬を一番速く走らせることができるようになって、いざという時は自分が王都まで行くのだとわかっていたが、ここまで用意されているのだと驚いた。

「ブルグスミューラー城に着いたら門番にもコレを見せる。もしも、敵襲ではなかった場合はエンリコを追わせるからな。まあ、ナターリエならすぐに王都に着くだろうよ」

軽く笑う父に、ナターリエの心が落ち着いた。

大丈夫、普段から遠乗りが好きだから長距離も問題ない。いつもよりも服装に気をつけて、尻の下にタオルを入れておいた方がいいかもしれない。

「では、いってきます」

「お前の馬を裏口に誘導させているからな。マントは俺のを貸してやろう」

「馬車に揺られて行くよりは辛くないです。それに、ドレスも重くないし」

「……まったく。お前をもらってくれる騎士はいるのかね？」

笑いながら父が嫌味を言うから、ナターリエはイーっと眉を寄せて父を睨んだ。

ナターリエは、そろそろ十七歳になる。小さな背に、小さな身体。淡い金色の髪に、薄い水色の瞳。

黙って動かなければ完璧と言われるけど、喋《しゃべ》って動き出したら貴婦人ではなく騎士だと言われる。

「きっと、お父様のような物好きがもらってくれるもの！」

「母さんは黙って動かなくても立派な騎士だ。キリリとして格好良いんだよな〜。あの立ち姿と剣を構える姿なんてもう本当に格好良いっ」

「行きますからね！　もう行っちゃいますよ！」

母のことを語り出したら父は止まらないので、ナターリエは母の格好良さを語る父を置いて自分の部屋に向かった。

いつもなら、城にいる誰かが相手をしてくれるだろうが、今日は誰も父の相手はしないだろう。そのまま一人で母の惚気《のろけ》を語っていればいいと、ナターリエは唇を尖らせた。

だって、納得いかない。いくつかきている結婚の申し出は断ったくせに、行き遅れみたいに言わないで欲しかった。

できることなら、ダリウスのような勇敢な騎士と結婚したいと言ってしまったのがいけなかったのだろうか。別にダリウス本人と結婚したいとは言ってないのに。それとも結婚相手が決まらないのは父の目が厳しいだけだろうか。

いやいや、そんなことを考えている場合ではない。あまりに父が平然としていたので、うっかり危機感が飛んでいた。

まずは遠乗りの準備をしなければならない。急いでナターリエは自分の部屋に入った。

着替えるのは簡単だ。元々、城では簡素なドレスを着ているから、乗馬用のドレスに着替えてズボンのような毛糸のストッキングを穿く。靴は革を鞣《なめ》したもので、ベルトで足下にしっかりと固定する。

飲み物や食べ物はいらないだろう。父から預かった銀のカードを袋に入れ、ベルトに通して落ちないようにした。

「ナターリエ様。行ってらっしゃいまし」

「ええ。お母様をよろしくね」

部屋を飛び出し、皆と話しながら歩く。未婚の女性の髪は下ろした方がいいとわかっているが、今は結んだ方がいいだろうと紐で纏《まと》める。

裏口から出て、連れてきてもらった馬に跨《また》がった。

「ナターリエ。俺のマントだ」

「お父様。本当にお母様をお願いしますね」

マントのベルトを締めて、ナターリエは手綱を握る。見送りに来た父と数名に頭を下げて、馬の腹を蹴った。


レンネンカンプの城から王都まで、普段なら五日ぐらいかかる。

重要な式典や祭典に行く時は、着替えや装飾品で荷物も重くなるし、人数が多いから宿に泊まり泊まり向かうことになる。

馬と馬車に乗っている時間は実際には二日半程度だがそういう時は、遊びに行くという気持ちでいるから色々なところに寄り、どうしても時間がかかった。

けれど今、ナターリエは国境に異変が起きたことを、女王に知らせるための早馬を走らせている。できるだけ休まず走り、ブルグスミューラーの紋章を掲げる家に宿を頼む。家の人々は、ナターリエの持つ紋章が彫られた銀のカードを見て驚いていた。

やはり、どこも同じだ。万が一に備えても、万が一が来るとは思わない。

事態がはっきりとわかっていないせいか、緊張感は少ない。父に大丈夫だと言われたせいか、焦《あせ》らないで話もできる。

寝床を借りて、馬の餌までもらって、ナターリエは気合いを入れ直して手綱を握った。

そして、王都に近付いた。

家が増えて街になり、人のいない裏道を走っていると、目の前から馬に乗った騎士が駆けてきた。

槍の穂先にはブルグスミューラーの紋章が彫ってある。誰だろうと思いながらも馬を止める。

「レンネンカンプの者か！」

「はい！　レンネンカンプ辺境伯より書状を預かっております！」

騎士は一騎だけではなかったらしい。あとからあとから現れた。

父から預かった書状を袋から出そうとすると、ナターリエは騎士の一人に声をかけられた。

「君は……」

「え？」

顔まで覆っている甲冑のせいで、声が聞き取りづらい。ナターリエが首を傾げると、顔の部分が見えるようにバイザーを開けてくれた。

「ナターリエか？」

「あ、ダリウス様！」

目元だけでもわかる。

よく見てみれば、式典や行進の時にダリウスが纏っている白銀の甲冑の姿だ。こんなに目立つのにどうしてダリウスと気づかなかったのかと苦笑する。

自覚はないけど随分と疲れていたのだろう。

でも、こんなことでは、いけない。

書状をブルグスミューラー王国に届けるまでが、使命だ。

ナターリエは父から預かった書状をダリウスに差し出した。

「こちらをお納めください」

「ああ。確かに受け取った……」

書状を、ナターリエは読んでいない。なんて書いてあるのだろう。ぼんやりとダリウスの手元と書状を見つめた。

大きな手はガントレットに覆われているけど、指先だけは手綱を握るためか露出している。封印された書状を器用に開ける指先を見て、あの時の傷は残っていないのかと探してしまった。

小さな傷は、すぐに治るだろう。あれから一年近く経つのだから、残っているわけがない。爪の横の小さな傷なんてと、思い出していれば低い声が降ってきた。

「しかし、レンネンカンプ家の長女である君が来るとは……」

ダリウスにじっと見つめられ、ナターリエの心臓がバクリと跳ねる。またこんな近くで喋ることができるなんて、思ってもいなかったから嬉しくなった。

でも、今は遊びに来ているのではない。早馬の騎手としてブルグスミューラー王国の者に会いに来たのだ。

「……私が……、私が一番早く王都に着けると、レンネンカンプ辺境伯が判断しました」

「そうは言っても、乗馬と早馬は違うだろう……」

困ったような、驚いたような、不思議な顔をしてからダリウスは眉を顰める。

少しだけ、侮られたような気がしてムっとするが、ダリウスがそんな顔をするのは仕方がないのかもしれない。

早馬は重要な任務であり危険を伴う。だから、ちゃんと訓練された者がその任務に就く。一介の貴族の娘が、早馬に乗るなんて普通なら有り得ない話だった。

それにしても、ダリウスはなぜ自分を覚えているのだろうか。名前を覚えているのは普通かもしれないけど、家族構成や乗馬の話をしただろうか。

一年くらい前のことがナターリエの頭の中にくるくると、蘇《よみがえ》る。

使命を果たせたという安心感のせいか、ぼんやりとダリウスを見つめてしまう。

「デーゲンハルト！　すまないが彼女をブルグスミューラーの城に送ってくれ」

「……わかった。俺は送り届けたら、後を追えばいいのか？」

「ああ。頼む………彼女は私の部屋に」

デーゲンハルトと呼ばれた騎士が近付いてきて、ナターリエの馬の手綱を握り、武装した騎士達に道を譲るように横に避けた。

ヘルムで目を隠してから、ダリウスはナターリエの方を見て頭を下げる。一瞬だったけど、隣にいた騎士は礼をしたと気づいただろう。

挨拶してくれるなんて、本当に優しい人だ。たった一度だけ会った相手なのに、名前まで覚えていてくれるなんて。王族は国内の貴族の名を全て覚えているというのは本当なのか。もしも、あの重ねた失礼のせいで覚えられているのなら、恥ずかしいから忘れて欲しい。それとも、名前と顔を覚えてもらえたのだから、幸運だと思えばいいのだろうか。

土煙が、舞う。馬の蹄の音が頭の中で木霊《こだま》して、くらくらと目眩《めまい》のようなものを感じる。

「では、行きましょう」

「……あ、あの！」

騎士の声に我に返ったナターリエは、慌てて土煙から目を離した。

ぼんやりしている暇はない。書状を届けるという使命は終わったかもしれないけど、レンネンカンプがどうなっているかは、まだわからない。

「書状も渡し終えたので、私もレンネンカンプに戻りたいのですが……」

父は、大丈夫だと言っていた。蹄の音は聞こえたが、行商か軽業師の一団か、あるいは移動民族の可能性もあると、言っていた。

だけど、もしもということがある。

「申しわけないが、ダリウスに頼まれています。戻るのは、ダリウスがレンネンカンプの偵察を終えてからにしてもらいたい」

淡々と静かに諭《さと》すように言われて、ナターリエは恥ずかしくて顔を赤く染めた。

そうだ、帰りたいというのは、ナターリエの我《わ》が儘《まま》でしかない。レンネンカンプ家の早馬として出てきたのに、私情を挟むなんて情けない。

「……そうですね。申しわけありません」

「いいえ。実家が気になるのは当然です。まずは、身体を休めてください」

先に馬を走らせる騎士に続き、ナターリエも手綱を握った。

もう、蹄の音は聞こえない。あんなに大勢の騎士達がレンネンカンプに行くのだから、何があっても大丈夫だろう。

それに、ダリウスがいる。

ダリウスがいれば大丈夫だと、ナターリエは前を見据えた。

# 第二章　彼の部屋で一緒に

ブルグスミューラー城には、これまで五回来たことがある。

今回で、六回目の訪問だ。

もちろん、今までは式典や祭事のために来たので、王宮とゲストルームぐらいしか知らない。

外観から三階建てなのはわかっていたけど、やはり王族の城は恐ろしく広いと知る。

本当にびっくりするほど、広い。階段も広ければ、廊下も広い。天井は高いし、高価な硝子《ガラス》窓も大きい。

廊下に飾られた調度品は何も知らないナターリエが見ても高価そうで、肖像画の額縁の凄さに目を丸くした。

凄いな、豪華で高価そうだな、などと思いながら騎士の後ろを歩いて、気づけば一つの扉の前で止まっていた。この扉も随分と大きく、扉を開けなくても部屋の広さがわかって恐怖さえ感じた。

この部屋に通されるのかと怯えていれば、騎士は躊躇《ためら》いもなく扉を開けてくれた。

やはり部屋の中は想像通りに豪華で広い。

分不相応にもほどがあるというか、調度品に触って壊してしまったらどうしようかと泣きそうになる。しかも、ダリウスが帰ってくるまでこの部屋にいてくれと、騎士は無情にも言い切った
恐る恐るナターリエは一歩を踏み出した。

なんだろう。コレは凄い。感動的なぐらいにフカフカした絨毯《じゅうたん》に目眩がする。馬に乗るための靴で踏んでもフカフカだとわかる。

呆然としていたナターリエの耳に騎士の声が聞こえた。

「ダリウスを追うので失礼する」と、騎士は一礼して踵《きびす》を返した。

「お気をつけて」と、咄嗟に言ってナターリエも頭を下げる。

フカフカの絨毯に気を取られている間に、一人、豪華な部屋に残された。


「…………ど、どうしよう」

こんな分不相応な場所に一人残されて、ナターリエはおろおろと辺りを見渡す。

広い。とにかく、広い。目の前にあるカーテンは、引き幕のように大きい。その向こうは全てが窓硝子なのだろうか。

目の前には、これまた豪華なソファがあり、一人掛け用のソファだというのに丸まれば寝られそうなほど大きい。

数人掛け用のソファは、言わずもがなだ。

左側には衝立《ついたて》があって、その向こうには、天蓋のある大きなベッドも置いてあった。

「…………」

なんだか、急に身体の力が抜けた。足が痺《しび》れたように重くなり、小さく震えているような気さえする。

ああ、そうだ。大変だった。レンネンカンプは大変なことになったのだ。現実を思い出したのに、どうしても実感が湧かない。

なんだか夢の中にいるような気がする。この豪華な部屋も、ダリウスともう一度、喋れたことも、全てが曖昧で現実味がなかった。

そう、現実味がない。これは夢ではないのか。

目眩によろけて、柔らかな絨毯に足を取られ、転びそうになる。慌ててソファに手をつき、息を整える。疲れているのかと考えて、当たり前だとナターリエは苦笑した。

レンネンカンプの城から王都まで、一日半程度で駆け抜けたのだから疲れもするに決まっている。

でも、使命は終わったのだからいいだろう。本当は帰って家族の様子を見たいけど、騎士でもない女が行けば邪魔になるかもしれない。

ふぅと、溜め息を吐いたナターリエがソファに座ろうとした時、コンコンと扉をノックする音が聞こえてきた。

「失礼いたします」

「……あ、はい」

ガチャリと、扉が開く音と声が同時に響いた。

ソファに腰かけようと思っていたナターリエは慌てて腰を上げ、背筋を伸ばして扉から入ってきた女性を見る。

母よりもずっと年上であろう女性は、きりりとした雰囲気と優しい瞳を持っていた。

「初めまして。ダリウス・フォン・ブルグスミューラーの乳母、ヨゼフィーネと申します」

皺の刻まれた顔に、ナターリエと同じぐらいの身長。腰は曲がっておらず、ぴしりと背を伸ばしてナターリエに視線を向けた。

彼女の簡素な給仕服は生地も仕立ても上品だ。乗馬しやすいドレスを着てきたナターリエは、王都にくるドレスじゃないから恥ずかしくて顔を赤くした。

「こ、こちらこそ。失礼しています。レンネンカンプ辺境伯の娘、ナターリエ・フォン・レンネンカンプです」

ドレスの裾を持って足を曲げてお辞儀する。それが貴族の淑女としての挨拶だと教わっていたが、馬に乗るための服ではさまにならない。そういえばマントすら脱いでいないと、ナターリエは苦笑しながらマントに手をかけた。

「お手伝いいたしましょう」

「す、すみませんっ」

「先程、デーゲンハルト様からお聞きしたのですが、早馬としていらしたというのは本当ですか?」

「はい。書状を届けに参りました」

ダリウスの乳母だという女性は、どこまで知っているのだろうか。ナターリエは喋るのを躊躇った。

自分の知っていることを、全て話してもいいのだろうか。

レンネンカンプで起きたこと——まだ真実はわかってなくて憶測でしかないことを、話してもいいものか。

「まあまあ、レンネンカンプから本当に馬でいらっしゃったのね」

「え？　あ、はい。遠乗りとか好きなので」

詳しく話さなくてもいいだろうと、ナターリエは話題を逸らした。

レンネンカンプで起こったことや、書状や早馬の話ではなく、乗馬の話をする。話の流れで、普通の貴婦人らしくない木登りや狩りの話をして、目を丸くするヨゼフィーネの顔に苦笑した。

「私は、この城の階段ですら辛いですのに、素晴らしいですわね！」

「そ、そんなことは、その、淑女として恥ずかしいことで」

「そんなに謙遜なさらなくても。淑女であっても、修道院で学ぶ者でも、騎士になる方がいらっしゃいますからねぇ」

ふふふと、楽しそうにヨゼフィーネは笑う。この城にも修道院で学んだ使用人が数人いると言いながら、ナターリエのマントだけでなくブーツも脱がせてから、結んでいる髪を解く。

「レンネンカンプからいらっしゃったのならお疲れでしょう。まずは、湯浴みを。その間に優しい食事をご用意しましょうねぇ」

「え？　あの、その、そこまでしてもらうのは……」

「私は早馬がどれだけ速いのか知らないのですが、どのぐらいで王都に着くものなのでしょう？」

「ええ？　えっと、普段は休み休みで五日ぐらいなんですが、その、一日半程度で……」

「まぁまぁ！　それではお疲れですわね！」

優しく笑っているヨゼフィーネだが、手はテキパキとナターリエの服を剝いでいた。

「あああ、あのっ、一人でっ、一人でできますからっ」

「あらあら、遠慮なさらずに。私の仕事ですからねぇ」

仕事と言われてしまうと、ナターリエは何も言えなくなった。

そうか。仕事なのか。そういえば、普通の貴族は、使用人になんでもやらせると両親も言っていたような気がする。

気がするけど、躊躇っている間にナターリエはヨゼフィーネの手に翻弄された。

あわあわおろおろと、ナターリエは目を丸くすることしかできない。

気づけば浴室に連れられ、温かい湯が満たされた湯船に押し込まれる。わしゃわしゃと洗われて、肌触りのいいガウンを着せられる。いい香りのするタオルで髪を拭かれて、再び気づけば最初にいた部屋のソファに座っていた。

何が起きたのだろうか。いや、湯浴みをさせられたのはわかっているが、どうしてこうなったのかわからない。

だって、いつ湯を用意したのだろうか。湯浴みを終えて、元の部屋に来れば暖炉に火が入っている。

ソファの前にあるローテーブルに食事が並んでいるのに、ナターリエはヨゼフィーネしか見ていなかった。

「バターミルクと蜂蜜酒などを用意しましたが、食べられるだけお食べくださいね」

「あ、その、いえ、えっと……」

にこにこと、ヨゼフィーネは笑いながら、グラスに蜂蜜酒を注いでいる。テーブルの上には、肉と野菜が煮込まれたシチューに、王都に来ないと食べられないタルトが光っている。

「お口に合うとよろしいのですけどねぇ」

「そんな！　レンネンカンプは山を越えたところにあるので、タルトなんて王都に来た時しか食べられませんし！　初めて王都に来た時に、王宮でクラップフェンをいただいてびっくりしました」

田舎のレンネンカンプは肉も野菜も果物もあるが、スパイスや砂糖は高価だから、王都での食事を食べた時、驚いたのを思い出す。

「山に果物はたくさんありますが、砂糖はないですから」

「あら、ナターリエ様は甘いものがお好きですか？」

「ええ。果物も好きですけど、王都に来た時には甘いものを食べてしまいますね」

「まぁまぁ。この城のコックはペストリーやパイも上手なんですよ」

まるで自分が褒められたかのように喜ぶヨゼフィーネに、ナターリエも楽しくなってレンネンカンプの食事内容などを話した。

早馬の騎手に、ここまでの待遇はないだろう。疲れを取るために、寝床や食事を用意してくれるだろうが、湯浴みまでさせてくれることはないと思う。

だけど、ここは王の城だ。そのぐらいは当たり前なのだろうか。何もかもが豪華な王の城の常識なんてナターリエにはわからなかった。

「……ご馳走様でした。凄い美味しかったです」

「コックも喜びます」

にこにこと笑うヨゼフィーネを見ながら、ナターリエは蜂蜜酒のグラスを傾ける。レンネンカンプで作る蜂蜜酒よりも甘いせいで、少し飲み過ぎてしまったのかもしれない。

「……さすがは王の城ですね。早馬の騎手を、こんなにもてなしてくれるなんて」

「あらあら、ナターリエ様は特別なんですよ」

「え？」

「特別でなければ、騎手をダリウス様の私室にお通しするなんてことは、あり得ませんよ」

なんの衒いもなく笑いながら言うヨゼフィーネに、ナターリエは首を傾げた。

それは、どういう意味だろうか。特別というのは、どういう意味なのか。

ナターリエは、疲れて酔いも回ってきた頭で考える。

確かに、特別だろう。貴族の娘が早馬の騎手を務めるなんて、異例中の異例だ。頭ではわかっていても、ダリウスに驚かれた時に実感した。

でも、それだけなのだろうかと、にこにこと嬉しそうなヨゼフィーネを見る。

「……えっと、それは……私が……貴族の娘なのに、騎手を務めていたから、でしょうか？」

「違いますねぇ。私も、ながぁくこの城に勤めていますが、一度だけ貴族のご家族が早馬に乗っていらっしゃいましたよ」

普通のゲストルームに通したと、ヨゼフィーネは笑いながらその時のことを話してくれた。

早馬の騎手を通す部屋はあるらしいが、その時は貴族が騎手だったから、失礼のないようにゲストルームに通したという。もちろん王族の私室に通すなんてことはしないらしい。

くらりと揺れる頭でヨゼフィーネの言葉を聞いたナターリエは、ならばどう特別なのかと疑問が湧いた。

「……じゃあ？」

「ナターリエ様は、ダリウス様と仲がよろしいのでしょう。ですから、特別なんですわ」

にこにこと笑うヨゼフィーネの言葉を、ナターリエは噛み砕いて考える。貴族の娘が騎手だから特別なのではなく、ダリウスと仲が良いから特別らしい。

考えて飲み込んで納得してから、ナターリエはすわわわっと顔色を悪くさせた。

「あ……あの……」

どうしよう。物凄く誤解されているような気がする。いや、誤解されている。どうしていいかわからなくて、思わずナターリエは蜂蜜酒のグラスを掴んだ。今まで舐《な》めるように飲んでいたのに、ぐびりと飲んで眉を寄せた。

「あのですね……その……仲が良いというよりは……庇《かば》ってもらったというか……」

「昨年のことですよねぇ？」

「え？　あ、はい……で、でも、ですね」

「ダリウス様が、とても楽しそうにお話ししてくださったのよ」

嬉しそうに言うヨゼフィーネに、ナターリエの良心らしき何かがチクチクと痛み出す。

そういえば、ヨゼフィーネはダリウスの乳母だと言っていた。ダリウスを我が子のように思っているのだろう。

「こんなに可愛らしいお嬢様と仲良くなっていたなんて、本当に嬉しいことです」

だけど、ヨゼフィーネが泣き笑いのような顔で言うから、ナターリエは何も言えなくなった。

あうあうと、口をパクパクさせてナターリエは眉を寄せる。たった一回会って話をしただけで、しかも失態を見せて庇ってもらっただけとか、言えそうな雰囲気じゃない。

だって、ヨゼフィーネは、ダリウスの嫌な噂を嘆いているように見えたからだ。

「そ、そんな、私となんて失礼です！　ダリウス様は素晴らしい騎士だと思います！」

何も気負わずにダリウスへと近寄る者がいれば無条件に喜ぶのだろう。噂を知っていても知らなくても、近寄る者がいること自体が嬉しそうだ。そんなことを初めてダリウスに会った時にも感じたが、ヨゼフィーネも同じなのだろう。

「レンネンカンプでは、ダリウス様のような騎士に嫁げと言われるんですよ！　両親も皆もダリウス様の強さと、誠実な騎士道に感動しています！」

焦って叫んで喉が渇くから、ナターリエはグラスの蜂蜜酒を飲み干した。

酔うつもりなんてなかったけど、もう完全に酔っ払っている。

だって、悲しいじゃないか。ダリウスは立派な騎士なのに、あんな噂があるのがいけない。

「まぁまぁ、嬉しいですわ。ナターリエ様もダリウス様に嫁ぎたいと思ってくださいます？」

「もちろんです！　もう本当に私がお嫁さんになりたいぐらいです！」

酔っ払っているせいか、隠しておかなければならない本音も、ぽろりと口から零れた。

本当に憧れていたから、うっかり言ってしまった。嫌な噂に怒りすら感じるぐらい、憧れている。

「こんなに可愛らしいお嬢様に好かれているなんて、ダリウス様もお喜びになるわぁ」

「そんな！　私なんて、少しでいいから淑女らしくしろって言われるぐらいなので！　私が好きだとか言っても無駄だってわかっているんですが！」

身分違いとわかっているから、こんなことを笑いながら言えた。

吟遊詩人の謳う、定番の王子様を好きだと言っているようなものだと、ヨゼフィーネもわかっているだろう。

届かない月や星を綺麗だ好きだと言っているのと同じだから、ナターリエは臆さずにダリウスへの好意をヨゼフィーネに伝える。

「噂を聞いた時には、ウチの父親とか凄い怒っちゃって！　平和な貴族は騎士の本質も見抜けないのかって！　私もすっごいそう思います！」

「そうねぇ。でも、ダリウス様の顔のお傷が……」

「チャームポイントじゃないですか！　カッコイイですよ！　くんしょうですっ」

「嬉しいわねぇ。そう言っていただけると」

疲れた身体は湯船で温められ、柔らかく肌触りのいいガウンはいい香りがする。お腹はいっぱいだし、甘い蜂蜜酒で心がふわふわする。ソファに座っているのに身体がぐらぐらと揺れて、視界はぐるぐると回っている。

そうだ。ずっと、思っていた。思っていたけど、ダリウスへの恋心は、誰にも言えなかった。言っても馬鹿にされるだけだとわかっていたし、ダリウスに恋する自分がおかしいと思っていた。

いくら辺境伯の娘とはいえ、王族に恋する淑女はいないだろう。

パーティーの時に、一言二言話ができるだけでも凄いことだし、舞踏会で一曲でも一緒に踊れたら驚愕する。

国から独立できるぐらいの領土と財を持つ貴族なら、王族との政略結婚を望むかもしれないが、ナターリエは辺境伯の娘という自分の身分を知っていた。

だけど、ダリウスを思うぐらいはいいじゃないか。初めての出会いでは迷惑をかけまくってしまったので、その後は思うだけにしている。

結婚の申し込みが届く度に、ダリウスのような騎士ならば結婚していいと思うぐらい許して欲しいと、ずっと思っていた。

「ぜぇったぁい、わかってもらえますよ！　きっとキレーなおよめさんがくるんです！」

「ふふふ。優しいのねぇ、ナターリエ様は」

「うふふふ。ヨゼフィーネさんのような人がいればダリウスさまもだいよーぶですね」

どこか遠くで声がする。ベッドに行きましょうと、腕を取られて踊るように歩く。ガウンを脱がされて寒いと思う前に、柔らかくて温かい布団にくるまれた。


随分と疲れていたらしい。いつもなら、スッキリと目が覚めるのに、頭が重くて怠《だる》い感じがした。

ごろりと、寝返りを打つ。ふかふかの布団は温かいのに軽く、上等な羽毛を使っているのだろう。ハーブの香りがする。

とろりと、意識が沈みそうになって、ナタ―リエは目を開けた。

「…………」

朝の光じゃない。これは、昼も過ぎた光だろう。しかも、知らない布団と知らない香りだ。一体ここはどこなのかと考えて、目の前にある焦げ茶色の塊に首を傾げた。

なんだろう。ぽしぽしと、叩いてみる。首を傾げたら塊が動いた。

「起きたか？」

「……お、はよう、ござい、ます？」

「ああ。おはよう」

ナタ―リエの寝ている大きなベッドに、ダリウスが腰かけていた。布団から出ている額を撫でてくれるから、ナタ―リエは硬直する。

そうだ。そうだった。ダリウスの私室だったと、ナタ―リエは青ざめた。ならば、目の前にあった焦げ茶色の塊はダリウスの尻か。尻を叩いてしまったのかと、今度は赤くなった。

「乗馬と早駆けの馬は違う。どこか痛い箇所はあるか？」

心配そうなダリウスの声に、ナタ―リエの頭の中が真っ白になった。

どうして、ダリウスがいるのだろうか。いや、ダリウスの私室なのだから、ダリウスがいるのは当たり前だ。自分がダリウスがいない時に来ただけであって、ここにいるのはダリウスの正当な権利だろう。

いやいや、そうじゃない。そうじゃなくてと、ナターリエは怠い身体を起こそうとする。

「まだ、寝ていた方がいいだろう」

「で、でも……」

そんな失礼はできないと、慌てて起き上がろうとしたが、ぴきりとナターリエは固まった。

筋肉痛というやつか。それとも寝過ぎて身体がおかしくなったのか。

自分の身体なのに自分のものじゃないようで、驚いていればダリウスの腕が伸びてくる。優しい手はナターリエの身体を支え、ベッドに戻してくれた。

「……失礼、しました」

「いや。この程度で済んで良かった……あまり、無理をするな」

心配そうな声を出すダリウスに、ナターリエは苦笑で返す。筋肉痛なんて物凄く久しぶりだから、こんなにも辛かったかと溜め息を吐く。

だけど、ずっと寝たままというのは駄目だろう。布団の中でナターリエは手をにぎにぎしたり足を動かしたりしてみた。

「……あの、レンネンカンプは？」

身体に力を入れると痛いなどと思いながら、ダリウスに問いかける。

一番速い馬を持つ身軽なナターリエだって、レンネンカンプから王都まで仮眠を入れて一日半程度かかっている。ダリウス達のように、甲冑を纏った騎士が、それ以上の速さで走れるとは思えない。

どうしてダリウスはここに引き返してきたのか、ナターリエは不安になってきた。

「……両親は、レンネンカンプは、どうなっているんでしょうか？」

そんなに酷い顔をしていたのか、ダリウスは優しく頭を撫でてくれた。心配しなくていいと前置きをして、静かな声で教えてくれる。

「途中でエンリコ・フォン・レンネンカンプに会った」

「……お兄様に？」

「ああ。敵襲ではなかったそうだ。ただ、何者なのかわからないと言うから、レンネンカンプには私の盾仲間を送って私は引き返した……。数日の内には解決するだろう」

苦笑しながら、ダリウスは言葉を選んでいた。

じっと、ダリウスを見つめれば、困った顔をされた。ただ心配はないと、頭を撫でながら訥々《とつとつ》と話してくれる。

「盾仲間は駿馬持ちだから、すぐに返答がくる」

「……でも、ダリウス様は、レンネンカンプに行ってないんですよね？」

そういえば、敵襲でなければ、エンリコに後を追わせると、父が言っていたことを思い出す。

だけどダリウスが行ってくれるのならたとえ敵襲でも大丈夫だと、絶対の信頼を持っていたナターリエは唇を尖らせた。

他の騎士達を信頼していないわけではない。応援は誰でもいいとわかっている。わかっているけど納得できない気持ちだ。

「そうだな。だが私は国の安全を第一に考え、城に戻った。……こういう戦略があるのだが、君は知っているか？」

「え？」

「簡単な話だ。王都から離れた場所で騒ぎを起こし、騎士達をそっちに誘導する。その隙に王都を叩くという、やり方だ」

わかりやすく教えてくれた戦略を知って、ナターリエはじわじわと青くなった。

口には出していないけど、納得がいかないなんて思っていたナターリエは、自分の浅はかさに自分を殴りたくなる。ただの我が儘じゃないかと顔を顰めた。

「そんな顔をするな。もしも、の話だ」

「で、でも……」

今までは楽観的に考えていたけど、急に何もかもが怖くなる。頭を撫でてくれていたダリウスの指を摑み、縋《すが》るような視線を向ければ苦笑される。

「本当に危険ならば、君の兄上は来なかっただろう。レンネンカンプ辺境伯は、騎士として優秀な方だ」

「…………ほ、んとうに？」

「ああ。レンネンカンプ辺境伯は、城に近づく者達の姿を見てから君の兄上を使者に出した。その上で、我々は相手側の見極めを頼まれた」

安全だと判断したからこそ使者を出して、大勢の応援が来るのを断ったのだと、ダリウスは言い聞かせるように言った。

そうか。ならば、安心してもいいのか。

今、レンネンカンプは大丈夫なのか。

きゅっと、ダリウスの指を握れば、優しく頷いてくれる。空いている方の手で頭を撫でられ、ナターリエは身体の力を抜いた。

「弟と妹は小さいし、母のお腹が大きくて、心配なんです……」

「それは、確かに心配だな。では、一つ、非公開の情報を教えよう」

「え？」

「どんな集団かはまだ言えないが、レンネンカンプ辺りに近づく者達からの報せが、こちらに届いている。詳しいことを今は話せないが、敵襲ではない。だから君が城に来る前に私達が馬を出せた」

何かがおかしいと思っていたけど、そんな事情だったのかとナターリエは納得する。自分が報せに行く前に、ダリウス達は城を出ていたのだ。

ダリウスが全て知っていてその上で心配ないのなら安心だ。

ふぅと、溜め息を吐いたナターリエが身体の力を抜いて、ぽすりと頭を枕に預けた。

疲れた身体は熱っぽく、柔らかいベッドに沈んでいきそうな気がする。乗馬や遠乗りで筋肉痛になったことなんてなかったのに、こんなに緊張していたのかと、ぼんやり思う。

「……盾仲間が戻ってくるまで、しばらくここにいるといい」

「え？　いえ、私は……」

ナターリエは「レンネンカンプに帰ります」と言おうとしてダリウスの指を掴んだまま身体を起こした。

ぱさりと、布団が落ちる。寝る時には何も着てないから、起き上がればナタ一リエの肌は晒された。

びきりと、ナタ一リエは固まる。

さっき起き上がった時には筋肉が悲鳴を上げていたのに、どうして今は大丈夫なのか。焦っていればダリウスが素早くナタ一リエに背を向けた。

「っ！」

「あわわわわわ！　ご、ごめんなさいっ！」

ダリウスが気遣って背を向けてくれたのに、ナタ一リエは指を掴んだままで、あわあわと慌てる。指を離せばいいという簡単なことに気づけず、ダリウスの指を掴んだまま布団を引っ張り上げようとする。

「お、落ち着け。落ち着いて、私の手を離しなさい」

「ああああっ！　そっ、そうですね！」

ぺいっと、ダリウスの指を投げ捨てたナタ一リエは、必死になって布団を掻き集めた。

丸めた布団に顔を埋め、慌てるにもほどがあるだろうと反省する。

きっと、普通の貴族なら気にもしないことだろう。だって地位が高い貴族は、着替えから入浴の手伝いまで使用人にやってもらうらしい。慌てなければダリウスも気にしなかったに違いない。

　でも、自分は普通の貴族じゃないからそんなこと慣れてないと、めそめそした。

「これを着なさい」

「ふぇ？」

「……軽い食事を用意させてある。イチゴのスープとポリッジに、ウズラのパイにペストリーだな。飲み物はヒポクラスがあるから、それを着てきなさい」

　めそめそしているナターリエの頭に、ぱさりと、ガウンとダリウスの声が降ってきた。

　顔を上げれば、ベッドの天幕を下ろしてくれていた。気遣われたと眉尻を下げる。そういえば、ダリウスの指を変な方向に曲げてしまった気がするけど、大丈夫なのかと落ち込んだ。

　やっぱり優しいと、感動している場合じゃない。さすがは騎士道に忠実な紳士だと、感心している場合じゃない。

　もそもそとガウンを羽織ったナターリエは、ベッドから足を下ろして項垂《うなだ》れた。

　なんだか、ダリウスには迷惑しかかけていないような気がする。一年ぐらい前に初めて会った時だって、かなり失礼なことをしたと思い出す。

　憧れが高じて好きになった人の前で、失礼と失態を重ね、迷惑しかかけてないなんて、

どれだけ駄目なのかと、ナターリエは自分を呪いたくなった。

ダリウスが優しいから、余計に居た堪《たま》れない。自分で穴を掘って埋まりたいと、ナターリエは自分がしでかしたことを反省する。

むしろ反省しなくてもいいところなんてないと落ち込んでいれば、嫌なことに気づいてしまった。

「ダ、ダリウス、さま……」

よろよろとベッドから立ち上がり、天幕をそっと捲る。ソファとセットになっているテーブルの上に置いてある食事を盆に移していたダリウスが振り向く。

「どうした？」

「ほっっんとうに申しわけありません！」

天幕を出てから、ナターリエは身体が傾く限り頭を下げた。

だって、思い出してしまった。まずいだろう。これはないだろう。むしろ、なんで呑気に寝ていられたのかと、過去の自分を罵倒する。

「ぐーすか寝てしまいましたが！　ダリウス様の私室ですからこのベッドもダリウス様のベッドですよね⁉」

「………ああ、まあ、そうだな」

ああ、やっぱりと、ナターリエはその場で崩れ落ちそうになった。

どう考えてもダリウスの方が疲れているだろう。ナターリエと違って騎士は重装備だ。

重い甲冑を装備して馬に乗るのだから、疲れていないわけがない。

昨日、ナターリエが見送ってから、どのぐらいレンネンカンプに近付いていたのかわからないけど、兄に会って引き返してきたとしても長い時間、馬に乗っていただろう。

なのに、疲れて帰ってきたらベッドが埋まっているなんて、なんという拷問だろうか。

あまりに広く寝心地のいいベッドだったせいで、ナターリエはしっかり睡眠を取れてしまったのが余計に居た堪れない。

「お疲れのところ、誠に申しわけありません！　シーツの替えの場所がわかれば、私がベッドを直しますので！　ぜひお休みくださいっ！　むしろ私を蹴落として寝て欲しかった！」

「…………いや、蹴落とせないだろう？　君がゆっくりと眠れたのなら、それでいい」

「良くないですっ！　ああ、真ん中で寝ないで端っこで寝れば良かったたっ！」

「…………もう、ベッドはいいから、こちらに座りなさい」

手を伸ばしてくれるダリウスに、ナターリエは涙目になりながらソファに近付いた。

なんて失礼なことをしてしまったのだろうか。そもそも、王族の私室にいることが失礼だ。早馬の騎手だったのだから、馬小屋でも充分に寝られたと思う。
なのに、よりにもよってダリウスに迷惑をかけたという事実に、ナターリエは膝を突き
そうになった。
「昨日は、随分と勇猛な騎手だと思ったのだがな」
「……本当に申しわけありません。少し考えたらわかることなのに」
しょんぼりと、ナターリエが肩を落としながらソファに座れば、ダリウスは苦笑しなが
ら盆に載せた食器をローテーブルに置き直している。
真っ赤なスープに、籠に入ったパンとお菓子。凄く美味しそうなのに、ポリッジが用意
されているのを見ると、病人扱いされているような気がした。
ポリッジは穀物を牛乳で煮て蜂蜜で少し甘くした料理で、レンネンカンプでは寝込んだ
時に食べる物と言われている。確かにナターリエの身体は筋肉痛で大変なことになってい
るから、病人と思われてもおかしくない。
なんとなく、早馬に乗ったことを、非難されているような気がした。
小さな頃から乗馬を習い、一番速く走れるようになって、自分も愛馬も誇らしかった。
貴族の娘は早馬に乗らないとはわかっていても、自負していたからこそ悔しくなる。
「何か、嫌いなものでもあるのか？」

「嫌いなものは……あ、ブラッドソーセージは、あまり好きじゃないですけど……」

「ここにはないな。では、どうした？」

悔しさが顔に出ていたのかもしれない。

苦笑するダリウスは、ナターリエに手を伸ばしてきた。

優しい視線に、ナターリエは居た堪れなくなる。手を取らないで、ダリウスの隣にちょこんと座るなんて、これでは、拗《す》ねて我が儘を言う子供でしかない。

だけど、子供にだってプライドはある。

そして、子供だから曖昧に笑って呑み込むことができないのかもしれない。

「…………今は、嫁ぐために普通の貴族らしい素養を学んでます。でも、レンネンカンプでは、遠乗りも普通だったし、私が王都に知らせを出すのが一番早くていいって決まったんです」

ダリウスに言っても仕方がないとはわかっているけど、誰よりも認めて欲しい人だから、ナターリエは声に出してしまった。

わかっている。普通じゃない。ダリウスに会った時にも、乗馬と早馬は違うと言われたのを思い出す。

実際に王都まで来て、遠乗りと違うことはわかったけど、レンネンカンプの名を貶《おとし》めるようなことにはなってないと思った。

「……私は、レンネンカンプから王都まで、休みを入れて一日程度で来ました。これは、早馬として劣りますか？」

「ん？　何を言って……いや、君は充分に使命を果たした」

「……なら、どうして、こんなに病人扱いされるんですか？」

湯気を立てるポリッジを見ながら言えば、ダリウスが慰めるように頭を撫でてくれた。

優しいダリウスに、これは自分の我が儘だと気付いてしまった。

もしかしたら、病人食とか病人扱いとかはどうでもよくて、ダリウスに認めてもらいたかっただけなのかもしれない。

王都にナターリエを使者として出した父は間違っていなかった、自分は普通の貴族ではないけど間違いではなかったと、そう言って欲しいだけだと気付いた。

どうして、ダリウスに我が儘を言ってしまうのか。

一年ぐらい前に一回話をしただけの人なのに、どうしてダリウスなら許してくれると思うのだろうか。

甘えているのだと気付いて、ナターリエは顔を顰める。

「ポリッジか？　これは菓子のつもりだったのだが？」

「え？」

「病人食というなら、バターミルクだろう？　私は馬乳酒を飲むが」

「え？　え？」

首を傾げていれば、ダリウスがポリッジをスプーンで掬《すく》い口元まで運んでくれた。

見た目はレンネンカンプでも食べるポリッジだけど、何か香りが違うとナターリエは気づく。凄く気になってナターリエが口を開けると、ゆっくりゆっくりスプーンが口の中に入ってきた。

「……んまっ!?」

「そうか。美味《うま》いか。良かったな」

口の中の幸せを噛み締める。少し冷めてしまったようだが、充分に美味しい。確かにこれはデザートだろう。アーモンドミルクで煮込まれた穀物は柔らかく、色々なスパイスで味つけされている。

こんなに美味しいポリッジは初めてだと、ナターリエはニコニコしながら口を開けた。

「………美味そうに食べるな」

もっもっもっと、口を動かしてから頷く。だって美味しいし、砂糖がたっぷりと入った甘いポリッジはレンネンカンプでは食べられない。

昨日、食べた木苺のタルトも美味しかった。蜂蜜酒も美味しかったけど、身体の怠さはアレのせいだと思う。筋肉痛のような痛みだけなら、きっと笑顔でごまかせる。

そういえば筋肉痛なんて、何年ぶりだろうか。初めて自分の馬をもらった時に、腿《もも》と尻が痛かったのを覚えている。今でも遠乗りする時は、尻を痛めないように気をつけている。

そんなことを思いながら食べていれば、ポリッジの皿は空になっていた。

「ご馳走様でした！　凄い美味しかったです」

「……そうか」

空の皿とスプーンを持ったダリウスが苦笑している。しょっぱい顔というか、何か言いたげな顔をしている。

なんだろうと考えて、ナターリエは落ち込んだ。

散々、プライドだとか我が儘だとか思っていたくせに、美味しいポリッジ一つでどうでも良くなる。父の判断は間違ってなかったとか、キリリと考えていたくせに、砂糖の甘さに思い切り負けている。

自分はこんなに馬鹿だっただろうか。一応、レンネンカンプ家の長女としておてんばだと言われても、馬鹿だと言われたことはない。なのに、どうして、ダリウスの前だけではこんなにも馬鹿になってしまうのか。

「……今度はどうした？」

「自分の馬鹿さ加減に呆れて……ほんと、ごめんなさい、ダリウス様」

「どうした、謝るようなことをしたのか？」

ダリウスの優しい笑顔に、自分が情けなくなる。こんな馬鹿な子供に優しくしなくていいとか、甘えられても突っぱねていいとか、八つ当たりのようなことすら考えてしまう。

だって、ダリウスが自分の我が儘を聞く義務なんてない。そんな、しょっぱい顔をするならばいっそ突き放して欲しいと、甘えた自分を棚に上げてナターリエは眉をへにょりと下げた。

「あう……えっと、その、あ、ポリッジはダリウス様のでしたか？」

「いや、違う」

「……申しわけありません。本当に、その、あの」

謝るだけでは許されないのだろう。でも、理由なんて言えない。自分でも、どうしてダリウスに甘えてしまうのかわからなかった。

ずっと、憧れていたからというのは言いわけになるのだろうか。

手の届かない人だから、近くで話をしただけで緊張して焦ってしまうというのは言いわけになるだろうか。

自分が混乱していることや、ダリウスが優しいから許されるような気がしたなんてことは言いわけにならないとわかっている。

「謝ることはない。確かに貴婦人としてどうかと思うが……素直に口を開けられると、餌《え》付《づ》けをしているようで楽しかった」

「…………え？」

はにかむようにダリウスが笑うから、ナタ－リエは真っ赤になって硬直した。

ずるい。それは、ずるいだろう。ダリウスが立派な騎士だというのは知っている。恐ろしく強く、自分よりも頭一個以上背が高くて、父よりも兄達よりも大きな体軀をしているのだってわかっている。

だから反則だ。その、はにかむような笑顔はずるい。ずるいったら、ずるい。

そんな顔をされてしまえば、懐かない獣に懐かれたような、優越感に似た感動をしてしまう自分が嫌になる。

ほっとしたような、安心したような、優しい顔で笑うから、ナタ－リエは心の奥底がチリチリと焦げる気がした。

「すっ、すみません！　お手を煩わせてしまいましたっ！」

だって、ダリウスがどうしてそんな顔で笑うのか、なんとなくわかってしまう。

初めて会った時にも思った。ダリウスは、自分の嫌な噂を知っている。知っていて、嫌な噂を否定しない。

自分が皆にとっては恐ろしい存在なのだと、ダリウスは知っていた。

周りに怯えられていると知っているから、ダリウスはそんな顔をする。怯えないで近寄ってくる者を、眩しそうに嬉しそうに見るのだ。

「ちょっと、その、ちょっとだけ、手が筋肉痛みたいで、ほら」

「ん？　ああ、震えているな」

そんなダリウスが悲しんだり遠慮したり引いたりするのは間違っていると、ナタ－リエは心の中だけで憤った。

「優しいですよね！　ダリウス様は！」

「……そんなことを言うのは、君ぐらいだな」

「そんなことないです！　食べさせてくれたり！　疲れて帰ってきたのにベッド占領している私を起こさないとか………ごめんなさい」

自分がダリウスに何をやってしまったのか、うっかり思い出したナタ－リエはしおしおと勢いをなくす。ぷるぷる震える拳を握って叫んでいたのに、すっかり大人しくなって眉を下げる。

冷静になれたというよりも、落ち込んだナターリエはそっとダリウスを見た。

「それは、もう気にするな」

「良くないです……だって、ここはダリウス様のお部屋なんですから……」

優しいダリウスに、これ以上の迷惑はかけられない。失態を見せて、我が儘を言って、甘えていたけど、これ以上は駄目だとナターリエは決心する。

深呼吸をしたナターリエは、震える手でダリウスの手を握った。

「これ以上、ダリウス様に迷惑はかけられませんっ」

「ん？……迷惑？」

「そうです。初めて会った時から、すっごい迷惑をかけっぱなしだと思うんです。そんな私に優しいダリウス様に、せめて………」

これまでたった一回しか、話をしたことがない。今を入れても、たった二回だ。

なのにこんなにもダリウスは優しい。昨日、ヨゼフィーネも言っていた。特別だと。特別だからダリウスの私室に通されたと言っていた。

一年ぐらい前、近い距離で、顔を合わせて名前を言って話をして、あの一回だけなのに優しくしてもらう理由も権利もないだろう。

「せめて？」

「せめて、恩返しとか、お返しとか、するべきだと思います」

真剣にダリウスを見つめれば、苦笑で返されてしまった。

あやすように、頭を撫でてくれる。気にしなくていいと言いながら頭を撫でてくれる。

優しい手に嬉しくなるけど、そうじゃないと叫びたくなった。

だって、知っている。この感じは全てを破壊するような子供がお手伝いをすると言って、どうやって断るか思案している顔だ。なんて言えば納得してくれるか、どうすれば大人しくしてくれるか、悩んでいる顔だとナターリエは眉を寄せる。

もう少しで、ナターリエは十七歳になる。子供じゃないんだと、結婚できる年齢なんだと、真剣な顔でダリウスに迫った。

「ダリウス様」

何もできないのかもしれない。でも、何かできるかもしれない。そう思いながらダリウスを見つめれば、少しの沈黙の後に低い声が耳に届いた。

「……では、しばらくは何も聞かずに、ここにいて欲しい」

「え？　ここって、ブルグスミューラー城に、ですか？」

「正確には、私の部屋だな」

具体的な話が出てくるとは思ってなかったので、思わずナターリエは首を傾げてしまった。はぐらかされると思っていたのに、ダリウスの真剣な言葉に驚いた。

だけど、どういう意味なのか測りかねて、ナタ―リエはダリウスを見つめた。

しばらくここにいて欲しい――ダリウスの部屋に、いなければならない。でも、何も聞かずにという言葉が重く感じられる。

「ダリウス様の部屋に……いれば、いいんですか？」

「ああ。そうだ」

なんだろう。何が、おかしいのか。問い詰めたいけど、何も聞かずにという言葉がナタ―リエの頭の中をくるくる回る。

ああ、そうだ。小さな頃、母に聞いたことを思い出す。確かレンネンカンプ家が他の貴族とは違うと教えられた時に、どうして違うのか、何が違うのか、なんで違うのかを聞いた。

――そうやって聞いて、教えてくれないということは、知らなくていいことだ。

『どうしても知りたいのなら、自分で調べる。それでもわからないなら、素直に引きなさい。特に政《まつりごと》は、知れば責任を取らなければいけなくなるの。知らなくていいことは、たくさんあるのよ』

そう、母は言った。

同じことだろうか。ダリウスの言っていることは母に言われた「たくさんある知らなくていいこと」だろうか。

レンネンカンプに誰が何の目的でどれだけの人数で来たのか、これからどうなるのか、自分はどうすればいいのか、何ができるのか、それを聞いていいのかすらもわからない。

「…………えっと、他に、私ができることは、ありますか？」

「できれば、この部屋から出ずに、使用人と会うのも避けて欲しい。ああ、ヨゼフィーネならば問題ないのだが」

真剣だが申しわけなさそうに言うダリウスに、これは聞いちゃいけないことだと、ナターリエは納得した。

ならば、自分ができることをやるだけだと、ダリウスの言葉に従おうと思ったナターリエは眉をへにょりと下げた。

「……それだと、またダリウス様に迷惑をおかけします、よね？」

「迷惑なら、私の方がかけているだろう？　こんな浅ましい願いを……」

心苦しそうな顔をするダリウスに、ナターリエは焦ってしまう。

そんなことを言わせるつもりはなかった。願いなんて、浅ましいなんて、そんなことは微塵《みじん》も思ってない。

こんな詫《わ》びるように言われたら、ダリウスがどれだけ嫌な噂に心を痛めているのか思い至ってしまう。

政には思い通りにいかないことだって多い。そんなことはダリウスだってわかっているだろう。なのに命令するだけではなく、ナターリエに詫びる。

ダリウスの私室でダリウスと一緒にいることが詫びることなのだと、そう言われている気がしてナターリエは悲しくなった。

一年前、初めて会った時に、怖いのかと聞かれた。

リスのように塀に登っていたナターリエにさえ、手を差し伸べるのを躊躇うぐらい、皆に怖がられているのをダリウスは知っていたのだ。

「そんな！　本当に私の方が迷惑をかけてます……ベッド占領とか……」

「迷惑ではない。部屋に帰ってきて、君に声をかけなかったのは、私の我が儘だ」

「え？」

「私の部屋で、私のベッドで……幸せそうに眠る君を見ていたら、私も幸せを感じた」

ぼぼっと、ナターリエは真っ赤になって、それ以上に息が止まりそうになった。

やっぱり、噂を気にしているのか。迷惑をかけるだけの子供でも、無防備に傍にいるだけで嬉しいと思うのか。

また、ぷるぷると震える指を握り込み、ナターリエは誓う。

ダリウスに悲しい思いはさせない。噂を知っていても、ダリウスを慕う人は多いのだと、教えてあげたかった。

「ま、まだ！　両親から普通の貴族というものを学んでいる途中で至らないところがあると思いますが、よ、よろしくお願いしますっ」

ナターリエの恋は叶わないだろう。身分違いとかの問題よりも前に、子供だと思われているのだから叶うはずがない。ならば、それを利用すればいい。

「ん？　普通の貴族というのは何だ」

「えっとですね、普通の貴族の娘は、飛んだり跳ねたり塀を登ったりしちゃ駄目だって……」

「普通でなくとも、貴婦人として塀は登らない方がいいな」

笑うダリウスに、ナターリエは唇を尖らせた。

レンネンカンプ家が普通の貴族の立場ではないと知っているくせに、貴婦人なんて言葉を出してくるダリウスを睨む。

「でもでも、今まで森に逃げ込んだ時に生きていく術とか、馬に乗って逃げる時に敵を撃退する方法とかを習ってたのに……」

「レンネンカンプが国境を守る城だというのは知っているが……そんなことを学ぶのか？」

「え？　だって、何かあった時に、戦えないと困りますよね？」

「……貴婦人が戦うことは想定していないな」

本気で驚いた顔をするから、ナタ－リエは少し不安になってきた。

結婚のために普通の貴族のあり方を学んでいたけど、そこまで本気で驚かれるとこのままダリウスの私室にいてもいいのか不安になった。

「まぁ、乗馬はいいと思うが、戦う前にベルクフリートに逃げればいいだろう」

「あ！」

「あ、ではない。戦いでなくとも、危険を感じたら逃げてくれ。貴婦人が好戦的になっても事態は良くならん」

「ううう……」

「パーティーや式典で暴漢が現れた場合、貴婦人はとにかく逃げろと教わるはずだ。逃げて部屋に籠もり扉を塞ぐ、というのが正解だ」

子供に言い聞かせるように、説教されたナタ－リエは、ず－んと沈んだ。

なんとなく、自分はかなり普通の貴族とは違うと思っていたけど、本当にこんなにも違うのかと青くなる前に白くなる。

だって、何かあれば母は戦うだろう。絶対に戦う。もしかしたら、身重《みおも》の今でも戦いそうな気がする。それを、父は止めないだろう。もしかしたら、見惚《みと》れるかもしれない。

こんな考え方からして間違いだと教えられ、ナターリエは縋るようにダリウスを見つめた。

「でもでもっ、逃げるだけなんて！　逃げていいのは熊かオバケと対面した時だけです！」

「…………熊は危険だとわかってくれて嬉しい」

「あ、正確には、小熊を見たら逃げろ、です。親熊が襲ってくるから」

そのぐらいは知っていると、ナターリエは自信満々に言ったが、ダリウスは物凄く神妙な顔をしていた。

「ふむ。この部屋にいる間、君には貴婦人の心得をお教えしよう」

「うえ？」

立ち上がったダリウスは、ソファに座っているナターリエの前に跪《ひざまず》く。ゆっくりと腕を伸ばしてくるから、何だろうとナターリエは腕に近寄る。

指先が、ガウンの合わせ目に触れ、きゅっと摑まれた。

ドキリと心臓が跳ねる。何をするのか、何をされるのか、何がしたいのかわからない。

けれどナターリエはダリウスを信じて動かない。

「ガウンの合わせ目は深く」

「うぐっっ！」

「足は閉じて隠す」

「ひぇっっ⁉」

緩いガウンに締め付けられて、足も閉じられて巻かれてしまう。なんとなく、頭の片隅に簀巻《すま》きという言葉が浮かんだ。簀巻きって誰から聞いた言葉だったっけと、ナターリエは現実逃避した。

「だだだダリウスさ、まっ……これ、キツイ」

「肌をみだりに出してはいけない。熊やオバケよりも恐ろしい目に遭うぞ」

ビクリと、ナターリエは硬直する。真剣に怒っているように、きつく言うダリウスに硬直したのではなく、熊やオバケよりも恐ろしいということに青くなる。

「く、熊より？」

「ああ。熊より」

「おおおおおおおおおお――オバケ、より？」

「……なんだ。君は怪談が嫌いか？」

こくこくこくと、高速でナターリエは頷いた。

おてんばで夜に城を出るのではないかと父に思われていたせいか、ナターリエは詳しくかつ、盛大にオバケの恐怖を教え込まれていた。

「…………そういえば、この城には」

「きゃぁあああああああ‼」

「……まだ、何も言っていない」

「わーっ！　わーっ‼」

すっくと、ソファから立ち上がったナターリエは、ダリウスから脱兎《だっと》のごとく飛び退いた。

怖い。怖い怖い。もう、ダリウスの声が怖い。だって、アレだ。これから怖い話になるのだろう。オバケとかオバケとか、もしかしたらオバケの話をされてしまう。

「こら、待ちなさい」

「ぎゃーっ！　わーっ！　聞かないーっ！」

「足を見せるなと……ナターリエ！」

逃げるために暖炉の辺りまで走っていたナターリエは、ひょいとダリウスに抱き上げられた。

ぎゅうっと、抱き締められると、へなへなと身体の力が抜ける。涙目になってダリウスに抱き付けば、背中をぽんぽんと叩かれる。

「すまなかった。そんなに怖がるとは……」

「ううう、オバケは、き、嫌いです……」

「……幽霊は？」

「ゆっっ、れいも、同じじゃないですかぁああ」

手足を最大限に使って、ナタ一リエはダリウスにしがみついた。

木登りの時だって、こんなに抱き付いたりしない。このままダリウスが走っても、落ちない自信があるぐらいに抱き付く。

だから、ダリウスが歩いているのに気づけなかった。

「ああ、わかった。君が、怖がりだというのはわかった」

「うううっ」

「しかし、貴婦人として、その怖がり方はいただけないな」

ぽとりと、ナタ一リエはベッドの上に座らされる。いつの間にと、目を丸くしていれば、ダリウスが何かを差し出している。

それがシャツとズボンだというのはわかったけど、なんだろうと首を傾げた。

「ガウンはすぐにはだける」

「……そう、ですね」

「君の服を取りに行くまで、これを着ていて欲しい」

「……え？」

シャツとズボンを受け取って、ナターリエはダリウスを見つめてしまう。これを着るのはわかったけど、ダリウスは何か言っていたような気がする。

「洗っていることも考えられるからな。君が着られそうな服を選んで……っ⁉」

「どっか行っちゃやだぁああああ‼」

シャツとズボンを投げ出して、ナターリエはダリウスに抱き付いた。

さっきみたいに、全身全霊をかけてしがみつく。抱き付くというより、ダリウスに巻き付くような感じで縋り付く。

「わ、わかった、わかったから落ち着きなさい」

「だってだりうすさまわたしのこしてどっかいっちゃうんだぁああ」

「行かない。どこにも行かないから安心しろ。ほら、ナターリエ」

さっきみたいに背を叩かれて強く強く抱き締められて、ナターリエは引き攣った呼吸を整えようと頑張った。

でも、駄目だ。離れちゃ駄目だ。目を離せばダリウスは部屋から出て行ってしまう。一人残されたら、ダリウスの言った『この城には』の続きがナタ―リエの脳内で勝手に展開するだろう。

「……オバケが、そんなに恐ろしいか？　私の方が恐ろしいだろうに……」

ぽつりと、独り言のように呟かれて、ナタ―リエはいっそう強くダリウスに抱き付いた。

一応、頭のどこかで、嫌な噂に心を痛めるダリウスというのがあるけど、今はもっと最優先で大事なことがある。

「ダリウス様がおっっ、オバケっ、を、倒してくれるって信じてます！」

ナタ―リエは少しだけ身体を離し、ダリウスを見つめて言い切った。

有名どころなら、首無し騎士だろうか。そんなオバケなら、ダリウスは一発で倒してくれるだろう。骸骨や地下から湧き出てくる幽霊だって大丈夫に決まっている。

しかし、真剣な顔をしたダリウスが、ぽつりと囁いた。

「……オバケとやらは、倒せるものなのか？」

あまりにあまりな言葉に、ナタ―リエはこの世の終わりみたいな顔になって、涙目でダリウスを見つめてから抱き付く。

「だっっ、ダリウス様でも駄目なんですかっっ‼」

「あ、いや、大丈夫だ。オバケや幽霊から君を守ると誓う」

ひぃっくと、しゃくり上げれば、ダリウスは慌てて背中を撫でてくれた。

これ以上迷惑をかけないと誓ったのに、舌の根も乾かぬうちに迷惑をかけているが、仕方がないじゃないかと顔を顰める。

だって、仕方がない。本当に仕方がない。はっきり言って、この城は怖い。怖くなかったけど、考え始めると恐ろしく怖い。びっくり仰天の豪華さは凄いのだけど、広すぎて綺麗すぎた。

高価な調度品。繊細な絵が描かれた壺《つぼ》や、細かな彫刻が彫られたチェストや台。肖像画の美しさと、額縁の豪華さ。廊下や部屋には煙の凄い松明《たいまつ》はなく蠟燭《ろうそく》が置かれ、見るだけで素晴らしいと思う。

思うのだが、考えを斜め方向に向けてみると、怖かった。

式典や祭事でもない普通の日に、いきなり一人の騎士の後についてダリウスの部屋まで来たせいか、実は案内してくれた騎士は幽霊だったと言われても納得の摩訶不思議《まかふしぎ》さだった。

「きっと壺から出てくるんだ。肖像画があれだけ大きいのはそのサイズで出てきて、足音聞こえないように絨毯なんだ。大体硝子窓とか外から何か入ってきちゃうし」

「壺も肖像画もなんの変哲もないものだ。絨毯は寒いからで、硝子窓は太陽の明かりを入れるからだな。王族の城が貧相だと国が恥をかく」

「……なんでも、ない？」

「ああ。至って、普通の城だ」

おずおずと、ナターリエはダリウスの肩から顔を上げる。苦笑するダリウスに、涙目どころではなく泣いていたとバレる。

「しかし、だな……まだ何も言っていないのだが、それでも怖いのか？」

「何もない暗闇に恐怖を見出すのは人間の性《さが》だと思うのです」

「誰の言葉だ？」

「兄の言葉です」

ひぐっと、しゃくり上げたら、ダリウスが顔を拭いてくれた。

大きな掌で、顔を全部くるむみたいに、撫でてくれるから目を閉じる。なんだか、顔を拭いてくれるというよりは、顔を揉まれているような気がしないでもない。

「ところで、ナターリエ」

「ふぁい」

「その、どこにも行かないので、着替えてもらえないだろうか？」

不自然にダリウスが視線を下げないので、ナターリエは下に何かあるのかと視線を動かして少しびっくりした。

ガウンというのは、紐で結んでいるだけなので、足を開けば足が見えてしまう。ナターリエは今、ダリウスの膝を跨ぐように座っているから、ガウンの頼りない布地が捲れ上がり、足は腿まで見えていた。

これは、恥ずかしい。初めて会った時も、塀を乗り越えるためにドレスが捲れ上がり足が見えていたが、ここまで見えていなかったと思う。

だが、しかし。でも、だって。そう簡単にダリウスの上から退けなかった。

「……！　見なければいいんです！」

「そういう問題ではないだろう……頼むから、せめてズボンを穿いてくれ」

「ここが一番、安全な気がします！」

むぎゅっと、ナターリエはダリウスに抱き付く。視界の端が怖いと思えば、こうやって肩に顔を埋めてしまえば見えなくなる。何か迫ってきた時には、きっとダリウスがなんとかしてくれるだろう。

「貴婦人というものはだな、気品と品格を兼ね備え、そして淑やかでなければならない」

「……貴婦人じゃなくてもいい」

「本来ならば、みだりに異性に抱き付くものではない。同じ部屋にいるとしても、適度な距離を保ち節度ある関係を、だな」

つらつらと説教を始めるダリウスに、ナターリエは物凄く嫌なことを思い出してしまった。

ナターリエは、しばらくダリウスの部屋で過ごさなければならない。ひいては、ブルグスミューラー城で過ごさなければならない。

さっきダリウスが言った『この城には』の続きのある城に、だ。

しかもダリウスの部屋から出てはいけなくて、ベッドは一つしかない。まだまだ川を流れる水のように説教をしているダリウスは、貴婦人だからとナターリエ一人をベッドに寝かすのだろう。

それは、無理だ。無理っていうより、それは駄目だ。

だって、このベッドは天幕がある。これを下ろしてしまえば、逃げ場のない密室のできあがりだ。

「レンネンカンプは国の大事な守りであるが、貴婦人が戦う必要はなく……」

「ダリウス様！」

「……なんだ？」

説教を聞いていませんでしたという感じで、ダリウスの話をぶった切る。

でも、仕方がない。ナターリエはダリウスの説教を、本当に聞いていなかった。

「同じベッドで一緒に寝てくれたらズボンを穿きます‼」

異性と二人きり、同じベッドで寝る。それを、同衾《どうきん》と言うのだと、知っている。

結婚前のナターリエが同衾なんて、本気で駄目だとわかっているから、ダリウスを睨むように見つめた。

一緒に寝てくれないと、死ぬ。そんな勢いで、ナターリエはダリウスを睨む。

「…………私の話を聞いていたのだろうか？」

「だって怖いですから！」

「はっきりと物事を言うのはいいと思うが……昨日は、一人で寝たのだろう？」

そう。昨日は、一人で寝た。

早馬の騎手として、緊張して疲れていたナターリエは、蜂蜜酒を飲んで一人ダリウスのベッドで寝た。

さぁあああっと、ナターリエの顔色が真っ青になっていく。

「昨日は、『この城には……』とか聞いてないですし。今、考えると、どうして一人で寝られたのかわかりませんっていうぐらい怖いです！」

「ああ、すまん。怖くない。怖くないから……泣くなよ？」

青くなって小刻みにぴるぴる震えていれば、ダリウスが慌てて抱き締めてくれた。

ぎゅうっと、強く抱き締められると、身体が軋《きし》むが安心できる。ちょっと痛いぐらいが安心できるみたいだと、ナターリエはダリウスの腕の中で息を吐く。

「……自業自得、なのか？　私は貴婦人の心得を教えたかっただけなのだが」

そんなダリウスの呟きが聞こえてきたが、ナターリエは無視することにした。

だって、自業自得だろうが自分で蒔いた種だろうがなんだろうが、怖いものは怖い。何を言われても怖いのだと、ダリウスにしがみついた。

# 第三章　甘やかされまくり！

「……本当に、レンネンカンプに生まれて良かったっ」

「……私は一度、レンネンカンプ家の在り方を見直した方がいいような気がするぞ」

レンネンカンプでは何かあった時にと、森や山の中で生きていく術を教わった。弓を引き、木に登り、食べられるものと、毒になるものを見分けた。

そんな建前で教わっているけど、森や山は子供にとって格好の遊び場だった。

「……普通の貴婦人は、そういうこと、できないんですよね？」

「……ああ。できないだろうな。できないと、思う」

木に登り蔦《つた》を掴み、木から木へ飛び移る。崖のような場所でも、足がかりを得れば猿のように移動できた。川に飛び込み潜り、ナターリエは泳ぎも達者だった。

「……じゃあ、良かったあ。レンネンカンプに生まれて良かったあ」

「…………私が、悪かった。頼むから、背中に張り付くのは止めてくれ」

太陽が沈み、本格的に暗くなってきて、ナターリエの恐怖はマックスになった。

暖炉の火が爆《は》ぜる音がしては、ダリウスに飛び付く。風が硝子窓を揺らせば、ダリウスに縋り付く。

少し前の話だ。突然、部屋の扉が叩かれて、ナターリエは悲鳴を上げてダリウスの背中に張り付いた。

ダリウスが慌てて身を捩《よじ》っても、ナターリエは剝がれない。危ないからと腕を背に回しても、ナターリエは剝がれない。

隣の書斎に夕食の用意をしたという合図だったらしいが、理由なんて今のナターリエにはどうでもいいことだった。

ただ、ただ、怖い。ダリウスの大きな背中に張り付いて、ぷるぷる震えることしかできない。ダリウスが書斎に食事を取りに行くと言っても、背中から離れるもんかと張り付いている。どうやら湯浴みの用意もできているらしいが、そんなことは知ったこっちゃなかった。

「大丈夫です！　私、力あるんですよ？」

本当に、レンネンカンプに生まれて良かったと、ナターリエは思っている。だから、こうやってダリウスの背に張り付くことができる。

夕食も背中から剝がれなければならないならいらないと、張り付きながら叫べば、ダリウスが降参した。

ペストリーや白パンを、ちぎって一口大にして、背中にいるナターリエに差し出してくれる。ここから剝がれないという姿勢を理解してもらったと、ナターリエは満足する。

「まあ、そうだろうな。君が意外に力があるというのは認めよう」

「ありがとうございますっ」

「いや、礼はいらない。だが、落ちたらどうする？　頼むから、前に張り付いてくれ」

「落ちませんから大丈夫です！」

だって、ナターリエの野望は、このままダリウスと同衾することだった。

背中に張り付いていれば、ダリウスがどこで寝ようと一緒に寝られる。前に張り付いてしまえば、引き剝がされるかもしれない。ならばダリウスの背中が何より一番安全だろう。

夜も更けて、あとはもう寝るだけだった。

ベッドに入り寝付くまでが怖いというのに、きっとダリウスはナターリエを一人にする。未婚の貴婦人が異性と同衾だなんてと、ナターリエだってわかっている正論を吐くに違いない。

それを阻止するために、ナターリエは何を言われてもダリウスの背に張り付いていた。

「前に張り付いてくれたら、私が支えられるだろう？」

「前に張り付いたら、また、はしたない足を隠しなさいって言うじゃないですか」

「私から見えなくても、はしたないからズボンを穿きなさい」

最初は、どうにかして抱っこに持っていけないかと、ダリウスは立ち上がって身を捩っていた。しかし、ナターリエの意志が固く、ついでに力もあったので剝がれず、ダリウスは諦めてソファに座っている。

もちろん離れる気はないので、ナターリエはソファに座るダリウスの背に張り付いていた。

ソファの背もたれとダリウスの合間というか隙間に挟まっている。足を出せばダリウスに怒られるから、足を畳んで三角座りのようになって挟まっている。

潰しそうで怖いのか、それともダリウスが優しいからなのか、ナターリエが座る余裕を作ってくれているから甘いと思う。

だけど、なんかもう、根比べのようになっていた。

「どうすれば、背中から離れてくれるのだろうか？」

「一緒に寝てくれるなら、少しだけ離れてもいいです」

「……未婚の貴婦人が、異性と同衾なんて許されるわけがないだろう。君は魅力的な貴婦い。

人なのだから、少しは自分の身を守りなさい」

パチパチと、薪が燃える音がする。風はさっきよりも収まり、窓硝子は音を立てていな

静かになった部屋の中で、ナターリエは静かになったなら静かなりに怖いと震えた。

「ダリウス様なら大丈夫だもん。私の身はダリウス様が守ってくれるもん」

「……私も一応、君にとっては異性だろう？」

オバケから、自分の身を守る術など、さすがのレンネンカンプでも教わっていないと、ナターリエは思っていたのだが、どうやら違うらしい。

ダリウスは、同衾する異性から身を守れと言っていたのか。呆れているような、情けないような、落ち込んだような声を出すダリウスにナターリエは唇を尖らせる。

だって、それこそ、考えもしなかった。ダリウスから身を守らなければならないなんて考えは、ナターリエの頭の中には存在していなかった。

「ダリウス様は優しいし、騎士の鑑だし、レンネンカンプの皆も凄いって言ってるし、両親も兄達も尊敬してるから大丈夫だもん」

本当は、ダリウスを好きだからと、言いそうになって口を閉じる。

一年ぐらい前に会った時から、ずっとずっと好きだったから大丈夫だとは言えそうにな

かった。

でも、ダリウスじゃなければ、ナターリエもここまでしなかっただろう。ダリウスに何かされるとは思ってないけど、何をされてもいいと思っているなんて言葉は呑み込む。

怖い話をされた瞬間に、城を飛び出し、馬に跨がり、レンネンカンプを目指していたかもしれない。もちろん、ガウンのままだろうがなんだろうが関係ないと、逃げ出していただろう。それが駄目なら、ヨゼフィーネの部屋に行くと、駄々を捏ねたかもしれない。

そんなことを思っていれば、ダリウスの溜め息が聞こえてナターリエは身を竦《すく》ませた。

わかっている。これは我が儘だ。ダリウスに迷惑をかけているだけだ。もう、迷惑はかけないようにしようと思っていたのに、思いっきり迷惑をかけている。

怖いと思っているのは本当だけど、これはダリウスに甘えているだけだと、ナターリエは気付いていた。

「……一緒に寝ると言ったら、背中から前に来てくれるか?」

「ほ、本当に?」

たった二回しか会ったことのないダリウスに、どうして甘えてしまうのか、ナターリエにもわからない。

だけど、なんとなく、ダリウスが優しいからいけないと思った。何を言っても聞いてくれる。呆れたり不審がったりしつつもナターリエを助けてくれる。だからダリウスなら甘えても大丈夫だと思うのだろう。

「その代わりに、ガウンからシャツとズボンに着替えてもらうぞ」

「はい！」

ソファに座るダリウスの隣というか、本来ならナターリエが座る場所に着替えが置いてある。

せっかく、ダリウスが許してくれたのだから素早く着替えなければならない。

「そ、そこで着替えるのか？」

「え？　はい。ちゃんと着替えますね！」

ダリウスとソファの背もたれの合間に座っているナターリエは、もぞもぞとガウンの紐を解いて横に置く。それを見たダリウスが硬直しているが、ナターリエは速攻で着替えを始めた。

狭い場所でも、シャツはなんとかなったが、ズボンが意外と難しい。よいしょと、足を出してズボンを穿こうとしていたら、ダリウスが両手で顔を覆っているのに気づいた。

「ダリウス様？」

「貴婦人というものはみだりに肌を見せてはいけないと何度言えばわかってもらえるのだ

ろうか」

「えっと……もう、ズボン穿きましたよ？」

着替えたナターリエは、ダリウスとの約束通りに、背とソファの背もたれの合間から抜け出す。もぞりと動いて、ダリウスの膝の上に座った。

「約束ですからね！」

「……ああ、そうだな」

着替え終わったのに、まだ顔を両手で隠しているダリウスが、溜め息を吐いている。そんなにも、貴婦人として駄目な行為だったのだろうか。まあ、駄目な行為だったのはわかっているから、神妙にダリウスに抱き付く。

背中に張り付いていた時のように、前から抱き付けば、ダリウスの身体が硬直した。

「……君は、あれに、似ている」

「え？　なんに似ているんですか？」

「騎士団で飼っていた、猟犬が産んだ仔犬に似ている」

「…………こ、仔犬です、か」

子供のように我が儘を言って甘えている自覚はあるが、さすがに仔犬呼ばわりはない。けれど、ぎしぎしと軋む音が聞こえてきそうな、ぎこちない動きで顔から手を離すダリウスを見ていると、何も言えなかった。

恐る恐るといった感じで、ダリウスはナターリエの背に腕を回す。怖い話を聞かされてから、抱き付いたり飛び付いたりしているのに、どうしてそんな怯えるような動きなのかと、ナターリエは首を傾げる。

「柔らかくてな、持ち上げた時に、くにゃりとしていた」

「え？　あ、仔犬ですか？」

「ああ。そうだ。掌に仔犬を乗せられたんだが……握り潰しそうで恐ろしかった」

「えっと、私はそんなヤワじゃないですよ？　背中に張り付く力もありま……きゃあ⁉」

バチっと、薪が爆ぜる大きな音がして、ナターリエはダリウスに抱き付いた。

びっくりした、びっくりした。心臓が止まるかと思ったと、ナターリエはダリウスに抱き付いて冷や汗をかく。

「そういうところも似ているな。壊しそうで怖いのに、仔犬は無邪気に寄ってくる」

「こっ、仔犬でもなんでもいいですけどっ、もう早く寝ましょう！　ね！」

「そうだな。寝てしまえば、怖くないか？」

ダリウスは笑いながらナターリエを抱き上げベッドに移動した。

天蓋を捲り、ベッドの上に寝かされる。布団を引き上げようとするダリウスと絶対に離れたくなくて、くっついたままでいる。

「大丈夫だ。一緒に寝るのだろう?」

「ううう……一緒に寝ますっ……離れませんからねっ……」

ダリウスも隣に寝転ぶから、ナターリエは胸に顔を埋めるように近付いた。

もぞもぞと動いて、寝やすい場所を探す。ダリウスの身体を抱き締めるようにして、安堵の息を吐けば笑われる。

「笑われても、離しませんから……あ、でも、重かったですよね?」

「ナターリエ一人程度、甲冑や斧に比べたら重くはないな」

「あ、だから、揺らがないんですね。木に登ってる感じがしたのは、揺れないからですね」

そんな他愛のないことを喋りながら、ナターリエは目を閉じた。

迷惑をかけているのはわかっている。甘えても優しく許してくれるのは、子供や仔犬と同じに見ているからだともわかっている。そこに好意なんてない。異性として見られているのかも怪しいと、ナターリエはわかっていた。

でも、ちょっとだけ、夢を見させて欲しい。

すぐに終わる夢だ。

レンネンカンプの現状がわかり、ナターリエがブルグスミューラー城にいなくてもよくなれば、夢は終わる。

それまで、少しだけ、夢を見せてくださいと、ナターリエはダリウスに抱き付いた。


ダリウスは、本当に優しい。

騎士の鑑であり、紳士であり、素晴らしい男性だと思う。

「ダリウス様……」

「ん？　どうした」

ダリウスの私室で一日を過ごすことは、快適すぎるぐらいに快適だった。

初めはどうしてダリウスの私室で過ごさなければならないのか、理由を聞けないのは辛いと思ったが、今はそんなことはない。

ダリウスとヨゼフィーネとしか、顔を合わせてはいけないと言われて、それも面倒で大変だろうと思っていたけど問題はない。

私室の隣にある書斎に色々と用意をしてもらって、全てダリウスがやってくれたからだ。

食事の用意から、服の用意に、湯浴みの用意まで、何から何までダリウスがやってくれた。それはもう快適だ。ブルグスミューラー城に来てから、うっかり四日も経っているぐった。

らい快適だ。

「えっと、ですね……」

「次は、ポタージュか？　ダリオールもあるぞ」

ダリウスは優しい。本当に優しいのだが、一応優しいと言い換えてもいいかもしれない。

貴婦人の心得を教えると言ったダリウスは、その心得から外れなければ基本的に優しかった。

心得から外れることは肌をみだりに出すようなこととか、大股で歩くとか走るとか。一日中、部屋にいるのだから、弓や剣を教えて欲しいと言った時には、とてもいい笑顔で『この城には』の続きを語ろうとする。

「この城には実は……」と。どんどん聞きたくない話が更新される。

確かに、ソレを出されると、ナターリエは高速で頷きながらダリウスの言うことを聞く。聞くことは聞くのだが恐怖心が煽《あお》られて、些細《ささい》なことでも飛び上がるようになった。

そのせいで、一人になることが物凄く嫌だった。

当たり前だろう。一人になったら怖いに決まっている。

なので、湯浴みは太陽の明かりが出ている間に入ると決まった。どんなことがあろうが、夜に無防備に素っ裸になるのは怖い。

しかしダリウスは、未婚の貴婦人が異性と湯浴みなど許されないと、ナターリエを書斎に一人残して出て行こうとするから、ギャン泣きして抵抗して、最終的には、扉の傍でダリウスが歌うことで同意した。

もちろん、ダリウスの歌う声が小さければ、ナターリエからの駄目出しが入る。「自業自得なのか」とか、「こんなことになるとは」とか、ブツブツ言っていたダリウスも諦めたらしい。

意外とダリウスの歌が上手かったので、ちょっとだけナターリエは舌打ちした。

音痴だったら笑えたのに、上手いから聞き惚れてしまう。湯浴みも最低限で終わらせたいのに、歌わせたら聞き惚れて、長湯になってしまうなんて有り得ない。

そんなこんなで、迷惑をかけないと誓ったナターリエは迷惑をかけまくり、ダリウスは自身の貴婦人論が壊され再構築されちゃったみたいだった。

「さすがに三日目ですから、私も太陽の出ている時間は大丈夫ですよ？」

初めてダリウスの部屋に来てから四日が経っているけど、最初の一日はヨゼフィーネと話をして寝ただけなので カウントしない。

だけど、三日間も、ナターリエはダリウスと暮らしている。

目を覚ますと、一緒に朝食を摂り、その後も一日中一緒にいた。カードゲームやチェスを教えてもらったり、騎士団での生活を教えてもらったり、レンネンカンプでの生活を教え返したり、笑い合いながらも、時に静かに過ごしている。

もちろん、ダリウスから貴婦人の心得も教わっていたが、その心得がどんどん更新されていった。

「ふむ。しかし、貴婦人に奉仕するのは騎士としての務めだ」

「抱っこで、あーん、も？」

「もちろんだ」

孔雀《くじゃく》のローストを口に運んでくれるダリウスは、当たり前だという顔をしている。

貴婦人への奉仕とか言って、ナターリエを小脇に抱えて持ち歩くことにすら、疑問を抱かなくなった。

多分、これは自分がいけない。元を辿《たど》ればダリウスのせいだけど、ナターリエがしがみついて離れないせいだろう。

最初は、飛びかかられたことに驚いたらしい。次に、誰かに飛び付かれて抱き付かれて張り付かれたことが初めてだったから、どう対処していいかわからなかったと言った。

しかも、張り付いてきたのがナターリエだったから、ダリウスは青くなった。すぐに力尽きて落ちると思っていたのに、いつまでもいつまでも張り付いているから段々と現実が飲み込めてきて貴婦人を背中に張り付けているという状況に怖くなったらしい。

小さくて柔らかくてふにゃりとしている仔犬も、壊しそうで抱き上げることができなかったダリウスは、ナターリエが剝がれ落ちて怪我をしてしまうのが怖かったと言った。

ダリウスは何を勘違いしているのだろうか。早馬の騎手としてブルグスミューラー城に来たのに、ナターリエをか弱く嫋《たお》やかな普通の貴婦人だと思っている。背中に張り付いて剝がれない筋力と体力があるのに、抱き締めたら壊れてしまうような仔犬だと思っているようだ。

おかしいだろう。おかしいとナターリエが思ったように、ダリウスもおかしいと思ったに違いなかった。

一般的な誰もが認める貴婦人と、ナターリエが重ならないのだから。

しかも、普通の貴族のあり方を学んでいる最中なのに、一般教養は身につけているナターリエは、中途半端に「貴婦人」から外れている。

この中途半端さが、ダリウスの大事な常識を壊してしまったのではないかと、ナターリエは睨んでいた。

「でも、ダリウス様？　未婚の貴婦人が異性の膝の上に座るのは駄目なんじゃないんですか」

「背中に張り付かれたり、よじ登られたり……それで落ちるかもしれないことを考えれば、これも一種の奉仕と言えるだろう」

ダンスならばこの程度の接触は当たり前なのだからと、抱っこがダリウスの中では普通になってしまった。

張り付かれて落としてしまうぐらいなら自分で抱えた方がいいと、抱き上げて運ぶことすら今やダリウスの中で普通のことだ。

でも、あーんと食べさせ合うのはおかしくないのだろうかと、ナターリエは聞いたことがあった。どうやら、最初に背中に張り付いたナターリエに食べさせたのが衝撃的すぎて、ダリウスの中では向かい合った状態であーんと食べさせ合うのは普通のことと認識されたようだった。

「あ、そっちも食べたいです」

「ふむ。口を開けなさい」

一口大にちぎった白パンを、ダリウスは躊躇いなくナターリエの口に運んでくれた。

もきゅもきゅと食べていれば、ダリウスの指が口元を拭ってくれる。孔雀のローストを食べる時に、ソースが唇についてしまったらしい。

「ごめんなさい」

「貴婦人たる者、あまり大口を開けて食べるものではないが……まぁ、いいだろう」

ナターリエの唇を拭って汚れた指を、ダリウスは躊躇わずに舐めていた。

この際、汚れた指を舐めるのは行儀が悪いのではないかとは言わない。でも、貴婦人だと思っている人の唇を拭った指を舐めるのは、どうなんだろう。

こんなことをされたら、異性として意識されていないと思ってしまう。

「いいんですか？」

「君は可愛らしいからな。そうやって、大口開けて食べているところも魅力的だ」

「…………」

やっぱり自分のせいで、ダリウスの中の貴婦人像を滅多打ちにして壊し再構築しちゃったんだと、ナターリエはしょっぱい顔をした。

でも、ダリウスからの褒め言葉を素直に喜べないのは仕方ないと思う。可愛いとか、魅力的とか、素晴らしい貴婦人だとか。ダリウスは何の衒いもなくそういうことを言う。そのくせ、今みたいなことを平気でするから、慣れないけど意味はないのだとわかっていた。

これは、ダリウスなりの謝罪なのだろう。懺悔《ざんげ》というか、ご機嫌取りというか、ゴマす

りに近い気がする。

だって、謝られてしまった。

婚約者でもない異性と一緒にいることの危険性を教えたくて、怖い話を出そうとしたことが間違っていたと、ギャン泣きするナタ一リエに謝ってくれたのだ。

怖い怖いと泣いて、駄々を捏ねて抱き付いたのは思い出したくない黒い過去だが、それが可愛かったらしい。

自分が苛《いじ》めて泣いているのに、それを可愛いと思ったことが、ダリウスの中で懺悔すべき不道徳かつ非道な行いになったらしい。

本当に、ダリウスは優しくて生真面目で紳士だ。

噂に心を痛めているのに、それでも女王のために邪神や悪魔と呼ばれる噂を否定しない。

そんなんだから、つけ込まれてしまうのだと、ナタ一リエはダリウスを見つめた。

「リコッタチ一ズのパイもある」

「あ一ん」

「君は、美味そうに食べるな」

もぐもぐしながら、ナタ一リエは心の中でダリウスに謝る。

実は、もうそんなに怪談話は怖くない。『この城には……』と、初めて聞いた日は記憶が曖昧になるぐらい怖かったけど、今はそんなに怖くない。もちろん、先を語られそうになると怖いを通り越すが、昼間ならば大丈夫だった。

でも、許して欲しい。こんな夢のような時間を少しでも長く感じていたいから、本当はもう怖くないと言わないことを許して欲しい。好きなんだから、少しぐらい思い出が欲しいと思ってもいいじゃないか。

だって、もう終わる。こんな日々は、もう終わってしまう。

「美味しいですから！　ダリウス様も、はい」

「む。ありがとう」

リコッタチーズのパイをダリウスの口元まで運んだナターリエは、ばれないように心の中だけで謝った。

騙《だま》しているわけではない。黙っているだけだ。でも、色々なことを知った。

ダリウスは、意外と口煩《くちうるさ》い。過保護で、無骨者の自覚があるから壊れそうなものに手を伸ばさないと知った。説教をすれば長い。歌を歌う声は心を揺さぶり、大きな声は硬直するぐらい脳に響く。

たまに、恐る恐る抱き締めてくるのは、どこまで抱き締めて大丈夫なのかと測っているのだと、ナターリエは知っていた。

「ご馳走様でした」

「ご馳走様。さて、食器を返しに行くか」

「はーい」

重ねた食器を盆の上に載せ、ナターリエがしっかりと持つ。そのナターリエを危うげなく抱き上げて、ダリウスは書斎に向かう。

こんなふうに抱っこで移動するのも慣れた。だけど、ダリウスの主張がわからない。抱っこは良くて、負んぶは駄目。膝の上に座るのは良くて、腕に巻き付くのは駄目。どうにも基準がわからなかった。

「それにしても、普通の貴族って堕落しそうですよね～」

「そうか？」

「だって、何もしないで着替えまでしてもらうなんて……薪割《まきわ》り、意外と好きなんだけどな」

「貴婦人が斧を持つのはやめなさい。華奢《きゃしゃ》で美しい指が肉刺だらけになるぞ」

「手綱握るし弓引くし、私の掌も硬いですよ？」

「私の掌の半分の厚さになったら、剣でも斧でも教えてやろう」

ダリウスの掌の半分なんて、そんなの無理だとわかっているから、ナターリエは頰を膨らませて唇を尖らせた。

意地悪だ。ダリウスから剣や弓を教わりたいとわかっていて、そういうことを言う。ちょっと、ムっとしたから叩いてやりたいのに、両手は盆で塞がっていた。

だから、ダリウスの頰の辺りを頭突きしている間に書斎に着いた。

視界の端に何かあったから目を向ければ、床の上に手紙が置いてあった。

ナターリエは貴婦人のようにお淑やかに歩くことはできないけど、字の読み書きはできる。手紙の内容が目に入らないよう慌ててダリウスの肩に顔を埋める。

「……えっと、見ないので、安心してください」

「ああ、気にするな。そろそろ執務に戻れということと……話があると書いてあるな」

「え？」

一瞬、ダリウスが言った意味が、ナターリエにはわからなかった。

意味がわからなくて硬直しているナターリエは、ダリウスの肩から顔を上げられない。

動けないで盆を持ったままでいると、ダリウスは盆を取って床に置いてくれた。

なんだろう。どうして、動けないのか。

ああ、そうか。ショックを受けているのだと、ナターリエはどこか他人事みたいに感じた。

ダリウスが忙しいことは、誰に言われなくても想像できる。騎士としての鍛錬もあるし、部下の面倒だって見なければならないだろう。女王の側近だって務めているのだから、三日も部屋に閉じ籠もっていられたことの方が夢のようだったと気付いた。

「すまないが、少々、部屋を出なければならない」

「あ、そうですよね！　お仕事、頑張ってください！」

硬直していたことを悟られてはいけない。慌ててダリウスの肩から顔を上げれば、もう書斎から私室に戻っていたと知る。

そっと床に下ろされてダリウスを見上げると、妙に寂しい気持ちが胸を締め付けた。

どうして、寂しく感じるのか。久々に自分の足で立ったような気がするからと自分に言いわけをするが、考え直せばずっとダリウスに抱っこされているわけではない。湯浴みの時とか離れているから、普通に一人で歩いている。

なのにどうしてだろう。寂しいというより、寒い気がして、裸足だからかもしれないと首を傾げた。

「……大丈夫なのか？」

「え？　大丈夫ですよ？」

心配そうにダリウスが聞くから、ナターリエは反射的に答える。だって、言えない。寂しいとか、寒い気がするから一緒にいてなんて言えるわけがない。

だから、ごまかすみたいに、ナターリエは急いで笑った。

「……何に対して大丈夫なのかわかっていないのに、大丈夫だと答えるな」

「う………」

どうしてバレたのだろう。頭を撫でられて俯けば、大きな掌がナターリエの頬に添えられる。ほんの少しだけの力で顔を上げさせられ、ナターリエはダリウスを見つめた。

「この部屋に一人で、大丈夫なのか？」

「あ、そういうことですね！　大丈夫です………太陽が出ている間なら」

情けないが、本当のことを言っておかないと、一緒に寝てもらえなくなる。湯浴みの時に歌ってもらえなくなるから、昼間ならば大丈夫だと鼻息荒く言う。

でも、今更だろうか。もう、終わりなのだから、夜も大丈夫だと言った方がいいのだろうか。

優しいダリウスは気にするかもしれない。自分の怪談話のせいで一人で寝られなくなったと、気にしてしまうかもしれない。

「そうか。では、暗くなる前に……帰ってこよう」

「はい。待ってます。いってらっしゃい」

精一杯、笑ったつもりだったけど、頬に添えられていたダリウスの手に眉が寄った。

変な笑顔になっていたのか、ダリウスは困った顔をする。少しナターリエから目を離して、考えるような顔をしてから頷いている。

「……ヨゼフィーネを呼ぼう」

決心したようにダリウスは言うけど、何か勘違いしているみたいだった。

だから、別に、もうそんなに怖くない。怖くて上手く笑えなかったのではなく、寂しくて寒いからだとは言えない。

「え？　あ？　大丈夫です、よ？　待ってますって言ってるじゃないですか？」

「……背に隠して、コートを着てしまえばわからないか？」

「は？　ついて行きませんよ？　隠れてついて行ったりしませんよ？」

「……しかし。私の責任だからな」

「えっと、泣いたりしないですから、大丈夫ですから」

過剰に心配されると、真実を言ってしまいそうで怖かった。

でも、寂しいなんて言えないから、大丈夫だと言うしかない。ここで大丈夫じゃないなんて言えば、ダリウスのコートに隠され部屋から連れ出されてしまう。

「ダリウス様。ここで大人しく待ってますから、行ってきてください」

「……だが」

「早く行って、早く帰ってくればいいんです！」

目から鱗《うろこ》という顔をしたダリウスに、ナターリエは苦笑した。

こんなにも心配させてしまったと、申しわけなく思う気持ちもある。もっと心配して責任取ってずっと一緒にいてくれたらいいのにと、叶わない夢を浅ましく願う気持ちもある。

どちらにしても、自分のせいでダリウスが部屋から出られないのでは、自分が責任を取らなければならなくなりそうだ。

苦笑しながらナターリエは扉まで歩いて、ダリウスを見て顔を顰めた。

「ほらほら、ダリウス様」

「……む。そうだな。なるべく急いで帰ってこよう」

早く早くと、おいでおいでをすれば、ダリウスは苦笑する。渋々といった感じで扉まで来て、ナターリエの頭を撫でる。

「いい子で、待っていてくれ」

「はい。いってらっしゃい」

扉を開けるダリウスから一歩下がり、笑顔で部屋から出て行くのを見送った。

バタンと、重厚で無駄に豪華な音がする。しんと、部屋の中に静寂が満ち、急に居心地が悪くなる。他人の部屋にいるのだ——ここは自分の部屋ではなかったのだと。

ナタ－リエは早足でソファに移動して座った。

「あ～あ………」

ソファに深く身体を沈め、ナタ－リエは天井を眺める。終わるとわかっていたのに、いざ終わりの匂いを感じると、途端に身体が重くなる。

だって執務に戻れというだけではなく、話があると書いてあったと、ダリウスは言っていた。

きっと、レンネンカンプに行ったダリウスの盾仲間が帰ってきたのだろう。それを伝えるために、話があると書いてあったに違いない。

「……わかってたんだけどなぁ……終わっちゃうって……」

レンネンカンプに近づいた集団の確認が取れれば、ナタ－リエは帰ることができる。

ブルグスミュ－ラ－城から——ダリウスの部屋から、帰ってしまえば全てが終わりだった。

「……終わり、か……終わりだよなぁ……」

夢のような贅沢は、夢だと諦めるのは簡単だろう。だって、夢だから。

だけど、ダリウスのことは、諦めきれそうになかった。

この三日間を、奇跡が起きた泡沫《うたかた》の夢だと思えばいいのか。初めて話をした後のように、ダリウスを思いながら誰かに嫁げばいいのか。

でも、諦められないのなら、ダリウスの優しさにつけ込んで一緒に寝たように、責任を取って結婚してくれと迫るのはどうだろう。

馬鹿馬鹿しい思い付きに、ナターリエは自嘲しながら目を閉じた。

「……子供扱いで、仔犬扱いだけど……うん、ダリウス様に名前を呼んでもらっただけでも凄いことだし……それ以上を望んじゃ、駄目だよね……」

ナターリエがダリウスの私室にいるのだって、何か理由があるのだろう。

部屋から出てはいけない。ダリウスとヨゼフィーネ以外の使用人とも顔を合わせてはいけない。これは、ナターリエが知らなくていい政のせいだとわかっている。

ダリウスが一緒にいたのは、監視のためなのか。それとも、部屋から出せないのは可哀想だと、哀れんでくれたのか。

どっちでもいい。ダリウスと一緒にいられたのだから、どっちでもいいとナターリエは苦笑した。

「……でも、そろそろ帰らなきゃいけないのか」

どんな状況でも、どんな扱いでも、ダリウスと一緒にいられるだけで嬉しかった。

本当は、身分違いで世界が違う人だから、話をすることもできない。結婚だとか恋人だとか、そんなことは夢のまた夢だとわかっている。

好きだから、結婚できるわけではない。好きだと、告白することだってできない。

わかっている。これは、夢だ。神様が偶然に見せてくれた、一生分の幸運を使って見た、ただの夢だとわかっていた。

だって、現実が近付いてくる。ダリウスと二人っきりの時は気付かなかった現実が、じわじわとナターリエを苛む。

もしも、今回ダリウスが呼ばれたのが、レンネンカンプに関することじゃなくても、そろそろ結果がわかる頃だった。

レンネンカンプからブルグスミューラーまで、ナターリエが一日半で駆け抜けたのだから、武装した騎馬隊も三日もあればレンネンカンプに着く。

レンネンカンプに何者が近付いたかを確かめ、その情報を知らせに戻るのは部隊全員でなくともいい。身軽な騎士が先行して、女王に知らせにくるだろう。

それで、終わりだ。ナターリエはダリウスに、特別扱いしてくれてありがとうと言って、レンネンカンプへ帰る。

「……………帰りたくないなぁ」

「お久しぶりでございます。ナターリエ様！」

帰りたくないなんて、思ってはいけないことを考えていたら、物凄い音と声がした。びっくりして扉の方を見ると、にこにことヨゼフィーネが笑っていて、口から心臓が出そうになる。いけないことを考えていたから、慌ててソファから立ち上がる。

「お久しぶりです。三日ぶりですね、ヨゼフィーネさん」

にっこりと、ごまかすみたいにヨゼフィーネに笑いかけてお辞儀した時、ナターリエは気付いてしまった。

まずい。この格好は、どう考えてもまずいだろう。あまりに非常識な格好に、頭を下げたままナターリエは硬直する。

でも、言いわけをすると、これは自分の普段着よりも高価だ。

ダリウスのシャツとズボンなのだから、高価で上等なのは当たり前だろう。……そうじゃない。気にしなければいけないのは、ソレじゃない。ナターリエがダリウスの服を着ていることが問題なんだと冷や汗を掻いた。

シャツはぶかぶかで、ナターリエがもう一人入れるかもしれない。ズボンは悲惨な感じで、貴婦人の流行りのドレスのように裾が長過ぎたから半分近く折り返している。もちろんウエストもガバガバだったので、ダリウスがベルトを一つ駄目にして、ナターリエ用に作り直してくれた。どう考えても、他人様に見せる格好ではなかった。

しかも、相手はダリウスの乳母だ。王族の乳母ならば、礼儀には煩いだろう。未婚でありながら、ダリウスの私室でこんな格好では、なんて言っていいのかわからなくなった。

「あ、あの！　こ、こ、これはっ」

決して、ダリウスが悪いわけではない。

ダリウスの言う通り、貴婦人の心得を知らないから、こういうことになる。貴婦人らしい振る舞いをしないから、こういうことになるのだと、ナターリエはパニックになる。

いっそ、脱ぐか。逃げるか。隠れるか。真剣にナターリエが考えていれば、ヨゼフィーネはにこにこ笑っていた。

「ダリウス様から伺っております。でも、可愛らしいですけど、寒くないですか？」

「え？」

ふふふと、笑いながらヨゼフィーネは、ナターリエのいるソファではなく暖炉の方に歩いて行く。

怒られなかったのは良かったけど、どうしてか怒られないと不安になる。いくらダリウスからナターリエの話を聞いていても、こんな格好では常識的に考えれば怒られるのが普通だった。

「ナターリエ様が着るとドレスのような丈になりますけど……。ダリウス様は、立派な騎士なんですけどねぇ、気が利かないんですよ」

「そんな！　ダリウス様はとても優しいですっ」

「……隣国の奇襲から十年近く経ちますが、騎士として貴婦人とお遊びもしていらっしゃらないんですよ。ですから、どうにも貴婦人への細やかな心遣いがねぇ」

ダリウスがどれだけ真面目に過ごしてきたか、ヨゼフィーネは語りながら、暖炉の横にあるチェストからガウンを取り出す。厚手のガウンを手渡してくれるヨゼフィーネは、ナターリエに申しわけなさそうな顔をした。

「未婚の淑女の身体を冷やすなんて、本当にダリウス様は駄目な子だわ」

「いえ、その、レンネンカンプの城の方が寒いので！　充分に暖かいです！」

自分のせいで、ダリウスが悪く言われるのは嫌だと、ナターリエはヨゼフィーネからガウンを受け取りながら叫んだ。

だって、本当に自分のせいだ。ダリウスに非はない。ナターリエが、がさつで大雑把で貴婦人らしくないからこんな格好になった。

「こんな格好で本当にすみませんっ。ガウンだと、はだけてしまって、あの、私の服を取りに行けば良かったんですけどっ、洗濯が、その、怪談で！」

あわあわと、自分でも何を言っているのかわからなくなる。

そうだ。服だ。自分の服があればいい。服さえあれば、ちゃっちゃと自分で着替えられる。自分の服に着替えて、レンネンカンプに帰らなければならない。

「そろそろ帰らないとって思ってたんで……あれ？」

パニックになって言ってると、ヨゼフィーネの動きが止まった。

ぎぎぎっと、錆《さ》び付いた歯車のように、ヨゼフィーネがナターリエに近づいてくる。それはもう、ナターリエの後ろに幽霊か悪霊がいるみたいに顔を歪ませて、壊れた荷車のような嫌な動きで近付いてくる。

目を見開き、顔を強張《こわば》らせ、わなわなと震えるから、ナターリエも顔が青くなった。

「え？　な、何が、えっ？」

もしかして、もしかすると、ダリウスの言っていた怪談話が本当で、もしかして、もしかすると、後ろに何かいるのかとナターリエは振り向く。

でも、何もない。きょろきょろと、周りを見回しても何もない。

「……やっぱり」

何もないけど、地獄から響いてくるような絶望した声が、ナターリエの耳に届いた。

「え？」

「呆れましたか？　ダリウス様に」

「ええっっ!?　そ、そんなわけないじゃないですか！」

いきなり、意味のわからないことを聞かれて、ナターリエの頭の中が真っ白になる。

なんでいきなりダリウスに呆れるとか言うのか、びっくりしてヨゼフィーネを見れば、物凄く悲しそうな顔をしている。

「ダ、ダリウス様は素敵な方です！　私の方が呆れられるっていうか笑われるっていうか、むしろなんでいきなり？」

あわあわと、両腕を振り回して否定したナターリエは、世界が滅亡したみたいな顔をするヨゼフィーネを見た。

なんだろう。どうしたのだろうか。何かあったのか。でも、この話の流れで、どうしてダリウスに呆れるとかいう言葉が出たのか。この格好か。ダリウスのシャツとズボンという貴婦人らしくない格好がいけないのか。

混乱は混乱を呼び、どうしようかと焦っていれば、ヨゼフィーネがポツリと言った。

「……だって、お帰りになってしまうのでしょう？」

「…………え？」

本当に、本当の本当に、意味がわからない。

目をぱちくりさせて首を傾げると、ヨゼフィーネはポソポソと話し出す。

「私は、ダリウス様がお生まれになった時からお世話しております。騎士団に行ってからも、何くれとなくお声をかけてくださいました」

「……えっと」

その話は、さっきの話と繋がっているのだろうか。

じっと、ヨゼフィーネの話を素直に聞く。少し俯いてしまったから、ヨゼフィーネがどんな顔をしているのかわからない。

「そんなお優しいダリウス様に……あんな噂が立って……。いくつも縁談の話があったんです……」

でも、ヨゼフィーネの声に、ナターリエの胸がきゅうっと痛くなった。

やっぱり、ヨゼフィーネもこんなに心を痛めている。ダリウスを知った今、あの嫌な噂がどれだけ酷いかわかってしまう。

「ですが、あの噂のせいで……ダリウス様は、結婚などしないとっ……」

震えるヨゼフィーネの声が苦しそうで、思わずナターリエは手を伸ばした。

ヨゼフィーネの肩に手を置けば、震えているのがわかる。どれだけ辛かっただろう。乳母ならば、ダリウスを我が子のように思っているだろう。我が子にあんな誤解でしかない嫌な噂が立って、辛かっただろうとナターリエは唇を噛んだ。

「昔から……表情の乏しい方だったんです……長男は跡継ぎとして大事に育てられましたが、ダリウス様は次男ですから色々と思うところがあったのでしょう……ですが、兄上様を思い、自ら騎士団に入ると……」

優しい方なのですと、ヨゼフィーネは震える声で言う。

わかる。もちろん、そんなこと、ナターリエだってわかっている。

「そんなダリウス様が初めてっ……初めて、このヨゼフィーネに、お話ししてくれたのです」

顔を上げたヨゼフィーネの目に涙はなく、ようやくナターリエは息ができるような気がした。

でも、悲しそうな顔をしている。泣きそうな、苦しそうな、そんな顔をしてナターリエに言い募る。

「内緒だよ、と。可愛い貴婦人を部屋に通すから。大事な人だからと、ダリウス様は私に言ってくださったのにっ……」

ヨゼフィーネの叫びと共にナターリエの時が止まった。

一瞬、息すらできなくなる。もしかしたら心臓も止まったかもしれない。ナターリエは目を丸くしてヨゼフィーネを見る。

「ようやく、ダリウス様の優しいお人柄を知る貴婦人が、ダリウス様に嫁いできてくれたのだとっ、私は、ヨゼフィーネは喜んでおりましたのにっ‼」

「………はい？」

なんだか、色々と物凄くまずいような気がした。

どうしてこうなったと、頭の中が真っ白になる。なんていうか、誤解というか勘違いというか思い違いをされているような気が、ムンムンと湧いてくる。

今さっきまで、ヨゼフィーネの感動する話を聞いていたはずなのにと、ナターリエは顔を顰めて冷や汗を流した。

「ヨ、ヨゼフィーネさん……えっと、落ち着いて、そう、落ち着いてください」

だって、これは放っておけないだろう。放っておいたら大変なことになりそうな気がする。

ヨゼフィーネに落ち着けと言いながら、自分を落ち着けて、どうしてそんな誤解をしたのか問いかけることにした。

「あ、あの……ダリウス様が、内緒って、言ったんですか？」

「ええ、ええ。もちろんですとも！　内密にと、私に仰《おっしゃ》いました」

必死に言うヨゼフィーネの言葉に、ナターリエは眉を寄せて首を傾げる。

内緒と内密――。同じような言葉ではあるが、響きが違うような気がする。背を流れる冷や汗を無視しながら必死で考えた。

「えっと……ダリウス様は、ヨゼフィーネさんになんて言ったんですか？」

「好意を寄せている貴婦人を部屋に通すから、内緒にしてくれと！」

「……あの、内緒じゃなくて、内密じゃないんですか？　そ、それに、好意を寄せているとか、初耳ですが、その、間違いではなく？」

どんどん話が変わっているような気がする。話を脳内で変換してしまって、そう思い込んでしまったのではないかと、ナターリエはヨゼフィーネを見ながら焦る。

そういえば、数人が間にいる伝言は正確に伝わらないって、誰かに聞いたような気がした。

悩みまくって思考が脱線するぐらいの必死さが伝わったのか、ヨゼフィーネは深呼吸をしている。必死な目をギラギラさせたナターリエを見て反対に冷静になったのか、首を傾げながら考えている。

「……そうですわねぇ……」

「よーく、思い出してください。ダリウス様は、なんて言いましたか？」

どうしてそんな誤解をしちゃったのかと、ナターリエは涙目になった。

ヨゼフィーネの勘違いだとわかっているけど、それはないだろう。

もう終わりだと、もうダリウスと一緒にいられないのだと、覚悟していた時にそれはない。ダリウスが自分に好意を寄せているなんて、嬉しいけど有り得ないから悲しくなった。

もしも、もしも、だ。初めて会った時の直後に、ダリウスが頭を打って記憶が改竄《かいざん》されて、ナターリエに好意を寄せていたとしても、この三日間で終わっただろう。

謙遜《けんそん》しているのではない。もちろん、自己評価が低いのでもなく、卑下しているのでもない。これが客観的に見ても、正当な感想だった。

だって、迷惑しかかけてない。レンネンカンプで何が起きているのか知らないけど、収束するまでだから優しくしてくれたに違いなかった。

「ダリウス様が……女性を部屋に通すと仰るから驚きましたの。でもね、一年前のお話を聞いていたから、すぐにナターリエ様のことだってわかりましたわ」

「………あのですね、なんか怖いので、正確な言葉を思い出して欲しいんです」

ヨゼフィーネに誤解させたままというのは、ダリウスに申しわけないと思う。自分はレンネンカンプに戻れば元通りだけど、ダリウスはヨゼフィーネと一緒に生活しているのだから、誤解は解かないとまずいだろう。初めて会った時から迷惑しかかけてないけど、最後の最後まで迷惑をかけたくない。

「正確に、ですね……確か、レンネンカンプ辺境伯の長女を内密に部屋に通す、と」

キリリと答えてくれるヨゼフィーネに、ナターリエはしょっぱい顔をした。

どうしてその言葉を聞いて、好意を寄せるだとか可愛いだとかの甘酸っぱい話に変換できるのか、ちょっと聞いてみたくなる。そんな政みたいな台詞で勘違いしてしまったなんて、ダリウスが可哀想だと思う。

「……そ、それは、そんな話ではないって、いうか、違うというか、その」

はっきり言えば、ダリウスにも選ぶ権利があるだろう。

自分はダリウスを好きだけど、無理だとわかっているのだから、そっとしておいて欲しい。

身分違いなんていう、どうにかなりそうでならないことで悩んでいるのではなく、ダリウスと一緒に過ごした三日間で駄目だと思い知った。

なのに、ヨゼフィーネは自信満々で断定するように言う。

「ダリウス様は騎士としては立派ですが……恋愛面では奥手で不慣れなのです。ええ。もちろん私はわかっております」

「……いいえ、あの、だから、そういう、意味ではないと」

「どうにも、恋愛面では朴念仁《ぼくねんじん》というか、堅くなってしまうのです。ダリウス様が生まれた時から知っている私には、心の声が聞こえましたとも！」

天啓を受けたみたいなヨゼフィーネの叫びは、ナターリエを硬直させるだけの威力があった。

だって、どうしよう。なんかもう、どうしよう。どうしようったら、どうしよう。

もちろん、ヨゼフィーネの気持ちもわかる。ダリウスの嫌な噂に心を痛めているのは、ナターリエだって同じだ。

しかし、それはないだろう。ナターリエ的には、このままヨゼフィーネを煽ってお願いしますと言いたいところなのだけど、ダリウスのことを考えればそんなことはできそうになかった。

「……えっと、ですね、ヨゼフィーネさん」

「ナターリエ様、ダリウス様は少し恋愛下手で貴婦人の扱いに慣れてませんが、とてもいい旦那様になると思います！」

「……いえ、あの、私の身分とか、ですね、王族に嫁げるような家ではないので」

王族の乳母であるヨゼフィーネが身分を気にしないのはおかしいが、ダリウスの事情を考えれば仕方がないのだろう。

嫌な噂のせいで、ダリウスに結婚話が来ない。ダリウス自身も、結婚しないと言っている。だから、ナターリエの身分を気にしている余裕がなかったのかと、苦笑しながらヨゼフィーネを見た。

「……確かに、ダリウス様は憧れの騎士です。ダリウス様のような方に嫁げればいいと思いますけど、レンネンカンプ家から王族に嫁ぐなんて無理です……」

貴族の結婚は、好きだとか愛しているだとかで決まるわけではない。領土や財を守るため、政略的に結婚を考えるものだ。

もちろん政略的なことで、地位の違う者が結婚することもあるだろう。地位を気にせず、身分を超え、愛し合って結婚する者だっている。

でも、自分がそうなるとは、ナターリエは思えなかった。

「ヨゼフィーネは、ダリウス様とナターリエ様の味方ですとも‼」

「え?」

結婚できない理由を言ったつもりだったのに、何故かヨゼフィーネの目がキラキラと輝き出す。それはもう凄く輝いていて、驚いている間にヨゼフィーネに手を握られる。

「安心なさいませ！　このヨゼフィーネが、ブルグスミューラー城の使用人全てを、お二人の味方にしてみせましょう！」

「え？　ええっっ!?」

　ぎゅうっと、手を握られてブンブン振られて、ナターリエは目を丸くして口を開けるぐらいしかできなかった。

　どうしようと考えるけど、どうしていいかわからない。この誤解は、どうすれば解けるのだろうか。できれば、喜びに震え感動に目を輝かせるヨゼフィーネを失望させないで、誤解を解きたい。

「身分違いがなんですか！　愛し合う二人が引き裂かれるなんて！　ええ、ええ。そうです。吟遊詩人に謳わせればいいのです！」

「えっ!?　それはちょっと、かなり駄目ですっ‼」

　ヨゼフィーネは身分違いの美しくも悲しい恋だと思ってしまっていた。

　もう、駄目だ。失望させないで誤解を解けるレベルを超えている。ちょっと落ち着いて冷静に考えて欲しいと、ナターリエは涙目になった。

　吟遊詩人とか、引き裂かれるとか、そういう問題でもない。そもそも根本的なところから間違っている。

　これはまずい。なんか本気で土台から間違えているから、どう言っても誤解しか生まない。誤解の上に誤解を積み上げて、誤解が盛大に誤解している。

「ヨヨヨヨヨヨ、ヨゼフィーネさん！　落ち着いてくださいっ‼」

「もちろん落ち着いていますとも！　グロリア様にお伝えしなければいけませんわよね！」

「グロリア様……っっ⁉　女王様に何を伝えちゃう気なんですかっ⁉」

「大丈夫です！　グロリア様もダリウス様を本当に心配していて……『国のことはどうでもいいから早く結婚しろ愚弟』と――」

ダリウスを愚弟呼ばわりする女王に、ナターリエはちょっと笑う。

バルコニーや、遠くの壇上に立っている姿しか見たことのない女王は、大人しく美しい貴婦人だと思っていたのに、意外と口が悪いのか。姉弟仲が悪そうに見えるけど、何となく仲が良いんだと感じた。

ナターリエも、兄達や妹や弟には遠慮しない。女王であっても姉であるグロリアも、ダリウスを心配しての言葉なのだろう。

いや、そうじゃない。姉弟仲が良いんだと、ほっこりしている場合じゃない。

「あ、あのっ、いきなり女王に言ったら、その困ると思うので、やめましょう！」

「いいえ。きっとグロリア様はお喜びになるでしょう！　ええ。ヨゼフィーネはわかっておりますとも！」

「待って、待ってて っ！」

女王が許すわけがない。ブルグスミューラー王国の沽券《こけん》に関わる。何より、ダリウスに申しわけないと、ナターリエはヨゼフィーネを必死に止めた。

こんな勘違いをされて、しかも相手が自分だなんて、ダリウスに土下座して謝りたい。ヨゼフィーネが、一方的に勘違いしただけだが、もしかしたら何か誤解させるようなことを言ってしまったのかもしれないと、ナターリエは青くなった。

「……私が……あの、私がどうしてダリウス様のところに来たのか、思い出してくださいっ」

早馬の騎手としてだ。それを思い出してもらえたら、きっとヨゼフィーネだってわかってくれるだろう。

「……お輿入れ《こしいれ》……には少々早いですわね？」

「……私は早馬として、この城に来たのですが……案内してくれた騎士に聞いたってヨゼフィーネさん、言ってましたよね？」

「そういった偽装でお輿入れなんて、吟遊詩人の詩のようですわ！」

「……いやいや、待って、待って待って」

とりあえず、何を言っても駄目ということだけ、わかってしまった。

どうして、そこに着地するのかわからない。早馬として城に来たナターリエが、どんな偽装で何をカモフラージュして、誰を謀《たばか》って輿入れになるのかわからない。

どうすれば、ヨゼフィーネの『ダリウスとナターリエが結婚』という夢を木《こ》っ端微塵《ぱみじん》に壊せるのか真剣に考えた。

「……あ！　そうです！　婚約、まずは婚約じゃないですか！」

「大丈夫です。ナターリエ様。ヨゼフィーネは、ダリウス様とナターリエ様の味方です！」

「だっ、だから!!　王族が司祭に祝福されない婚姻なんて有り得ませんから!!」

普通の貴族に疎《うと》いナターリエだって、結婚がどういうものかぐらいわかっていた。

双方に結婚の意思があれば、教会で司祭立ち会いの下、婚約式を行う。指輪の交換をもって契約が結ばれ、定式書に従い婚約を公にする。四十日の間お披露目をして、ようやく結婚式を挙げることができる。

このような手順を経て初めて二人が婚姻関係にあると教会に認められるのだ。

「ダリウス様の立場も考えましょう！　王族ですよ!?　女王の側近ですよ!?」

「……そうですわね」

「ね？　ね？　そうですよ。王族が結婚するんですから、教会に認められないなんて有り得ないですからね？」

必死になって、ナターリエはヨゼフィーネを説得した。

ブルグスミューラー家も王族だ。敬虔な信徒ではないとしても教会には逆らわないだろう。教会に認めてもらうということは結婚を公表するということだ。ヨゼフィーネがいくらダリウスと自分を結婚させたがっても無理だと思う。

これでいい。もうダリウスの優しさに甘えてはいけない。こんな自分と結婚なんて、ダリウスが可哀想だと、ナターリエは自嘲した。

「それに、ですね……ダリウス様は優しいですからね、本当のことを言ってないと思うんですよ。一年前のことだって、本当に、その……」

ダリウスは、優しい。ナターリエみたいな子供につけ込まれてしまうぐらい、優しい。我が儘を言えば、叶えてくれるのではないか。駄々を捏ねれば、もしかしたら許して傍に置いてくれるかもしれない。

なんて、強欲なんだろう。ナターリエは自分の浅ましい欲に吐き気がした。

「司祭様にお話をしましょう!」

「………え?」

強欲さを反省していたら、ヨゼフィーネの叫び声が聞こえてくる。

耳を通り抜け、脳に突き刺さるような言葉なのに、どうしてか意味がわからない。これで終わりだと苦労して気持ちを積み上げたのに、まだまだ先がありますよと言われているような気がする。

「もちろん、グロリア様にもお話を通して、ブルグスミューラーと懇意にしていらっしゃる司祭様にお話しすればいいですね！」

「…………………あれ？」

ふふふと、穏やかに笑っているヨゼフィーネに、なんとなくナターリエは背筋が寒くなる気がした。

「そうです。ええ、ええ。本当に私としたことが、取り乱してしまいましたわ。ナターリエ様のお心、このヨゼフィーネが受け止めました！」

「ええ？　あの、あれ？」

「さすがはナターリエ様。ダリウス様が好意を寄せるに相応しい貴婦人です。やはり、正式な婚姻でなければいけません」

「あれ？　ちょ、えっ!?」

やる気満々になってしまったヨゼフィーネに、ナターリエはどうしていいかわからなくなった。

焚《た》き付けてしまったのか、それとも中途半端に冷静にしてしまったせいなのか、ヨゼフィーネは真剣な顔をして頷いている。

こんなヨゼフィーネに何を言っていいのかわからなくて、ナターリエはおろおろするしかできなかった。

# 第四章　求婚と初夜のレッスン

どうしよう。本当にどうしよう。

どうやってもヨゼフィーネの誤解を解くことができなかった。

一年くらい前の、塀を登って迷惑をかけたという情けない話までしたのに、何を言っても勘違いされる。

そんなこんなで、ぎゃいぎゃい、わーわーしていたら夜になってしまった。

「…………どうしよう」

昼食の時にダリウスが部屋を出て行ったのに、気づけば夕食も終わっている。硝子窓にはカーテンがかけられ、暖炉と蠟燭の明かりが部屋を照らす。

はぁあああと、溜め息を吐いたナターリエは、自分の格好を見下ろした。

青い綺麗なドレス。シンプルだけど仕立ては上等だとわかる。ナターリエの身体のラインに合っているのは、ヨゼフィーネが直してくれたからだ。

あの後、服がないと辛いと言ったら、このドレスを持ってきてくれた。何故かここに来た時に着ていたドレスではなく、この青いドレスだ。

このドレスは凄く綺麗だと思う。シンプルなデザインで、飾りボタンが美しい。背中をリボンで調節する作りだから、簡単な直しでナターリエにぴったり合った。

でも、こんな高価なドレスが着たかったわけではない。

がさつで大雑把《おおざっぱ》な自分には勿体ないドレスだと言えば、婚約式のドレスはもっと豪華で素晴らしいものになると言われた。そうじゃなくて高価なドレスは動きにくいと言えば、パーティーではダリウスと手を握っていれば大丈夫と言われる。

駄目だ。話が通じない。

だいたいにして、どうしてヨゼフィーネが、ダリウスとナターリエの仲を応援するのか、それがわからなかった。

『身分違いじゃないですか……辺境伯と王族が婚姻関係を結ぶなんておかしいです』

突っ込みに疲れてきたナターリエは、正論を言ってみた。本当ならば反対しなければならないのは、格下の貴族と婚姻関係を結ぶ王族の方だ。

そういえば、ヨゼフィーネは静かな声でナターリエに語っていた。

『ダリウス様の噂はこの城にも届いております。ですがこの城の者達は、ダリウス様がどれだけお優しいのかわかっております』

パーティーで囁かれるのは、噂よりも嫌な話。

大国となったブルグスミューラー王国と懇意になりたい国の王族は、婚姻関係を望む。女王の側近でもある、次男のダリウスに娘を嫁がせるのが最良だろう。

だけど、ダリウスの噂を知っている貴婦人達は「悪魔」や「邪神」に嫁ぎたくないと嘆き悲しんだという。部屋に閉じ籠もり出てこなくなる者や、忠誠を誓ってくれた騎士と逃げ出す者すらいるそうだ。

たちが悪いのは、結婚に納得しない娘に、ならばダリウスに嫁げと言って従わせる輩《やから》だった。

『そんな話を聞いて、ダリウス様は結婚なさらないと言いました。見合いも断り、騎士として女王に仕えると……』

噂は嘘《うそ》であると、憤った者もいる。ヨゼフィーネも、噂は中傷であり失礼だと怒ったこともある。使用人達はパーティーで、怒りに震える手をごまかしながら給仕したこともある。

しかし、嫌な噂も、女王のためだと言われたら、誰も何も言えなかった。

ダリウスを恐れ攻め入ることを断念する国が出てきたからだ。

『もう、噂などなくとも国は安泰だと思うのです……でも、噂を消すことは難しく……だから、だからこそ……せめて、好意を寄せている相手と結ばれて欲しいのです。身分違いなど、些細なことです』

静かな怒りを抑えて真剣に言うヨゼフィーネに、ナターリエはうっかり感動してしまった。

まったくもって、その通りだ。

ダリウスには、好きな人と一緒になる権利がある。身分違いなんて問題じゃない。もう、幸せになってもいいはずだ。

感動して賛同したナターリエだったが、ヨゼフィーネの言う「好意を寄せている相手」が自分だということを忘れていた。

「………本当に、どうしよう」

ナターリエは、青いドレスを摑んで慌てて手を離す。借り物の高価なドレスに皺《しわ》を作ったらまずいと、ソファに座りながら姿勢を正す。

「でも……でも……事実だし……」

ヨゼフィーネの勘違いを正せなかったのは、ナターリエがダリウスを好きだからだった。

だって、仕方がないじゃないか。もしヨゼフィーネに、ダリウスのことが好きかと聞かれたら、好きだと答えるに決まっている。嫌いだなんて、嘘でも言えない。

身分違いでもいいと言うなら、望んでもいいじゃないか。この奇跡のような偶然に縋ったっていいじゃないか。

もう、二度と会えないだろう。この機会を逃したら、ナターリエがどんなに望んでも、王族のダリウスに手が届かないとわかっていた。

「……同じ部屋で二人きりだったし……一緒に寝たし……同衾《どうきん》、だし……」

退《の》っ引《ぴ》きならない状況で、抱き付くというより巻き付く感じで寝たが、同じベッドで寝たのだから同衾だ。怪談を聞いての恐怖心から一緒に寝たとしても、それに変わりはない。

そういえば、ヨゼフィーネも頷いてくれた。とても力強く「その通りです。同衾は同衾です」と、ナターリエの手を取って言ってくれた。

泣くまで怖い話をするなんてと、ヨゼフィーネは怒ってくれる。そんなことをされたのなら責任を取ってもらって結婚するしかないですと、力説してくれる。

「……責任取ってくださいとか……責任、か……」

だけど、最大にして重要な問題があった。

ダリウスがナターリエに好意を持っているなんて事実はない。ヨゼフィーネの勘違いであり、ナターリエの希望でしかない。

だって、ナターリエはダリウスに迷惑しかかけてこなかった。

「……困るかなぁ……困るだろうなぁ……」

それでも、ヨゼフィーネの言った通り「責任を取ってください」と言ったら、ダリウスはどんな顔をするだろう。

好きだと告げたら困るだろうか。結婚してください、恋人にしてください——そう言ったらダリウスはどんな顔をするのだろうか。

ふざけるなと、怒るのならばいい。仕方がないと諦めて、責任を取ると言い出したら嫌だなと、ナターリエは自嘲した。

「……優しすぎるよなあ……だから、もしかしたらって思っちゃう……」

吟遊詩人の謳う詩のように、昔話のように、ただ思うだけの好きな騎士がいる。

太陽に焦がれ、月に魅せられ、星に手を伸ばすような思いだ。手が届くなんて、思っていない。この手に摑めるなんて、思いもしない。

そのぐらい、遠い人だった。ナターリエにとってのダリウスは、それだけ遠くて憧れることしかできない人だった。

「……後悔は、したくないなぁ」

もう、四日目も終わる。そろそろ帰らなければいけないだろう。残された時間は少ない。

ダリウスと会えなくなる。ダリウスとの日々は夢と消える。

悲しいというより、惜しいのかもしれない。奇跡が通り過ぎるのを、黙って見ていることしかできないから、悔やんでいるのかもしれない。

そっとソファから立ち上がる。青いドレスを抓《つま》んでくるりと回ってみる。ふわりと柔らかく広がるスカートは、この生地が軽く高価なことを教えてくれた。

似合わない。自分にはこんな上等なドレスは似合わない。

裾に施された細かいレースは、馬に乗る前に引っかけて切ってしまいそうだ。袖にあるたくさんのレースだって、手綱を握る前にちぎってしまうだろう。

「……似合わないっていうか……相応《ふさわ》しくない？」

「そんなことは、ないだろう？」

びくりと震えてから、ナターリエは声がした方に顔を上げた。

いつ帰ってきたのだろうか。扉の前にダリウスが立っている。首を傾げてナターリエのドレスを見ているから、ちょっと恥ずかしくなって赤くなる頬に手を添えた。

「……お帰りなさい」

「ああ。ただいま」

近付いてくるダリウスは、そっと腕を伸ばしてくる。ナターリエの腰に手を添え、赤くなった頬を隠す手に手を重ねる。

凄いドキドキする。どうしよう。心臓が口から出ちゃうかもしれない。まるでダンスを踊る前のようだと気づいたナターリエはへにょりと眉を下げた。

そうか。ナターリエはダリウスと王宮で会ったことがなかった。ダリウスは主賓クラスなのだから、ナターリエは近付いたことも話をしたこともなかった。

「とても、似合っている」

「………あ、ありがとうございます?」

「だから、どうして疑問形なんだ?」

それだけ遠い人なんだと、改めてナターリエは気付いてしまった。

遠い人だとわかっていたのに、目の前にいるから忘れてしまったのか。近付けたと舞い上がって、話ができたと喜んで、一人で空回りしていた。

馬鹿みたいだとナターリエが思っていれば、低い声が耳を擽った。

「君には、抜けるような青空の色が似合うと思っていた」

「……えっと、ありがとうございます? でも、おだてても何も出ないですよ?」

びっくりするぐらい、ダリウスの顔が近い。ダンスを踊る距離とは近いのだと、ナターリエは初めて意識する。

駄目だ。恥ずかしい。ダリウスに腰を抱かれ、こんなにも近付いていたら、心臓の音まで聞こえてしまいそうだ。

思わず、腰が引ける。でも、腰を抱かれているから、背が仰《の》け反るように後ろに傾く。

本当にダンスを踊っているようだとあわあわするナターリエに、ダリウスが驚いたように聞いてきた。

「……ふむ。怪談の恐怖は消えたのか？」

「あ、忘れてました………」

ダリウスが部屋を出る前まで、もっと近くにいたのだと思い出す。ぺっとりと抱き付いて、片時も離れなかったと思い出す。

ぼぼぼっと、ナターリエの顔が真っ赤に染まった。

そうか。どうしてダリウスに怒られたのか、今、わかった。貴婦人としての心得を説くダリウスに、貴婦人じゃなくてもいいなんて言った自分を土下座させたい。あまりに恥ずかしくて、本気で穴を掘って埋まりたくなった。

「どうりで。太陽も隠れたのに、抱き付いてこないわけだ」

「ううう……本当にごめんなさい」

どうして、今まで恥ずかしくなかったのか、過去の自分に問いかけたい。いくら怖かったからといって、あれだけベッタリとくっついて何も感じなかった自分が怖い。

だって、ダリウスがこんなにも距離を詰めてくるのは、自分のせいだとわかっていた。

「いや、役得だろう。君は素晴らしい貴婦人だ」

なんの衒《てら》いもなく真剣な顔で褒めるダリウスに、ナターリエの息が止まる。ピシリと、心臓のどこかに罅《ひび》が入ったような気がする。

ダリウスが優しいのはわかっているけど今の言葉は、残酷だと思った。

「君を知れば、騎士達は忠誠を誓いたがるだろう」

「……そんなこと、は」

「事実だ。忠誠を捧げるに足る貴婦人は少ないからな……君に出会えた私は、運がいい」

何度も聞いた褒め言葉が、ゆっくりとナターリエの頭に入り込む。意味はないとわかっている言葉だから、なんとも思わない。

そう、なんとも思わない。何かを思っちゃいけない。

「…………そんな、こと、思ってないくせに」

でも、ぽろりと、ナターリエの口から言葉が零れ落ちた。

言うつもりのなかった言葉だったから、慌てて口を閉じた。だけど、本心だ。自分がダリウスに褒められるような貴婦人じゃないと、自分が一番よくわかっていた。

だって、馬に乗り弓を引き、塀に登る貴婦人なんていないだろう。それを許されていたレンネンカンプですら、おてんばと言われていた。

だけど、ダリウスは褒める。

可愛いとか、魅力的とか。素晴らしい貴婦人だと、なんでもないことのように言う。

「どうした？」

「………なんでも、ないです」

俯《うつむ》いて、ダリウスから離れようと、ナターリエは身を捩《よじ》った。

恥ずかしい。悲しい。悔しい。意味のない褒め言葉に喜んで、意味のない褒め言葉に落ち込んでいる。

馬鹿みたいだ。自分だけがその気になって、自分だけが夢中になっている。

「……あの」

ダリウスの手を剝がすのは簡単だった。俯くだけで、頰に添えられていたダリウスの手は離れる。だけど身を捩っても、腰を抱く腕は離れない。

「君が魅力的なのは本当だ。私も、できることなら君に忠誠を誓いたい」

「……だからっ」

「許してくれるか？」

真剣に言うダリウスに、ナターリエは思わず顔を上げてしまった。

ずるい。そういう言い方は、ずるい。だって自分は、ダリウスが好きだ。ずっとずっと、ダリウスが好きだった。だから期待してしまう。もしかしたら、もしかしたらと、勘違いして喜んでしまう。

なのに、どうして。どうして、そんな残酷なことを言うのだろう。

夢は覚めるとわかっている。夢の中で摑んだモノを現実に持ってこられないとわかっているのに、そうやって目の前にいるから勘違いしてしまう。

「……許すとか、そういうんじゃなくって、私は忠誠を誓ってもらえるような貴婦人じゃないし！」

わかっているから、これ以上、惨《みじ》めにさせないで欲しかった。

この思いは報われない。報われてはいけない。好きだから、ダリウスを好きだからこそ、自分じゃ釣り合わないと知っていた。

なのに、ダリウスはナターリエの腰から手を離し、その場に跪く。

震える手を取られ、恭《うやうや》しく手の甲に口付けされた。

「君に、勝利を。ナターリエの名誉のために、私は君に勝利を捧げる」

「…………」

「初めて、貴婦人に忠誠を誓う」

言葉の意味がわからない。何を言っているのか、ナターリエは呆然《ぼうぜん》とダリウスを見つめる。

悪い冗談だ。こんなの悪趣味だ。好きだとばれているのか。ばれているから、そういう酷《ひど》いことを言うのか。

ダリウスの褒め言葉に意味はない。

きっと何も考えず、ただ口に出している。そうでなければ謝罪か懺悔《ざんげ》か。わかっている。わかっているけど、こんな意地悪をされる覚えはない。

「う、嘘……」

「嘘ではないな。そういった遊びは好きではなかった。君に初めて誓う」

そうじゃない。そういうことを言ったんじゃない。

今まで忠誠を誓う貴婦人がいなかったことを、嘘だと言っているのではない。ダリウスが、自分に忠誠を誓うことが、嘘だと言ったのだ。

だって、わかっている。嫌というほど、ここに来て教えられた。自分は忠誠を誓われるような貴婦人じゃないと、ナターリエはわかっている。

「……わ、たしは、私は、騎士に忠誠を誓ってもらえるような、貴婦人じゃない、です」

「む、そうか。私に忠誠を誓われるのは、迷惑だろうか？」

「迷惑なんて思うはずがないですっっ!!」

なんだかもう、泣きそうだった。

ナターリエが悲鳴のように叫んだ後、ダリウスはゆっくりと立ち上がる。誓いのキスをする時に緩く手を握っていたが、そのまま離すことなく立ち上がり、ナターリエと向かい合う。

首が痛くなるぐらい顔を上げなければナターリエはダリウスと目を合わせることができない。

それだけ、遠い。遠くて手が届かない人なんだと、胸が痛くなった。

「私は……ヨゼフィーネに言わせると、そういったことに朴念仁で気が利かないらしいな。無骨者だと自覚はあるが」

「……そんな、ことは……ないです……」

そういうこととは、どういうことだろう。貴婦人に対する礼儀なのか、それとも恋愛的な意味なのか。ダリウスは遊んでなかったとヨゼフィーネは言ったけど、こんなにも口が上手くて優しい。

きっと、誰もがダリウスを好きになるだろう。嫌な噂がなければ、ナターリエはダリウスと話もできなかったとわかっていた。

「強面で怖がられているのはわかっている。この傷痕もあるしな」

「そっ！　そんなことはありません‼　ダリウス様は立派な騎士です！」

ありがとうと言いながら、傷痕を撫でるダリウスに、ナターリエの何かが切れる。ぶちりと、頭の中で音を聞いたような気さえする。

目の前が、真っ赤に染まった。

「ずっとずっと！　私はダリウス様が好きでした！　レンネンカンプの皆だって凄いって言ってます‼」

思っていたことが、言葉になって口から飛び出す。言うつもりなんてなかったのに、ダリウスが自分を悪く言うから、どうしても伝えたくなる。

「……そうか」

「本当ですよ⁉　本気でお嫁さんにして欲しいぐらいなんですから‼」

叫んだ後に目の前のダリウスの動きが止まって、ナターリエは自分の発言に気がついた。

何を言ったのか。なんて口に出してしまったのか。目の前のダリウスは、時が止まったかのように動かない。ナターリエの身体も止まってしまったが、頭の中がグチャグチャになって、言いわけすら出てこなかった。

言うつもりはなかった。後悔しないようになんて、もう二度と会えないからなんて、思っていても告げる勇気はない。

ヨゼフィーネは、責任を取ってくれと言えばいいと言っていたが、ナターリエは言うつもりはなかった。

ばくばくと、心臓の音が聞こえる。くらくらと、目の前が揺れる。

何か、何か言いわけをしないと。うっかり口から出ちゃった本音を、どうにかして、だから、ごまかさないと駄目だろう。

目眩で倒れそうなのに指先すら動かないまま、ナターリエが必死に言いわけを考えていたのに、ダリウスの声に思考が固まった。

「……そうか。私も、君が好きだ」

「……え?」

「言葉にされると嬉しいものだな……ありがとう、ナターリエ」

「………………」

引き攣った笑顔で礼を言うダリウスに、天国に連れて行かれて地獄に突き落とされた。

模範解答だろう。小さな子供に告白されて、大人が答える言葉としては優秀だと思う。

そう、小さな子供に結婚を迫られて、傷付けないように断るのと同じだ。

だって、ダリウスは苦笑というより困った顔をしている。眉間に皺を寄せ、口元は歪《ゆが》んでいるようにも見える。

それに、さっきまで緩く手を握っていてくれたのに、温《ぬく》もりが離れる。キスをしてくれた手から手が離れ、ダリウスはナターリエから少し距離を取った。

「ほ…………」

「ん？」

「本気ですからっ‼　本気で好きですからっ‼」

「……そうか」

やっぱり、ダリウスは困った顔で笑う。信じていないというよりは、子供の戯《ざ》れ言《ごと》だと思っているのだろう。

悔しい。悲しい。酷い。どうして。確かに二十歳も年は離れている。だけど、ナターリエは結婚できる年齢だし、子供じゃない。重要な政略結婚や、財や土地を守るための婚姻ならば、ダリウスとナターリエの年齢差はおかしくない。実際に、もっと年齢が離れている結婚だってあると、ナターリエはレンネンカンプの皆に聞いていた。

歳の差ならば気にすることはない。ダリウスのような騎士と結婚できればいいな。いっそ、ダリウス本人と結婚できればいいのにな。

そう、皆に言われてきた。

「……ずっと、ずっと好きだったんです。最初は憧れだったかもしれないけど、一年前、初めて会った時から好きだったんです！」

少し離れたダリウスに向かって、ナターリエは一歩踏み出す。ダリウスは下がらないから、どんどん距離は縮まる。

なのに、どうしてだろう。凄く、遠い。ダンスを踊る時のように、こんなにも近くにいるのに、酷く遠く感じた。

やっぱり、夢なのだろうか。一緒に過ごしたのに、一緒に寝たのに、これも覚める夢なのかもしれない。

いや、そうじゃない。夢ならば良かった。

だってこれは現実で、ナターリエはダリウスに告白してしまった。好きだと、言うつもりのなかった言葉を紡いでしまった。

「身分違いなのはわかっています！　それでもっ、それでも思うぐらい、いいでしょうっ！」

「……ナターリエ、落ち着きなさい」

「落ち着いてますっっ‼」

子供をあやすようなダリウスの言葉に、ナターリエは思わず手を伸ばした。

ダリウスのシャツを掴む。本当は胸倉を掴んでやりたかったけど、身長差がありすぎてできない。

だって、あんまりだ。

告白して、ふられるのならいい。がさつな女は嫌いだと、貴婦人としてのマナーも礼儀も振る舞い方もできない女なんて嫌いだと、告白を断られるのならいい。身分が釣り合わないと、王族として結婚は政《まつりごと》だと、結婚できない理由を教えてくれるのでもいい。

夢じゃないなら、現実を突き付けて欲しいのに、ダリウスはどこまでも優しかった。

「落ち着いて、ゆっくり息をしなさい」

「だからっ‼　どうしてっ……どうしてわかってくれないんですかっ」

なかったことにされたら、夢を見続けるだろう。

嫌な現実を隠して、綺麗なままの夢に縋りそうな気がする。

だから終わらせて欲しい。これはただの偶然で、普通の日常で、奇跡でもなければ夢でもないと教えて欲しい。

ずっと憧れたままでいれば、夢など見なかったのか。一度会えただけで満足していれば、夢と現実を間違えなかったのだろうか。もしかしたらダリウスも、なんて、浅ましい期待なんてしなかったのか。

なのに、ダリウスは優しい声で言った。

「……そんな顔をするな」

「ダリウス様っ……」

あの日——一年ぐらい前のあの日、ダリウスと会って話をするまで、ナターリエの恋心は憧れでしかなかった。

好きだと言っても、現実味のない曖昧な感じだ。素晴らしい騎士が好きだという、そんな憧れの域を出ないものだった。

でも、会ってしまった。瞳の色がわかるぐらいの近さで、話をして声を聞いてしまった。

両親から聞いたように、ダリウスは優しい。レンネンカンプの皆に聞いたように、ダリウスは礼儀正しい騎士の鑑《かがみ》のような人だ。

塀に登るなんて貴婦人のすることじゃないのに、ダリウスはナターリエを庇《かば》ってくれた。

探しにきた父に言いわけまでしてくれて、花壇で育てていた百合の花をくれた。

噂と言葉と想像だけの騎士が「ダリウス・フォン・ブルグスミューラー」としてナターリエの心を占めた。

ああ、だけど、わかっている。

王族に恋するなんて、馬鹿馬鹿しい。吟遊詩人の謳う騎士や王子に恋しているのと同じで、そんな夢のような恋が許されるのは子供だけだろう。

そんなこと、わかりたくないけど、わかっていた。

「……好きなんです……身分違いだってわかっていても、好きだったんです」

「そうか」

「ダリウス様……」

まだ、ナターリエはダリウスのシャツを摑んでいる。目を合わせるのに首が痛くなるぐらい顔を上げて、息がかかりそうに近くにいる。

そっと、ダリウスの手がナターリエの手に触れた。シャツを握り締めるナターリエの手を摑んだ。

「……私も好きだと、言っているだろう？」

「…………」

ピシリと、ナターリエの何かが壊れる。カシャンと、ナターリエの中で崩れていく。壊れて破片となり散らばった何かが傷をつけ、ナターリエは静かに涙を零した。

酷い。と、声も出せない。

やっぱり、ダリウスにとって自分は子供なのだろう。告白しても信用されない。だって、子供だから。ナターリエだって弟ぐらいの子供が「好き。結婚して」と言っても、嬉しいけど苦笑してごまかすだろう。

「ナターリエ？　どうして泣く？」

「……じゃあ、ダリウス様」

思っているよりも冷静で静かな声が出て、ナターリエは驚くダリウスのシャツを引っ張った。

「キス、してください」

「……ん？」

「私のことが好きなら、キスしてください」

まだ、涙は止まらない。ほろほろと、頬を伝って流れていくのがわかる。

「な、何を言って……」

「キスしてくださいっ！」

ダリウスの驚いた顔が困ったと言っているように歪んで、ナターリエは涙を零しながら心の中で謝った。

でも、少しぐらい困らせてもいいじゃないか。子供には子供の矜持《きょうじ》がある。子供だって、子供なりに真剣に言っている。

せめて、ちゃんと断って欲しかった。子供だと思うのなら、大人になってからと、その一言が欲しかった。

「……婚約前の貴婦人に、そんなことはできない」

「じゃあ、婚約してくださいっ！」

「婚約は……教会に行き、司祭に宣言してもらわないといけないだろう？」

「だったら婚約の約束でいいじゃないですか！　明日、教会に行けばいい！」

随分とダリウスを困らせているのはわかっているが、ナターリエには言葉を止められない。

だって、そうだろう。好きだと言うのなら、好きだというのが本当なら、ちゃんと教えて欲しい。好きじゃないのなら、そんなごまかしをしちゃいけなかった。

嘘吐きと、詰《なじ》ってやりたい。

優柔不断の優しさなんていらないと、殴ってしまいたい。

「しかし、だな……」

「どうして駄目なんですか？」

「……やはり、未婚の貴婦人に、そういった不埒《ふらち》なことはできない」

優しく頬を撫でられて、涙を拭かれたのだと、ナターリエは気づいた。

指が硬直してしまったかのように、ナタ−リエはまだダリウスのシャツを摑んでいる。指先が白くなるぐらい握り締め細かく震えているのは、怖いからなのか悲しいからなのかナタ−リエにはわからない。

だけど、それをどう思ったのか、ダリウスはナタ−リエの手を撫でて、涙の流れる頬を撫でる。凄く困った顔をして、どう言えば傷付けないのかと考えているのだろう。

本当に、優しい。残酷なぐらい、優しい。

「……そういう好きじゃないから、キスしてくれないんですか？」

だから、手を差し伸べた。ナタ−リエが困らせているのに、真剣に困っているダリウスを正解に導くように手助けをする。

だって、そうだろう。ダリウスの好きは、ナタ−リエの好きと同じじゃない。自分でも、こんなにダリウスが好きなんて、馬鹿だと思っている。それぐらい現実味のない恋心だった。

「君が何を言っているのかわからないが、好きなのは本当だ」

「……優しいのも、時に残酷ですよ？」

「それも、よくわからないが……貴婦人と遊びもできない朴念仁の唐変木《とうへんぼく》だからな」

ヨゼフィ−ネに言われているのだろう。苦々しくダリウスが言うから、思わずナタ−リエは笑ってしまう。

本当に朴念仁の唐変木だ。女心をわからないにもほどがある。真面目で礼儀正しく紳士であり、騎士の鑑のような人なんだと、ナターリエは苦しいけど微笑んだ。

怒るのも馬鹿馬鹿しい。泣くだけ無駄なんだろう。

だってダリウスにとって、ナターリエは異性にすらならない。恋だとか愛だとか、結婚だとか責任だとか、そんな状況にすらならないとわかっていた。

涙も、乾く。なのに、涙の跡を拭いてくれるダリウスの手に、ナターリエは甘えるように頬を寄せる。

「婚約しないと、キスをしてくれないんですか？」

「ああ。未婚の貴婦人に不埒な真似などしたら、亡くなった父に斧で真っ二つにされる」

優しい父だったが、優しいからこそ厳しかったと、ダリウスは幸せそうに笑った。

そうか。ブルグスミューラーの王族は、皆が優しいのか。

優しいから卑劣な隣国に騙された。優しいから国が栄えた。優しいから疑うことができず、優しいから卑劣な不意打ちに倒された。

隣国との戦いで騎士団が加勢してくれたのも、ダリウスの人柄とブルグスミューラーのお国柄に惹かれたからだろう。

なのにあんな嫌な噂が立って、ダリウスも皆も悲しんだ。でも優しいダリウスならば、嫌な噂が消えなくても、きっと素敵な貴婦人が現れるだろう。

「……なら、婚約の約束のキスは？　それなら、いいですか？」

少し驚いてから困った顔をするダリウスを見ると、随分と意地悪なことを言ってしまったと自嘲した。

だって少しぐらい苛《いじ》めてもいいじゃないか。自分はもうレンネンカンプに帰る。ダリウスとの思い出を胸に、他の誰かに嫁ぐ。そしてダリウスは、自分ではない貴婦人と結婚するのだとわかっていた。

全部、全部、ダリウスが優しいのがいけない。ダリウスの優しさに勘違いした自分が一番いけないのだけど、勘違いさせるのだって悪いと八つ当たりしたくなる。

「ダリウス様？」

「………しかし」

どんな理由があれ、結婚できる年齢の貴婦人を特別扱いしてはいけない。早馬の騎手など、自分が面倒を見るのではなく使用人に頼めばいい。監視のためだったとしても、ダリウス本人が優しくしてはいけなかった。

でも、もう、いいだろう。

少しだけ困らせて、不用意に優しくするから困るのだと教えてあげればいい。好きだと言ってきた子供にキスをねだられたと、思い出して後悔すれば、ダリウスの心の中にナターリエは残るだろう。

月に恋するような、意味のない恋心は終わる。太陽に恋焦がれるような苦しさは、時間と共に風化して、少し痛みを残した思い出になると知っていた。

「ダーリウースさーまー？」

「む……しかし、だな……」

困り顔で言い淀《よど》むダリウスに、ナターリエは小さく笑う。

自業自得だ。もう少し困ればいい。だってナターリエだって困った。自分を馬鹿だと罵りながら、凄く凄く悩んだ。

わかっている。ダリウスは優しいだけだ。だけど、気を持たせるようなことをするダリウスは、朴念仁でも唐変木でもなく、罪作りだと思う。

期待させるようなことはいけないのだと、夢だとわかっているのに期待したナターリエは自分のことは棚に上げることにした。

「ダリウス様？　駄目ですか？」

「……む、私は君のためを思って、だな」

「だって……」

最後なんだからと、言いそうになったナターリエは笑ってごまかす。ダリウスの優しさにつけ込んで、せめて思い出が欲しいと思っているから、今ここで言うわけにはいかなかった。

もう、終わり。夢は覚めて現実に戻る。

これだけで満足するから、許して欲しい。

この一年間、ふとした時にダリウスを思ってきた。いつもではない。毎日でもない。だけど、忘れることはなかった。

「ん？　だって？」

「いえ……だって、婚約式まで待てませんから」

降って湧いた偶然が奇跡に変わり、一生の思い出になる。真剣に応援してくれたヨゼフィーネには悪いけど、ナターリエの恋が成就するはずもない。きっと、ダリウスに相応しい貴婦人が来てくれると、心の中でヨゼフィーネに謝った。

「……婚約の、約束か」

「そうです！　そんな感じで！」

「む……」

まだ掴んだままのダリウスのシャツを引っ張って、ナターリエは背伸びをする。

どんなに背伸びをしても、ダリウスには届かない。どんなに頑張っても、ナターリエからダリウスにキスはできないのだと知った。

だから、キスして欲しいと、そっと目を瞑《つむ》る。ダリウスの小さな溜め息が聞こえてきて、腕を掴んでいた手が腰に回る。涙を拭くために頬に添えられていた手は離れず、そういえばずっと頬にダリウスの手があったと、ナターリエは気づいた。

ごめんなさい。でも、これで終わりにするから。額だろうか、頬だろうか。もしかしたら、唇にキスをしてもらえるかもしれない。

あんなにも抱き付いて、小脇に抱えられるように移動して、膝の上に座っていたのに、キスは初めてだと自分でも驚く。同衾までしているのに、ぺっとりとくっついているのに、恋人らしい雰囲気すらなかったと笑えてきた。

でも、お願いします。誰にも、言わない。心の奥底にしまって、有り得ない夢のような思い出にするからと、シャツを握る手に力を入れた。

「……………っ」

唇に、唇が重なる。かさりと乾いて、だけど温かい唇が重なる。

夢の思い出にキスを望んだけど、まさか唇にしてもらえるなんてと喜んでいれば、腰に回されたダリウスの手が強くなった。

「………っっ⁉」

ぬるりと、唇を舐められる。そんなことをされると思ってなかったナタ―リエは、ビクリと身体を硬直させる。

なんで、なんで舐めるのか。キスというのは、挨拶の時に手の甲にするキスではないのか。親しい人とする、頬に送るキスではないのか。

びっくりして悲鳴が出そうになって、口を開けたら何かが入ってきた。

ギクリと、ナタ―リエは身体を強張らせる。だって、何かわからない。なんだろう。ぬるりとして柔らかくて食べ物じゃないのはわかる。

怯えて縮こまる舌を嚙まれて、ひくりとナタ―リエの喉が鳴った。

「んっっ……ん……」

わかっている、ああ、もう、わかってしまった。わかりたくないけど、わかったから必死に目を瞑る。

ダリウスの舌が、ナタ―リエの舌を舐めている。びっくりして恥ずかしくて、ダリウスの舌を舌で押せば低い笑い声が聞こえたような気がした。

なんで笑う。もしかして意地悪したから仕返しされているのか。確かに困らせたけど、何も口の中を舐めなくてもいいじゃないか。いっそ、噛み返しちゃおうかと考えていたら、舌を強く吸われた。

「んっ⁉　んんっ……」

腰を抱く手に引き寄せられる。ダンスを踊る時よりも強く密着して、心臓の音がダリウスに聞こえてしまうのではないかと不安になる。

頭はくらくらするし、心臓はばくばくしている。頬に添えられていたダリウスの手が動いて、ゆっくりと耳の後ろを撫でられた。

ぞくりと、背筋に悪寒が走る。今まで、ぬるぬるしてのるのるした舌に、何か味があるとか、舌の味は各自違うんだとか、変な感想を感じていたのに、急に体温が上がって擽ったくなる。

どうしよう。笑いたくないのに笑いそうで、気持ち悪くないのにゾクゾクして、ナターリエは怖くなってダリウスのシャツを引っ張った。

「……ふぅっ……ん……」

「どうして泣く？」

泣いたつもりはなかったけど、ダリウスの指が目尻を撫でるから気づく。

「……だ、だって……き、きす……って言ったのにっ」

「……キスだろう？」

「……きっ、キスは、こういうのっ！」

ダリウスのシャツを引っぱり屈《かが》ませて、ナターリエは背伸びして、そっとダリウスの唇に唇を重ねた。

ちゅっと、可愛らしい音が唇で鳴って、ダリウスはビシリと固まる。でも、ナターリエはシャツから手を離し、ダリウスの胸をポカポカ叩く。

「キスは、こういうのですっ」

「…………ナターリエ」

「はい？」

「……結婚できる、年齢だったな？」

「はい。父と兄達が選別しているせいか、私のところに肖像画とか回ってきませんけど……そろそろ嫁ぎ先を探す年齢です」

「……その、嫁ぐ時の心得などは……習っているか？」

ダリウスが真剣に聞くから、ナターリエも真剣に思い出す。確かに色々なことを習った。

「…………心得、ですか？　嫁ぎ先では、狩りに行って弓を引いたりしちゃ駄目って言われてますが……これは心得になりますか？」

「いや、そうではなく……夫婦生活の、話を聞いているだろうか？」

「……」

言いにくそうに言うダリウスに、ナターリエは首を傾げた。

夫婦の生活とは、なんのことだろう。ナターリエにとって一番身近な夫婦は両親だが、両親がどんな生活をしているかなんて考えたことはない。

両親を夫婦と意識したことはないし、子供にとっては親でしかないしと、そこまで考えてからナターリエはダリウスを見つめた。

「……子供を作るんですよね？」

「……む……うむ、そうだな」

ナターリエは十一歳になるまで、レンネンカンプから出たことがなかった。

だから、色々なことに疎い。吟遊詩人の歌も詳しく知らないし、チェスやカードで賭け事をするのも興味がない。当然、夜這《よば》いだとか恋愛だとかにも疎かった。

「母は、夫になる人に任せればいいって言ってましたが……あ、小さな頃に聞いたのを覚えています！」

「……む、そうか」

「お父様が子供のなる実を取ってきて、お母様がそれを食べてお腹に子供が宿ったと！」

自信満々得意げにナターリエが言えば、ダリウスは背中に暗雲を背負った。

あまりに愕然《がくぜん》とされて、ナターリエは今更冗談だと言えなくなる。

もちろん、ナターリエだって、それが嘘だということはわかっている。大きな鳥が子供を運んでくるだとか、キャベツの中から子供が出てくるだとか、そんな話も聞いたけど嘘だとわかっている。

しかし、もうすぐ十七歳になるナターリエだが、本当に世界を知らなかった。

子供ができる実だとかは嘘だとわかっていても、本当のことを詳しく知っているわけではない。男女が同じベッドに入って何かをするのはわかっていても、何をするのか詳しく知らない。

もしも、レンネンカンプ辺境伯の娘でなければ、レンネンカンプにいる騎士達が下世話な話を教えてくれたかもしれない。恋愛に興味を持って、パーティーで他の貴族と仲良くなれば、チェスやカードの合間に教えてもらえたかもしれない。

「……えっと、ダリウス様？」

何も知らなくても仕方がないじゃないかと、ナターリエは沈んでいるダリウスを見つめた。

「だ、大丈夫ですか？」

ダリウスがあまりに困惑しているようで、ナターリエは心配になってきた。

結婚して、夫婦になって、子供を作る。夫となる人に全てを教えてもらえばいいと言われているから、きっと男性は色々と教わるのだろう。

ならば、それでいいと思うのは駄目なのだろうか。夫と妻の二人で行うことなら、片方が知っていればいいじゃないかと思う。

「む……いや、なんでもない。大丈夫だ」

「でも、すっごい顔色が悪いです、よ？」

「…………うむ。騎士道が揺らぐとはな」

「あ、あの、もしかして、そういうのは知っていないと嫁げないんですか？」

「……貴婦人は、知らなくても問題はない」

「でもっ……」

悲しいのか、悔しいのか、ごちゃごちゃした感情にナターリエは唇を噛んだ。

きっと、ダリウスは呆れているだろう。ダリウスにとって自分は子供かもしれないけど、本当に何も知らない子供だったと教えられて苦しくなった。

情けない。何も知らないくせに、我が儘を言っているだけか。困らせて意地悪して、怖い話に怯えて抱き付く。そんな子供が嫌われるのは当たり前だ。

なんだか悲しくなって俯けば、ダリウスが優しく頭を撫でてくれた。

「……ヨゼフィーネが、貴婦人の身体を冷やしてはいけないと言っていたから、ダブレットを用意した」

ダリウスは、優しい。

わかりやすく話を変えられて、ナターリエは苦笑する。

「……甲冑の下に着るダブレットですか？」

「ああ。緩衝材に綿が入っているから温かいぞ」

部屋に入ってきた時に、チェストの上に置いたのだろう。振り返りナターリエから離れて行くダリウスに、心まで寒くなったような気がした。

チェストの上に置いてあるのは、シャツとズボンと大きなダブレット。シャツとズボンはダリウスのものより小さくて、ナターリエの身体の大きさに近いものを持ってきたのだとわかる。

優しいと、思う。面倒をかけていると思う。なのに、ダリウスの服じゃないのかと、残念に思う気持ちもある。

「着替えた後に、上に羽織るといい」

「………あ、ありがとうございます」

ダリウスに服を手渡されて、ナターリエは一瞬だけ躊躇った。

すぐに手を出せない。服を受け取ることが、ダリウスの方に手を伸ばすことが、どうしてかひどく悪いことのように思える。

「……ん？」

「あ、あの……」

「……ああ、着替えるのなら、私は向こうの部屋にいよう」

躊躇ったのがわかって気を遣ってくれるのか、ダリウスは笑ってナターリエに背を向けた。

ゆっくりと遠ざかるダリウスは、書斎に行くのだろう。暖炉の横にある扉を開き、ダリウスの背中は部屋から消える。

くらりと、目眩のような頭痛を感じた。

静かな部屋の中に、ナターリエだけがいる。耳に届くのは、暖炉の火が爆《は》ぜる音と、自分の心音だけ。太陽の明かりが途絶えた今、蠟燭の明かりがゆらゆらと揺れている。

拒絶されているような気がするのは、被害妄想だろうか。この城にとって、ナターリエは異端であり異物だ。どうしてか、それを強く感じる。

だから、この部屋から、出たくなった。

深い意味はない。ただの思い付きで、なんとなくでしかない。疎外感を感じるなんて、言いわけでしかないだろう。

だけど、何かに急かされるように、ふらふらとナターリエはソファから離れる。暖炉の先にある書斎への扉を見ないようにして、廊下に繋がる扉に近付いた。

何を、しているのだろうか。自分は何がしたいのだろうか。ダリウスの部屋から出てどこに行くというのか。

ダリウスがわざわざ用意してくれたシャツもズボンもダブレットも、ソファに置いてしまった。

どうせ、終わる。夢から覚め、現実に戻る。ならば、今でも問題ないのではないか。

そんなことを思いながら、ナターリエはダリウスの部屋の扉を開けた。

誰もいない廊下。蠟燭のせいで視界がゆらりと揺れる。暖炉によって温められた空気が廊下に流れ、ナターリエも一緒に部屋から出る。

ああ、でも、わかっている。自分は馬鹿だ。だって、ダリウスが好きだ。名前を覚えてもらっていただけで幸せだった。

顔を覚えてもらっていて、優しくされて特別扱いされて、それだけで充分に幸せだった。ヨゼフィーネに勘違いされて、本当は舞い上がるぐらいに嬉しかったと思い出す。ダリウスが自分のことを好きだなんて、そんなことは有り得ないのに嬉しくて仕方がない。どんな理由であれ同衾したのだから、責任を取ってもらえばいいと、心のどこかで必死に頷く自分がいた。

だけどこれ以上、迷惑をかけてはいけないだろう。

いや、これ以上、みっともなく情けなくなってどうする。

縋り付きたい。ヨゼフィーネが言った通りに責任を迫れば、騎士であるダリウスは断らないだろう。断れないとわかっていて縋るのは、ダリウスの本心を知っていればできなかった。

ダリウスが優しいのがいけない。ダリウスが優しいのを知っている。

ダリウスが特別扱いするのがいけない。ダリウスにとって自分は子供だから、特別扱いではなく子供扱いだろう。

ダリウスは自分に忠誠を誓い勝利を捧げてくれると言った。ダリウスは可愛い貴婦人だと、ナターリエを褒めてくれた。

ダリウスが。ダリウスが、好きな人が、会って話をして知れば知るほど好きになって、だから、望んでしまう。期待してしまう。

駄目だとわかっているのに、どうしてこんなに浅ましいのか。ダリウスはなんとも思っていないのに、どうしてこんなに情けないのか。

ふらりと、廊下を歩いていると、声が聞こえてきた。

「……もしかして、ナターリエ・フォン・レンネンカンプ嬢でしょうか？」

「………」

階段の近くまで来ていたのにも気づかず、ナターリエは声がした方を見る。シンプルなデザインだが一目で高価だとわかるドレスを着た女性が階段にいる。

「……グロリア、女王？」

「お話をするのは初めてですね。グロリア・フォン・ブルグスミューラーです」

ダークブラウンの髪を纏《まと》め、臙脂《えんじ》色のドレスを着た女王が、ナターリエにお辞儀をする。見たことがある。当たり前だ。ブルグスミューラー王国で、女王を知らない者などいないだろう。

「……っっ!! 失礼しましたっ。レンネンカンプ辺境伯の娘、ナターリエです」

「ああ、顔を上げてください」

美しく気品があり、気迫もあるグロリアは、頭を下げたままのナタ－リエに近付いてきた。

周りの空気でわかる。香水なのか、花のような香りが近付いてくる。

「……どちらに行かれるのでしょうか？」

「っっ⁉」

「もしかして……ダリウスが失礼をしましたか？」

弾かれたように顔を上げたナタ－リエは、グロリアに向かって必死に首を横に振った。

そんなことはない。ダリウスは優しい。ずっと、最初から、優しかった。

ただ、自分が情けないだけだから、優しい言葉をかけてもらう資格なんてない。女王に気を遣ってもらうのは恐れ多い。そうじゃなくともダリウスの姉に気を遣ってもらう資格なんてない。

でも、なんて言っていいのかわからなくて、おろおろしていればグロリアが聞いてきた。

「……では、言い方を変えましょう」

「え？」

「ダリウスが貴方《あなた》に何かしましたか？」

何かとは、なんだろう。

優しくしてもらった。特別扱いしてもらった。抱き付いて背中によじ登って、小脇に抱えられ運ばれた。膝の上に座って食べさせてもらって、湯浴みの時には怖くないように歌ってくれた。

ああ、本当に迷惑しかかけていない。

これで、好きだとか、よく言えるものだ。しかも、ダリウスに言われていたことすら、守れなかった。

部屋を出てはいけない。ダリウスとヨゼフィーネ以外の人と会ってはいけない。

そんなことすら守れなかったと、泣きそうになっていれば、グロリアの口から低い地を這《は》うような声が聞こえてきた。

「……あんの、クソ愚弟っ」

「……えっ？」

聞こえてきた言葉に、ナターリエの頭の中が真っ白になる。

愚弟とか聞こえてきたような気がするけど間違いだろうか。

「ダリウスに何をされたの？　あの馬鹿が切れて襲ってきた？」

「……はぁっ⁉」

「恋愛に疎くて唐変木の朴念仁のくせにっ、なんてことをっ！」

「ええっ!? まっ、待ってくださいっ、誤解ですっ、なんか誤解っぽいですっ‼」

怒りの表情で顔を歪ませるグロリアに、ナターリエは必死に腕と頭を振る。ヨゼフィーネどころの話じゃない。誤解にもほどがある。

だって、ダリウスが怒られるようなことは何もないのだと、ナターリエは一生懸命口をぱくぱくさせた。

口は開けたり閉めたり忙しいのに、声が出ないから怯えているみたいに見えるだろう。しかも焦っているのと、びっくりしているのと、女王になんて言っていいのかわからないのとで、余計にあわあわしてしまった。

「だかっ、あのっ、えっとですねっ、あ、あのっ」

「落ち着いて、ナターリエ・フォン・レンネンカンプ嬢。私が無事にレンネンカンプ城まで戻してあげますから」

「いえいえっっ‼ 落ち着くのはグロリア女王様の方だと思いますですっっ‼」

「ダリウスは……そうね、処刑なんてことになったら国が揺れるから……瀉血《しゃけつ》しましょう。悪いところは……下半身？ いえ、頭かしら？」

「待って待って待ってくださいっっ‼」

どうしよう、とか言ってる場合じゃない。瀉血は医療行為だけど、処刑の代わりと言われると恐ろしくなる。むしろ、最初に出てくるのが処刑というのが、怖いというより凄惨極まりない。

「何もないですっ‼　何もされてないですっっ‼」

「庇う必要はないのよ？　だって何もないのなら、どうしてこんな時間に部屋を逃げ出してきたの？」

「だからっ‼　何もないから情けなくて出てきたんですっっ！」

悲鳴のような声で叫べば、ナターリエを見つめたままグロリアは動きを止めた。

情けないことを叫んでしまったと思う前に、どうすれば誤解が解けるのかと混乱する。

だって、ダリウスは何もしていない。確かにキスはしたけど、それは自分がねだったからで、ダリウスは最後まで反対していた。

「わ、私は、その、ダリウス様のことは好きですけどっ、あの、きっと、父の選んでくれた人と結婚するので、なんの関係もないんですっ」

なんて言えばわかってもらえるだろうかと、ナターリエは冷や汗をかきながら言い募る。

本当にダリウスは何も悪くない。ナターリエが部屋から出てきたのは、自分でも説明がつかない衝動だった。

「……ナターリエ・フォン・レンネンカンプ嬢。貴方はダリウスを好きなの？」

「え？」

まだ、混乱で頭の中がぐちゃぐちゃの状態だったのに、グロリアの声が聞こえてきた。

遠くを見ているようなグロリアは、静かな声で問いかける。まるで、ナターリエの後ろを見ているような不思議な視線に、質問の意味を考える。

「……はい……身分違いだとわかっていますが……最初は、憧れでした……ダリウス様みたいな騎士と結婚できれば、って……」

ナターリエは小さな声で答えた。

どうして、そんなことを聞くのか。やっぱり、王族に醜聞はいらないと、恋心も消せと言われているのだろうか。

でも、ナターリエの気持ちは変わらなかった。

「……好き、です。ダリウス様が、好きです」

「なのに、どうして他の者に嫁ぐのかしら？」

「………それは」

きゅううっと、心臓がちぎれそうなぐらい痛くなって、ナターリエは唇を噛んで俯いた。

どうして、そんなことを聞かれるのかわからない。だって、答えなんてわかっているだろう。わかり切った答えを望むのは、意地悪だと思う。

ダリウスが好き。好きだけど、ダリウスは優しいだけで自分を愛していない。だから、他の者に嫁ぐしかないのだと、そんなことを言わせたいグロリアを見ることができなかった。

「それは？」

「………私だけが好きでも、仕方がないです。レンネンカンプのような家でも結婚は政略的なところがあるくらいだし、王族なら、もっと、国のために結婚しますよね？」

「そうね。結婚とは、そういうものね」

「………だ、から……だから、私はダリウス様と結婚できないって、理解していまっっ⁉」

いきなり後ろから肩を掴まれて、ナターリエの身体が揺れる。くるりと視界が回って、急に目の前が真っ暗になる。

何が起きたのだろうか。誰に何をされたのか。わからなくてナターリエは硬直する。

「姉上。私はナターリエ・フォン・レンネンカンプ嬢と結婚すると約束しました」

「……最後まで言わせてあげれば良かったのに」

楽しそうなグロリアの声はわかるけど、頭の中に響いてくる低い声が誰のモノなのか、ナターリエは気づきたくなかった。

気づいたら、泣き叫んでしまう。

どうして、そんなことを言うのだと、悲鳴を上げて逃げたくなる。

嬉しい言葉のはずなのに、心臓に氷柱《つらら》が刺さったような痛みを感じた。

「明日にでも、婚約式ができるように手配をしてください」

「国中に使者を出さなければならないのよ？　明日は無理ね」

だから、意味がわからない。

二人の会話の意味がわからなくて、ナターリエはくらくらと目眩まで感じる。温かい暗闇に包まれたように感じる。頭のどこかで、暗闇に全てを任せてしまえばいいという声が聞こえるけど、それは駄目だと大きな声を出した。

「まっ、待ってくださいっ‼」

これ以上は駄目だ。もう、終わりでいい。終わらせなくてはならない。

温かな暗闇は魅力的で、抵抗なんてしたくないけど、ナターリエは必死に自分の肩を摑んでいる何かを引き剝がした。

慌てて振り向いて、にこにこ笑顔のグロリアに息を吞む。物凄く機嫌がいいとわかる笑顔に、怯《ひる》むけど負けてはいられない。

「意味がっ、いっ、意味がわかりませんっ‼」

「簡単なことよ。明日は無理だけど、すぐに婚約式ができるように手配をしましょう」

「で、でもっ、私は帰ってっ……そう、そうですっ、レンネンカンプがどうなっているかわからないのにそんなことっ、できません！」

笑っていたグロリアは顔を顰め、ナターリエの後ろに向かって溜め息を吐いた。

物凄く呆れたような溜め息に、ナターリエがびくりと震える。でも、本当のことだろう。

自分は、早馬の騎手として来たのだと、今更のように思い出した。

ダリウスが問題ないと言っていたから安心していた。大丈夫だと言っていたから忘れていた。

「……どうして、そういう肝心なことを教えておかないのよ」

「……言う暇がなかった」

あちゃーと、声を出して額を押さえるグロリアに、ナターリエは眉を寄せる。

意味がわからない。言ってはいけないことではないのか。教えてもいいことだったのか。もう、わからないことだらけだと、ナターリエが泣きそうになっていれば、グロリアが優しい声で教えてくれた。

「……あのね、ナターリエ。私のところにきた書簡には、ある王族の一行が国を捨てて逃亡しているって書いてあったの」

亡命先の国に行くために最短距離を走ると、どうしてもレンネンカンプを突っ切ることになる。遠回りをしている時間も資金もないから、できればレンネンカンプを横切る時に休ませて欲しいと、ブルグスミューラー王国の女王に書簡がきたらしい。

争いを引き連れてくるのではないなら、断る理由もない。ただ、本当かを確かめるため、ダリウス達がレンネンカンプに向かったらしい。

「……そ、そうだったんですか？」

「ええ、そうなの。レンネンカンプの現状も今日わかったのだけど、追ってくる者もいなければ、逃亡している王族も感謝しているとのことだったわ」

そうか、そうだったのか。確かにダリウスが言ったとおり問題はなかった。

ほっと息を吐いたナターリエは、身体の力が抜けたような気がする。張り詰めていた何かが全て切れて、後ろに寄りかかってしまう。

「で、でも……レンネンカンプが無事なのはわかりましたが……でも」

「安心したでしょう？　でも、婚約式を明日ってわけにはいかないの」

「いえ、その、だからっ、そうじゃなくって」

「ごめんなさいね。頑固者で朴念仁の唐変木な愚弟は、ドレスを仕立てるのにどれだけ時間がかかるかわかってないのよ」

何がゴメンで、何がわかってないのかは知らないが、ナターリエには青くなるしかできなかった。

ちょっと待って欲しい。レンネンカンプが無事なのはわかった。でも、それとこれとは話が違う。婚約式が明日できないと謝られても、ナターリエには意味がわからなかった。だって、それは駄目だ。それだけは、駄目だ。

これ以上、ダリウスに迷惑をかけたくない。もう終わりなのだから、これで二度とダリウスとは会えなくなるのだから、せめて迷惑をかけずに帰りたい。

「だから……だから、言いましたよね？　私だけがダリウス様を好きだって」

泣きそうになって声が震えれば、また肩を摑まれて回転させられ、目の前が真っ暗になった。

しかも、今回はぎゅうっと抱き締められる。息が止まるぐらいに強く強く抱き締められて、ナターリエは苦しいのに何故か安心する。

ああ、どうしてだろう。安心したのに涙が出そうになる。必死に我慢しているのに、目の奥が熱くなって、じんじんと頭が痛くなって、ナターリエは小さく頭を振った。

「姉上。お願いします」

「そうねぇ。明日は無理だけど、本当に早く婚約式を挙げた方がいい気がするわ」

言わせてしまったと、どこか遠くで思う。優しいから責任を取ってくれただけだと、誰かがナタ―リエを蔑んでいる気がする。

でも、言いわけをするなら、そんなつもりじゃなかった。

そんなふうに言わせたくなくて、だから終わりにしようと思っていた。

「……部屋に戻るぞ。ナタ―リエ」

力強い腕が、ナタ―リエの身体を持ち上げる。

誰の腕かなんて知らない。自分を抱き上げる腕が誰のものなのか、そんなの知らない。

優しい声をかけてくれて、背を撫でてくれるのが、誰かなんて知りたくなかった。

だって、辛いじゃないか。悲しいじゃないか。苦しいじゃないか。優しくされたら、哀れになる。我が儘を言って困らせた自覚があるからこそ、優しくされたら自分の馬鹿さ加減に目眩がする。

ガチャリと、扉が開く音がして、暖炉に暖められた空気がナタ―リエをくるんだ。

柔らかく暖かな空気に、ナタ―リエは落胆する。だって、部屋に戻ってきてしまった。

せっかく出たのに。部屋を出たからといって、どうなるわけでもないけど、それでも部屋に戻ってきてしまった。

身体が下がる。いつものように、無意識に足を広げて膝に座る。ソファに腰かけたのだと、座ってから気づく。

「ナターリエ？」

「っっ！」

抱き付いている身体を剝がされそうになって、ナターリエは首を振って必死にしがみついた。

わかっている。わかっているから、現実を見せないで欲しい。でも、きっと、優しいから。ダリウスは優しいから抱き付けば、低い声が耳に届いた。

「……ああ、わかった。そのままでいい」

「……ごめんな、さい」

「謝るのは私ではないのか？」

笑いながら、ぽんぽんと、あやすように、背を撫でてくれる。優しくされると涙が出そうになる。

ダリウスが謝ることなんて何もない。全部、全部、自分が悪いとわかっている。

「誤解させたのは悪かった。だが、どうして誤解されたのかわからん」

凄く困ったような声を出すダリウスに、ナターリエは苦笑した。

ダリウスの真似をして、背を優しく叩いてあげる。乾いた髪を撫でて、可哀想にと心の中だけで思う。

誤解も何もない。あるのは現実だけだ。

悲しいけど、ナターリエだってわかっている。わかっているからこそ、悲しい。

「君は、私を好きだと言った」

「………」

「私も、君を好きだと言った」

「………」

「この流れで、どうして誤解したのか、説明して欲しい」

でも、その言い方はないだろうと、ナターリエはダリウスの肩に埋めた顔を顰めた。

悩んだのかもしれないけど、何も整理して時系列に並べて聞かなくてもいいじゃないか。

これのどこに誤解する場所があるのかと、馬鹿にされるよりも素直に聞かれる方が辛いなんて、初めて知った。

「……そういうのは、本当に好きな人にしか、言っちゃ駄目なんですよ」

ちょっと、ムっとしたので、ナターリエはダリウスに諭すように告げる。ダリウスの肩に顔を埋めたままだから、もじょもじょとした声になったけど、背中を叩いたり髪を引っ張ったりしないだけでも褒めて欲しい。

「だから、私も、君が好きだと言ったのだが？」

「……あのですね、子供にだってプライドはあるんですよ？」

「何故、そこで子供のプライドの話になる？」

話が通じなくて、悲しいというよりイライラしてきた。

どうしてわからないのか、そっちの方がわからない。ダリウスにとっては子供かもしれないけど、ナターリエは結婚できる年齢だ。

同情なんて、いらない。はっきりと、断って欲しい。曖昧に頷くのではなく、恋愛対象として見ることができないと言われたら、ナターリエだって笑って頷けた。

「なんでわからないんですか……子供だと侮ってると大変なことになりますよ……」

ぐりぐりと、ナターリエはダリウスの肩に額を擦り付ける。ごつごつと、肩に頭突きをすれば、頭を撫でられる。

なんで、優しいのか。どうして、優しくできるのか。我が儘を言って迷惑をかける子供なんて、放っておけばいいのに。

「……もう、結婚だってできるんだから……見合いの話だってきてるし……」

「む、ナターリエ。君の方こそ、わかっているのか？」

いきなり腕を掴まれ、ダリウスから引き剝がされた。

強い力に目を丸くする。いつでもダリウスは優しかったから、びっくりして思わず顔を上げてしまう。

真剣な瞳がナターリエを捕らえる。深い緑色の瞳に、自分が映っているのがわかった。

「……なんです、か？」

「先程、婚約式をする前の約束だと、キスをした」

「……わかってるし、覚えてますけど？」

眉間に皺を寄せ、顔を顰めるダリウスに、ナターリエは首を傾げる。

どうして、そんな顔をするのか。どうして、そんなことを真剣に聞くのか。ナターリエも顔を顰める。

もう、いいじゃないか。終わりにすればいいと、ナターリエが口を開く前にダリウスが声を出した。

「婚約式まで時間がないから、お披露目のパーティーや結婚式には、君の好きなドレスを仕立てよう」

「え？」

「婚約指輪は君に似合う色がいいな。青い宝石でいいだろうか？」

「は？　え？」

「結婚生活は離宮を造らせるか。この城の裏手に、新しい城を造るのもいいな」

「ちょっ、えっ？　はい？　何言ってっ!?」

意味がわからないとかいう問題を超えている。何を言い出したのかと、もしかして頭でも打ったのかと、つらつらと話し出すダリウスの額に手を当てた。

掌に感じる熱は、そんなに熱くない。

「わかっているし、覚えていると、そう言ったな？」

「え？　そ、それは、その、そうですけどっ」

「私は一度約束したことは守る。守れないような約束はしない」

眉を寄せて顔を顰めて怒ってるみたいな顔をしているダリウスに、なんとなく拗ねている雰囲気を見付けて、ナターリエは口をぱくぱくさせた。

あまりに驚いて、声が出ない。あまりに混乱して、冷や汗というより脂汗が流れてくる。

「………あの、ダリウス様？」

「なんだ？」

「その場しのぎの言い逃れ的なアレじゃなかったんですか？」

小さな子供に告白されて曖昧にごまかすような感じのアレと、ナターリエが眉尻を下げて情けない顔で聞けば、ダリウスは見せ付けるように溜め息を吐いた。

怒られるよりも呆れられる方が辛いと思ったけど、今は何も言えるわけがない。物凄く呆れて疲れている顔をされたけど、本当に何も言えなくなる。

「私は騎士の精神に則って、貴婦人には真摯に接している」

「……えっと、はい」

「無骨者という自覚はあるからな。思ったことを口にしていた」

「………っっ⁉」

ダリウスの言葉に、ナターリエは全身を真っ赤に染めた。

だって、それはアレだろう。アレは、コレだ。ソレもアレでコレになる。

爪先まで真っ赤に染めてナターリエは落ち着きなく周りを見渡す。

確かに、ダリウスは騎士道に忠実な騎士だとわかっている。今までの言葉を思い出して顔から火が出そうになった。

可愛いと言ってくれたのも、本気だったのか。魅力的な貴婦人だとか、忠誠を誓ってくれたこととか、本当に真剣に真実だったのか。

ならば、好きと言って、好きと返してくれたのも、本気だったのか。

ナターリエは物凄く情けない顔で、まだ呆れているダリウスを見つめた。

「……え？　あ、あれ？　じゃあ、今までの、あれ？　ほ、褒めてくれたのも？」

「ふむ、そこから誤解されていたということか」

「で、でも、ですね！　身分違いで絶対に無理だと思ってたし、貴婦人としての心得とか言って駄目出ししてたじゃないですかっ！」

普通の貴婦人と違うと、思い知ったのはここに来てからだ。

貴婦人らしくしろ。肌を見せるな。戦いに参加しようとするな。剣や斧を持つ必要はない。憧れて好きだったダリウスに、そう言われて落ち込んだのを思い出す。

抱き付いた時も、膝の上に座ってあーんしてもらってる時も、一緒に寝た時でさえ甘い雰囲気なんて微塵も湧かない。

その上、仔犬《こいぬ》呼ばわりでは誤解しても仕方がないじゃないかと、ナターリエは頬をぷくりと膨らませた。

「初めて会った時から、ナターリエを可愛いと思っていた」

「それはっ！　いくらなんでも嘘ですっ‼　だって迷惑しかかけてないじゃないですか！」

ガーっと、吠えるように叫ぶナターリエに、ダリウスは楽しそうに笑う。

凄い近い距離でダリウスの笑顔を見てしまい、ナターリエは顔を赤くして唇を尖らせる。

なんで笑っているのか意味がわからない。そんな楽しそうに嬉しそうに笑う意味がわからなくて、どうしていいかわからない。

「天使が降りてきたのかと思ったよ」

「……塀に登ってたから、ですか？」

「くるくる変わる表情に目が離せなかった」

「ううう っ……」

あの時、塀に登ったら中にダリウスがいて凄く驚いた。自分のせいで怪我をさせたのかと思ったり、父が探しにきて怯えたり、どうしようかと慌てたり、本当に表情はくるくる変わっていただろう。

でも、それは褒め言葉なのだろうか。嬉しそうに言うダリウスに、もやもやとした感情が湧き上がってナターリエは眉を寄せる。

みっともないところを見せただけなのに、喜ばれるとは複雑だ。情けないところを見せたのに、それが良かったみたいに言われると、どうしていいかわからなくなった。

なのに、ダリウスは小さく囁く。

「私を見ても怯えなかったから、噂が流れているのは嘘なのかもしれないと思ったな」

噂のせいでダリウスは恐れられ皆、近付かない。

だから、ダリウスは独りだった。独りでいいと言うけど、嫌な噂に心を痛めていないはずはない。気にしていたから、こんなことを言うんだろう。

「そういうのは……ずるい、です」

「そうか？」

「……そうです……だって……」

勢いをなくしたナターリエは、唇を尖らせたまま項垂れた。

考えたくないけど、考えてしまう。気づきたくないけど、気づかざるを得ない。そういうことなのかと、誰だって気づくだろう。

誰もダリウスに近付かなかった。恐ろしいと、怯えている。

でも、ナターリエは怯えなかった。恐ろしいとも思わず、ダリウスに近付いた。憧れていたから、尊敬していたから、嫌な噂に憤っていたから、躊躇わなかった。

だから、なのか。だから、ダリウスは勘違いしたのではないか。好きと言ってもらえて嬉しいけど、寂しさにつけ込むのは間違っていると思う。

そんなことを考えていたのが顔に出たのか、ダリウスの手がナターリエの頰を撫でた。

「また誤解されては困るからな。先に言っておくが、噂を気にしない君に驚き好意を持ったのは確かだが、おてんばで破天荒で可愛らしい君に惹かれた」

「…………え？」

「ドレスを着ているのに塀に登ったり、そのくせ躊躇なく飛び降りるし、貴婦人らしくないところと、笑顔も拗ねた顔も怒っている顔も可愛いと、私は思う」

「えっ⁉　ええっ⁉」

「しかし、一つ言わせてもらえるのなら。ドレスで塀に登るのは私の前だけにして欲しい。その白い足が他の者に見られるのは耐えがたい」

何を言い出したのか、ナターリエは真っ赤になって涙目になった。

突然、そんなことを言われても困ってしまう。でも、突然じゃないのかもしれない。ダリウスは何の衒いもなく褒め言葉を口にしていたと思い出してしまう。

そうだった。そうか。そうなのか。でもでも、何か納得いかない。

「こ、子供扱いしてたくせに……」

「子供は子供だろう？　私といくつ年が離れていると思ってるんだ」

「結婚っ、できる年齢だし！」

「もちろんわかっている。すぐに婚約式を行っても、問題はない」

何かおかしいと、ナターリエは赤い顔のまま眉を寄せて首を傾げた。

ダリウスがおかしいのか、自分がおかしいのか、どうしてかわからない。会話は繋がっているようで、話が嚙み合っていない気がする。

「で、でも……」

「早馬に乗っている君を見た時には驚いた。こんな偶然は二度とないと思っていたから、私情を通してしまった」

私室に通す必要など何もなかったと、ダリウスは神妙に告白した。

驚くとか驚かないとかを通り越して、本当かと問い詰めたくなる。どうしてさっきから、嬉しいのに喜べないのか。疑っているからなのかと思うが、信じられないのだから仕方がないとも思う。普通に話しているダリウスを睨んで、ナタ—リエは唇を尖らせた。

「でもっ、でもっ、キスとか嫌がったし！」

「未婚の貴婦人にキスをするなんて、騎士道に反するだろう。君の誘惑に勝てなかった私は、未熟者ということだ」

すまないと、ダリウスが頭を下げる。そんなことをしてもらいたかったわけではない。謝って欲しいのではなく、信じられない自分が悪いと、ナタ—リエは目の奥が熱くなるのを感じる。

だって、でも、どうしようもないじゃないか。

贅沢な偶然で、降って湧いた奇跡で、有り得ない夢だと思っていた。こんなことが現実になるなんて、普通なら望みもしない。夢を見るだけでも、おこがましい。

初めて会った時から一年の間。ナタ—リエはまたダリウスの手を掴めるとは思ってなかった。

当たり前だ。遠い人だとわかっている。王族であり、女王の側近であり、国を守る騎士。むしろ、ダリウスが王であっても不思議はない。

「……どれだけ遠いか……わかってないんです、ダリウス様は」

「遠い？　何が遠い？」

「……全部……身分も、距離も、年齢も」

なのに、どうしてわかってくれないのだろうと、ナタ—リエは唇を噛んだ。

ほろりと、ナタ—リエの目から涙が零れる。ほろほろと、見開いた目から零れる涙に、ダリウスが顔を顰める。

「……嫌なのか？」

「ちが、違う……だって、信じられなくって……」

嬉しいけど、怖いような気がする。信じられないから、嘘みたいだから、夢の続きを見ているような気がして、ナタ—リエは目を閉じて涙を零す。

硬い指先が目尻を撫でて、瞼《まぶた》の上にキスをされた。

「信じられない？」

「……ずっと、好きだったけど、叶わないって思ってたから……ダリウス様と過ごせたのも夢みたいって思ってた……」

「……夢、か」

「夢だから……覚めるって、終わるって、思ってた」

そっと、大きな手が頬をくるんで、唇に何かが触れた。

あやすように、優しく唇を舐められる。ひくりと身体は揺れるけど、二度目だから怖くなくて驚きもしない。

きっと、自分が何も知らないだけで、これがキスなのだろう。

「ん……」

おずおずと口を薄く開いて、ダリウスの舌を待った。

震えているのは怖いからじゃなくて、さっきの熱さを知っているからで、期待しているのか嫌なのか自分でもわからない。

でも、舌が舌に絡みつき、ダリウスの味を感じると身体から力が抜けた。

「んぅ……んっ……」

舌の脇を舌が舐める。ぞくぞくとする身体を、ダリウスの手が宥《なだ》めるように撫でてくれて、ナターリエは手を伸ばす。

何かに摑まりたい。ダリウスの頭に手を置いて、髪を乱すように縋り付いた。

ぞわぞわと、震えが止まらない。指まで震えていて、ダリウスの頭を引き寄せる。舌先を噛まれて甘い痺れが走り、苦しくて口を開けると口蓋を擽られる。

飲み込めない唾液が口の端から零れて、ナタ一リエは涙を滲《にじ》ませた。

「ふっ、く、苦しいっ」

「鼻で息をすればいい……ほら、口を開けて」

「ん……」

いつもは剣を握っている硬い指先が、ナタ一リエの耳の裏を擽る。首を竦めても許してもらえず、腰を抱かれる腕に力が入る。

ふわふわ、する。ドキドキ、する。他人の舌が熱くて柔らかいなんて知らなかった。違う味だとか、口の中を舐められてゾクゾクするとか、知ってしまったのは全部ダリウスのせいだ。

「も、んぅ……もう、や、んんっ」

「……まだ、信じられないか？」

低い声が耳を擽って、濡れた唇を舐められる。腰を抱く腕に身体を預けて、ゆっくりと目を開けた。

真剣な顔のダリウスに、ナタ一リエの心臓がばくりと跳ねる。

「だって……」

「夢にされて、勝手に終わられてはかなわんからな」

ソファから立ち上がったダリウスに抱き上げられ、ナターリエは目を丸くする。

どこに行くのだろうと首を傾げていると、背を優しく撫でられる。

「ダリウス様？」

「……さて、どうしたらわかってもらえるか」

天蓋を捲《めく》ったダリウスは、ナターリエをベッドに横たえる。きしりと軋《きし》む音がして、ダリウスがベッドに座ったのがわかった。

初めてこの部屋で目を覚ました時に似ている。あの時はダリウスがいるなんて思ってなくて、物凄く驚いて硬直したと思い出す。

そう、こんなふうに自分は寝ていて、ベッドに座ったダリウスが頰を撫でてくれた。

「私と結婚しなければならない身体にしてしまう、というのはどうだ？」

「……ダリウス様だけ？」

「そうだ」

そっと、ダリウスがナターリエの髪を梳《す》く。髪が引っ張られると、ぞわりと痒《かゆ》いような擽ったいような感覚があって、ナターリエは首を竦める。

「司祭に祝福され、婚約指輪を指に通し、肉体関係を結べば婚姻は不解消となる」

「肉体、関係?」

「子供を作る行為、だな」

本来ならば、婚約式が終わってから行うことだと、ダリウスは言った。

それをすれば、ダリウスだけのものになるのだろうか。ダリウスに責任を取ってと言ってもいいのだろうか。

なんだか、凄くいいことのように感じた。

「……したい、です。ダリウス様だけのものに、なりたいです」

「恥ずかしくて苦しくて辛いかもしれないが、それでも?」

「……それでも。したいです」

はっきりと言えば、ダリウスの顔が曇る。困っているような顔にナターリエの胸が痛くなる。

もしかして、引き下がると思ったのだろうか。そんなことをする気はなくて、ただの脅しだったのかもしれない。

「ああ、そんな顔をするな。騎士として反省していただけだ。私は未熟にも、ほどがある」

自嘲するダリウスに、ナターリエの胸が痛くなった。

きっと、騎士道に反するのだろう。さっきのキスみたいに、自分の信条を曲げてしまうことだとわかる。

なのに、嬉しいと思うのは、駄目だろうか。浅ましく欲深い自分の心を、ナターリエは初めて隠さないことにした。

「先程のキスと同じだ。婚約の約束で……まあ、練習、か？」

「れ、練習？」

練習しなければいけないようなことなのかと、ナターリエは顔を顰めた。

怖いと、思う。だけど、ダリウスだけの身体になりたいと思う。婚約をしてくれるのなら、どんなことでも耐えられる。

「そう。練習だ。最後まではしない」

ベッドに腰かけていたダリウスが屈んで、ナターリエに口づけた。

唇の方が敏感なのだろうか。乾いたダリウスの唇が、自分の唇にかさりと触れるだけで、鳥肌が立つような気がする。手の甲にキスされるのや、頬や額にキスされるのと、何もかも全部が違う。

すりすりと、唇が重ねられて擦られて、擽ったくて首を竦めた。

擽ったい。気持ちいい。ダリウスが好きだ。

ぬるりと、口の中に舌が入ってくる。こうやって寝転がっている方がドキドキすると、ダリウスのシャツを掴む。

「んぅ、んっ……」

ぞくぞくして、ナターリエは震えた。

なんだろう。さっきも思ったけど、熱を出す前のような悪寒を感じる。背骨が痺れるような、身体が怠いような、肌が敏感になってチリチリと痛むような気さえする。

でも、何か違う。熱は出ていないと思うのに、身体の芯が熱くなるような気がして、少しだけ怖くなった。

「練習だからな……抵抗しないで、私のすることを受け入れてくれ」

「え？　は、はい？」

知らない感覚だけでも怖いのに、ダリウスが真剣に言うからナターリエは小さく震える。

抵抗しちゃいけないということは、抵抗したくなるようなことをこれからするという意味なのか。受け入れなければならないということは、受け入れることが大変だから言うのか。

具体的には言われず、眉を寄せる。何もわからないから、ナターリエの恐怖心が煽られる。

だけど、もう一度キスしてくるから、ナタ－リエは目を閉じた。

一度、唇を合わせているから、ダリウスの唇が濡れている。ぺろりと舐められて、びくりと身体を竦ませる。口を開けというような動きに、ナタ－リエは恐る恐る口を開けた。

ダリウスの舌が、するりと口の中に入ってくる。舌の横を撫でるみたいに、喉の奥を擽られる。飲み込めない唾液が口の端を伝って零れ、どうしようかと思って少し飲んでみた。

こくりと、喉を鳴らすと、ダリウスの舌まで飲んでしまいそうで怖い。飲む時に、どうしても口の奥を閉じるから、異物感が酷くて肌が粟立《あわだ》つ。

「んくっ、んっっ」

ダリウスのシャツを摑んでいる手が震え、舌を嚙《かじ》られて体温が上がった気がした。

駄目。食べちゃ、駄目。囓られて怯えた舌を飲み込むみたいに潰されて、ひくりと身体が震えてしまう。鼻で息をしろと言われても、息が上がっているから苦しくなる。

どうしよう。駄目だと言っていいのだろうか。触れるだけのキスは気持ちいいのに、口の中を舐められると怖くなる。

だから、やめようと伝えたくてシャツを握る手に力を入れたら、ダリウスの手が足を触った。

「ひゃうっっ⁉」

スカートを捲られ、足が冷たい空気に晒《さら》されるのがわかる。鳥肌が立つ肌を、ダリウスの硬い指先が撫でていくから震える。

足を、腿《もも》を、内腿を撫でられ、ぞくぞくとした何かを感じて頭を振った。

苦しい。なのに、唇を離してくれなくて、声がダリウスに呑み込まれる。舌を噛まれて首を竦めると、掌が足の付け根を撫でた。

「……ナターリエ」

「えっ？　あ、あっ、うそっ、うそっ」

キスを終わらせてくれたから息は苦しくなくなったけど、ダリウスの唇は顎を通り喉を囓る。やわりと、喉を囓られるなんて初めてだから、なんだか怖くなって掴んでいる二の腕の辺りのシャツを引っ張る。

もう嫌だと示したつもりだったのに、掌は閉じている足を開こうと動き、指がナターリエの足の合間を撫でた。

下着のアンダードレスは下肢を覆ってない。

いっそ、ダリウスのズボンを穿《は》いていたら、じかに触られるなんてことにはならなかったのに、ドレスに着替えていたせいで、じかに触られてしまう。

「ま、まって、え、あ、あっ」

ナターリエの頰を撫でていた手が胸を摑み、指は割れ目を撫でていた。

頭の中が真っ白になる。胸を揉《も》まれ、服の上から乳首を抓まれる。じんと、軽い痛みは痒みに変わり、服を押し上げ尖るのがわかる。

ダリウスが、服の上から胸に囓り付いた。

唾液が服に染み込んで、ぺたりと張り付く。尖った乳首をかしかしと嚙まれ、身体は驚いてびくびく震える。

怖い。何をしているのか。痒い。どうして。小さな胸が悔しいと思ったことはあるけど、乳首なんて意識したこともないから、喉がひゅっと嫌な音を立てた。

「い、痛っ……」

「ん？　強かったか」

ダリウスの大きな手に、自分の胸がすっぽり覆われているのを見て、どうしていいかわからなくなる。

うろうろと視線を彷徨《さまよ》わせ、ぎゅっと目を瞑ったりして、見なかったことにしたいとナターリエは意識を逸らす。

「あ、あのっ……も、痛くないけどっ……あっ」

ゆっくりと形を確かめるみたいに、大きな手に胸を揉まれて、ナターリエは目を見開いた。

こんな小さいと言われている胸を揉んで、ダリウスは楽しいのだろうか。

ダリウスの唾液で濡れたドレスが、揉まれると変に引っかかってもどかしかった。

「ダリウス、さまっ……」

ツンと尖った乳首が、自分でもわかる。ダリウスの手に揉まれ、形を変えるのまでわかる。身を捩れば、下肢に触れている手の存在を強く感じて、硬直してしまう。怖い。何をされるのかまったくわからないから、性器に触れているだけの指に心臓が高鳴った。

これ以上、触っちゃ嫌だと、ナタ−リエは足を擦り合わせる。ダリウスの手を内腿に挟んだまま、足をバタバタさせるとダリウスが笑うのがわかる。

どうして、笑うのか。びっくりして凝視していると、ダリウスはわざと舌を出して乳首を舐めようとした。

「あっ……そ、それ、やだっ……」

必死になって、摑んでいるシャツを引っ張る。引き剝がそうとしているのに、ダリウスは全然動かなくて胸に口を寄せる。

ちゅっと、乳首を吸われると、腰が痺れたみたいに震えた。

下腹が、ひくりと戦慄《わなな》く。胸を囓られて、足がピンと伸びる。でも、それより何より、ダリウスの指が触れて撫でている箇所が濡れた気がした。

触れるだけだった指が、足を擦り合わせる動きに合わせて動く。乾いた肌を撫でられるみたいに、割れ目をゆっくり往復していた指が、ぬるりと滑った気がする。胸はまだ囓られていて、どっちに気を持っていっていいのかわからなくなる。

濡れた服ごと乳首を強く囓られ、もどかしい疼きを感じた。

「だ、ダリウスさ、まっ、待ってっ」

何が起きているのか。何をしているのか。ナターリエはきゅっと目を瞑ってダリウスの頭を摑む。

怖くて、頭を振る。ダリウスの髪を引っ張り、もう胸を舐めないで欲しいと身を捩る。

「ひっ、あ、な、なんでっ、なんで」

割れ目を開くみたいに指で撫でられると、とろりと身体の奥から何かが溢れ出た。

濡れている。濡らしてしまった。どうして。汚してしまう、とナターリエは身を捩る。なのに、乳首を囓られ舐められて、割れ目を撫でていた指は止まらない。

「だ、だめっ、よ、汚れちゃうからっ」

ぬるぬると濡れて、指が動きやすくなったのか、確かめるみたいに撫でられて腰が震えた。

そんなところ、触らないで欲しい。お願い。駄目だから。ぞわぞわとした悪寒のような痺れに怯えてナターリエは頭を振る。

胸も駄目だ。もう、囓っちゃ駄目だ。痛くて、じんじんと腫れてるみたいで、なのに布の上から強く囓られると、もっと濡れるみたいで怖くなる。

「ん？　何が汚れるんだ？」

「だって、だってっ、ぬ、濡れて、る」

恥ずかしくて死にそうになりながら告げれば、ダリウスは小さく笑った。

下肢から指が離れる。胸からも唇が離れて、ほっと息を吐く。

安心すれば下肢のぬるつきが気になって、もじもじとナターリエは足を擦り合わせた。

さっきは、ダリウスの手を阻《はば》んでいた動きだったのに、今は熱く濡れた感触が嫌で足を動かす。すぐに湯浴みに行きたいけど、湯船は用意されているだろうか。湯で洗い流してしまえばいい。

「そうか。ならば、舐めてやろう」

「…………え？」

言葉の意味がわからなくて、ナターリエは首を傾げた。

何が、舐めるのか。何を、どこを、舐めるって。

ナターリエは全身を硬直させる。爪先まで真っ赤になるのがわかって、はくはくと口を開閉させるけど声が出ない。

だって、おかしいだろう。

そんなことをするなんて、汚いし駄目だ。

「えっ!? や、やぁああっっ‼」

だけど、無情な手がスカートを捲って、びっくりしている間にダリウスが中に入ってきた。

なんてことをするのかと、足をバタバタさせる。やめて欲しくて、でも蹴りたくなくて、どうしていいかわからないでいるのに膝の裏を摑まれる。

足を持ち上げられ、広げられ、臍《へそ》の下辺りにキスをされた。

「だっ、だめっ、そんなのだめっ！」

「抵抗しないで受け入れてくれと、言ったのを覚えているか？」

「あ、だ、だって、だって、こんなの……」

ふっと、性器に息がかかる。じわりと、痒いのか擽ったいのかわからない感覚が広がって、ナターリエは混乱して硬直した。

それを、大人しくなって受け入れたと思ったのか、ダリウスの指が性器に触れる。ゆっくりと、怖いぐらいにゆっくりと、割れ目を広げられて喉がヒクヒクと鳴った。

「あ、な、なに？　なにを？」

「スカートの中は暗いから、よく見えないが……幼い、な」

「だ、だから、なに……ひっっ⁉」

ぬるりと、広げられた性器を舐められる。下から上に、押すように舐める舌が、ナターリエの頭を真っ白にする。

何を、しているのか。なんで、こんなことをするのか。そんなの汚い。舐めちゃ駄目。

あまりのことに硬直していると、舌が探るみたいに身体の中に入ってきた。

びくりと、身体が跳ねる。ぶわりと、汗が全身に噴き出す。どこを、舐めているのか。

ダリウスの舌は、どこに入っているのか。

身体の中を舐められるような不快感を感じるのに、舌が浅いところを出たり入ったりすると、とろりと身体の中から何かが零れてくる。

嘘。そんなの、こんなの、嘘だ。

「や、だめ、だめぇ、きたな、からっ」

くぷくぷと、蜂蜜を掻き回しているような粘質の音が聞こえてきて、ナターリエは自分の耳を塞いだ。

怖い。怖い。漏らしたのかもしれないという羞恥と、舐めているのがダリウスだと思えば恥ずかしくて恐ろしくなる。

ゆっくりと、尖らせた舌が入ってきて、硬い指がどこかを触った時に、ナターリエの身体がばくりと跳ねた。

今、何を、したのか。指が探るみたいに、性器の上の方を弄《いじ》る。引っかかる箇所が、突起が、ダリウスの指に擦られ、舌を無意識に締め付けた。

「あ、あっっ、あっ！」

身体が熱くなる。肌は汗に濡れ、目から涙が零れる。何が起きているのか。そんなところ、知らない。

怖くて怖くて、身を捩ることもできないでいると、ダリウスの舌が抜かれた。

ぷちゅっと、舌が抜かれると蜜液が零れる。指が突起を撫でる。ぬるぬると、撫でられて弄られて、被っていた皮を剝くみたいに暴かれた。

「ひっっ⁉　なっ、や、やだっっ」

ゆっくりと突起を舐められると、身体にビリビリした痺れが走る。痛いのか、怖いのか、わからないぐらいの凄い刺激に、ナターリエは硬直する。

だって、駄目だ。そこは、それは、駄目だ。

なのに、ダリウスは唇を寄せ、突起をちゅっと吸った。

「あ、あ、あっ……」

頭の中で火花が散る。チカチカと、瞼の裏が瞬いている。

吸われた突起は、ダリウスの舌に嬲《なぶ》られ、がくがくと身体が痙攣《けいれん》するのを止められない。

だって、こんなの嘘だ。こんなの、なんで。何をされているのかわからなくて、混乱して泣くしかできない。

でも、指が。ダリウスの指が。割れ目を開くみたいにしてから、蜜口を撫でた。

「うぁっ、あっ、め、やめてぇっ！」

ゆっくりダリウスの指が蜜口に入ってくる。入口を確かめるみたいに、浅いところを広げるみたいに、くちゅくちゅと掻き混ぜられる。

突起を嚙られ、蜜口の浅いところを弄られ、ナターリエはわからなくて叫んだ。

手をどこに置いていいのかわからなかったけど、ダリウスの頭を引き剝がそうと、スカートごと頭を摑む。引き剝がしたい。足でダリウスの頭を挟んで、ぎゅっと締め付けてしまう。やめさせたい。こんなの、ダリウスが汚れるだけだと、ナターリエは震えながら喘《あえ》ぐ。

「やっ、だ、ダリウスさまっ、あっ、あっっ！」

くちゅくちゅと、淫猥《いんわい》な水音に耳を塞ぎたくなった。

怖い。怖い。凄く高い場所から突き落とされるような、そんな恐怖が胸を締め付ける。怖いから、足がシーツを蹴って、指はダリウスの頭に爪を立て、ナターリエは涙を流す。

蜜口に、指が、入ってくる。浅いところじゃなくて、身体の中に、奥に入ってくる。だけど、突起を嬲られる快楽は怖いぐらいで、身体の中に指を入れられる恐怖は感じなかった。

「ひ、あ、あっ、あぁあっっ‼」

きしりと、中が軋む。初めて異物を入れられて、きしきしと引き攣れるような痛みがある。

でも、痛みの方がいい。だって、耐えられる。もう腫れているだろう突起を吸われると、耐えられない快楽に身体が硬直した。

「や、やっ、やだっ、やだぁあっっ」

ぷしゃりと、指が入っている箇所から蜜液が溢れ出す。なのに指を動かすから、くちゅりと凄い音が立つ。

もう、駄目。本当に、駄目。

がくがくと痙攣する身体は自分じゃ止められなくて、かしりと突起を嚙られた瞬間、ナターリエは目の前が真っ白になった。

「ん？　イったか」

ひくりと、喉が鳴る。イったのか。いくって、どこに。今のが、そうなのか。高いところから突き落とされたみたいな感覚。これが、イったということなのか。

わからなくて混乱していれば、指がゆるりと中を弄る。ちゅっと、突起にキスされて、さっきの感覚を思い出して涙が出た。

「あ、も、も、やだぁ、さわっちゃ、やだぁっ」

「覚えのいい可愛い身体だな、ナターリエ」

指が、ゆっくりと抜けて、ゆっくりと入ってくる。もう、軋まない。痛くない。

それが、怖い。身体の中を触られているのに、軋まないし痛くないなんて、怖くて怖くて涙が出る。

「きゃうっっ!?」

突起を舐め上げられて身体が跳ねたのに、指を抜いてくれなかった。

スカートの中から顔を出したダリウスと、ナターリエは目を合わせられない。だって、まだ指を抜いてくれない。指が身体の中に入ったままだから、恥ずかしくて目を瞑る。

「ナターリエ。痛いか？」

「い、たくないっ、痛くないけどっ、やっ、動かしちゃやっ」

ずるっと、指が引き抜かれて、ぬるりと、押し込まれた。

怖いぐらいにゆっくりと抽挿されるから、中にダリウスの指があるのだと余計に感じる。

ゆらゆらと揺れる指に、ひくりと喉が乾いて引き攣る。

「狭いからな……広げないと、もっと痛くなる」

「えっ？　あ、ひ、広げ、ちゃうの？　あ、やぁあっっ‼」

ぬくりと、奥まで指を入れられて、ナターリエは悲鳴を上げた。

鈍い痛みもあるけど、それよりも身体の中を犯される恐怖に怯える。そんな奥まで犯されるなんて思わなくて、怖くて怖くて涙を流す。

「ああ、深いのは怖いのか？　なら、ここは？」

「ひっ、あっ、あっ」

浅いところをぐるりと掻き混ぜられ、ひくひくと身体が戦慄いた。

それをされると、濡れるのがわかる。とろとろと零れた蜜液がシーツとドレスを汚し、ぐじゅっと嫌な音が立つ。

「ナターリエ。可愛いな、もう、私以外と結婚はできない」

「あっ、ほ、んと？」

「本当だ。可愛い、私のナタ－リエ」

きゅっと、心臓を締め付けられたような気がした。

そうか。そうなんだ。ダリウスのものになれたのか。ダリウスとしか結婚できない。ダリウスだけのものになったと、ナタ－リエはへにょりと笑う。

だって、嬉しい。凄く凄く、嬉しい。

「覚えがいいな……柔らかくなってきた……」

「ひぁっ、あっっ」

怖い心が消えていき、嬉しさがナタ－リエの身体を変えた。

異物だった指は、ダリウスの指と認識され、やわりと指を食《は》む。ぬるぬると蜜液が多く零れ、肌が粟立ち赤く染まっていく。

「……婚約式まで、練習だ」

「ん、あっ、あっっ」

「……私が耐えられなくなりそうだがな」

だが、君に痛い思いをさせたくない、というダリウスの声を聞いて意識が飛んだ。

# 第五章　婚約式は華やかに

空の色のような青いドレス。美しく細かい刺繡のヴェール。金の指輪には青い宝石が輝いている。厳かな雰囲気の教会は、ブルグスミューラー王国の名に恥じない広さと豪華さで、ナターリエは圧倒されることしかできなかった。

「ダリウス・フォン・ブルグスミューラー。ナターリエ・フォン・レンネンカンプ。両人の婚約を認め祝福する」

司祭の声が教会に響き渡る。準備はたった一週間という短い期間だったのに、ナターリエが聞いたことのあるどの婚約式よりも豪華だった。

一体、どれだけの人に迷惑をかけたのだろうか。さすがに一週間では他国の王族を呼ぶことができなかったらしいが、国中の貴族は揃っている。

早馬の到着と同時に貴族達は王宮へ向かったという。貴族達も大変だっただろうが、他国の王族に知らせる早馬はまだ着いていないかもしれない。

それだけじゃない。ナターリエの着ているドレスを仕立てた職人は、仕立て上がった瞬間に倒れて寝たらしい。使用人達も婚約式の準備に追われ、満面の笑みなのに目の下には隈《くま》があった。

唯一安心できるのは、両親と兄弟達が喜んでいたことだろうか。身重の母のために、最新式の物凄く豪華な馬車が用意されていたらしい。ブルグスミューラー城に着いた父と兄達は、大喜びでナターリエを持ち上げ振り回してくれた。

豪快でスキンシップ過多なのは家系かと、ダリウスが呟いていたのは聞かなかったことにする。女王であるグロリアが父と兄達に、時間がなかったから簡単な婚約式で申しわけないと謝っていたのも聞かなかったことにする。ついでに、結婚式は豪華にするからと言っているのを聞いて、目眩を感じて倒れそうになった。

もちろん、ナターリエだって、嬉しいことは嬉しい。まだ、夢の続きを見ているような気がしないでもないけど、ダリウスのことは本当に好きだから嬉しいと思う。

だけど、びっくりして申しわけなくて緊張して混乱してしまうのは、どうしようもないとナターリエは思っていた。

「ナターリエ」

「……うぁっ、はいっ」

「疲れただろう？　一度、部屋に戻ろう」

ダリウスが手を差し伸べてくる。大きくて、剣を握る硬い手。差し出された掌に手を預ければいいとわかっているのに、どうしてか躊躇してしまう。

だって今までは、手を握るよりも、腕に抱き付く方が多かったような気がする。エスコートされるような感じではなく、犬のように持ち上げられるような感じだったと、どうでもいいことが頭の中でぐるぐると回っていた。

「大丈夫か？」

「あ、えっと、大丈夫、じゃない、かも？」

この教会に入る前から、あまり大丈夫ではない。ドレスを着せられ、髪を飾られ、ヴェールを被《かぶ》せられた時には走って逃げたくなった。

ダリウスと婚約するのが嫌になったわけではなく、豪華さと荘厳さに怯えただけだ。しかも、この教会がいけない。聖歌隊の歌う賛美歌に、厳格そうな司祭に、国中の貴族の視線に耐えられなくなった。全員が自分達を見ていると思えば荷が重過ぎる。

とにかく、混乱しすぎて頭の中は真っ白だし、冷や汗が背中を伝っているしで、ナターリエは差し出されたダリウスの掌を見ながら呟いた。

「だ……」

「だ？」

「抱っこ！」

緊張と混乱で歩けそうにないのなら運んでもらえばいい。

ダリウスに運んでもらうことに慣れ切っているナタ一リエは、物凄く当たり前のように両腕を差し出す。本当に残念なぐらい、いつものことなので、ダリウスも当たり前のように差し出されたナタ一リエの腕を摑んで持ち上げた。

「む、いつもより重いな」

「ですよね？　ですよね？　この首飾りが一番重いような気がします」

「首が重いのなら、しっかり摑まっていろ。仰け反るからな」

ダリウスにとって、ナタ一リエを抱っこで運ぶことは日常になっている。たった三日間で日常になり、婚約式までの一週間でさらに当たり前のことと化している。

だから、周りの貴族達に気づけなかった。

ヒィッとか、ギャァッとか、声にならない悲鳴のような音が聞こえてくる。

嫌な噂を広めた元凶のような貴族達は、まだダリウスを恐れているから、息を吞んで目を見開いて凝視している。うっかり、失神して倒れる者まで出てきたが、ナタ一リエとダリウスは気づかなかった。

「わっ⁉　本当に後ろに持ってかれるっ」

「こらこら、ナタ―リエ。前が見えない」

「で、でもっ、後ろに倒れちゃうっ」

「少し腕をずらせ。前が見えるなら抱き付いてていい」

軽業師の練習のようでもあり、イチャイチャしているようでもある二人の微妙な空気に、貴族達の悲鳴とざわめきが広がっていく。

たった一週間で婚約式という強行軍だったせいか、嫌な噂を上乗せするような婚約なのではないかと言われていたらしい。

邪神に捧げられた哀れな生け贄《いにえ》。それが、ナタ―リエのイメージだったらしい。しかし、二人の雰囲気があまりに違うから、貴族達の恐怖は混乱に変わっていった。

「姉上。ナタ―リエを少し休ませてきます」

「だ、大丈夫ですよ？　さっきは、ちょっと、その……」

そんな大袈裟《おおげさ》な話ではないと、グロリアに言おうと思ったナタ―リエは口を閉じる。なんだろう。とても、いい笑顔をしている。ダリウスの婚約を祝福しているのとは、ちょっと違うような気がする。

「そうねぇ。こういったドレスは装飾品と合わせると凄く重たいのよね。そのまま抱っこされて行きなさい。貴婦人の苦労に気づかない愚弟なんだから～」

「そ、そんなことないです！　ダリウス様は優しいし凄く気遣ってくれます！」

「あら、ナターリエは本当にダリウスが好きなのね～」

少し大きな声を出すグロリアに、周りの貴族達は混乱どころの騒ぎじゃなくなった。

ダリウスの傀儡ではないかと思われている女王が、ナターリエに優しくするだけではなく愚弟とか言っている。

「どういうことだ、愚弟とか。愚かな弟でいいのか」

「ダリウスの強さに怯え、傀儡となった女王だと思っていたのに、どういうことなのか」

「本当なのか、どうなのか」

「いや、もしかしたら、ダリウスの嫁はどこか名のある国の貴婦人かもしれない」

「だが、レンネンカンプといえば、国境にある田舎だろう」

「レンネンカンプという国があるなんて聞いたことがない」

「じゃあ、本当に国境のレンネンカンプなのか」

「レンネンカンプと王族の接点はなんだ。聞いたことがない」

などと耳に入り、周りの混乱がよくわかった。

それはもう、貴族達が集まって驚愕している。なんの集会でなんの相談だと思うぐらい、いくつかのグループに分かれて話し合っていた。

周りの貴族達の視線と興味が消えてから、グロリアは小さな声で言った。

「……パーティーでは、もっと混乱させてあげるといいわ」

「姉上……」

「いいじゃない。今まで貴方の言う通り、噂に沿ってあげたんだから」

ふふふと、笑うグロリアに、ダリウスは大袈裟な溜め息を吐いた。意味あり気なグロリアの言葉は気になったけど、聞く前に声をかけられてしまう。

「ほら、パーティーまで、ナターリエを休ませてあげなさい」

「……ああ」

「あっ、グロリア様、失礼します……」

歩き出すダリウスのせいで、ナターリエは慌ててグロリアに頭を下げる。視界に入る両親と兄弟に、小さく手を振っておく。皆は笑っているけど、もしかしたら嫌な思いをするのではないかと心配になった。

だって、貴族達はまだ集まって何か言っている。「邪神が」「傀儡が」「嫁いできたのは誰だ」と、囁くというより怒鳴っている。

どうしようと思っていれば、ヨゼフィーネと数人の使用人達が、両親と兄弟を連れ出してくれた。

「どうした？」

「え？　あの、両親とか、パーティーまでどうするのかなって」

「新婦の親族は、専用の部屋を用意してある。特に、母上の体調は万全にしないといけないだろう？」

いくら教会が広いといっても、教会を出てしまえば喧噪《けんそう》も遠くなった。綺麗な中庭を通り、開かれた玄関から続く大階段まで行けば、もう貴族達の様子はわからなかった。

専用の部屋を用意してあるのなら、両親や兄弟はあの貴族達から何か言われたりしないだろう。

でも、どうして、こんな反応があるだろうと気づけなかったのか。貴族達の混乱は、当然のことだった。

「ナターリエ？」

「……大丈夫なんでしょうか？　私と婚約して」

もしも、ダリウスに嫌な噂がなければ、ナターリエと会う前に結婚していただろう。

大国のブルグスミューラーと婚姻関係を結びたい者はたくさんいるし、ダリウス自身は騎士として完璧だった。嫌な噂さえなければダリウスは引く手数多なのだから、今の婚約式で嫌な噂が払拭されたら、周りの貴族達は黙っていない。

婚約を破棄しろとは言えないかもしれないが、ダリウスやグロリアに文句を言う者が出るのではないかと、ナターリエは不安になった。

「大丈夫というのは、何に対してだ？」

冷静で静かなダリウスの声が耳に響く。その声に怒りも呆れも含まれていなくて、純粋な疑問みたいだったからナターリエは唇を噛んだ。

貴族達の喧噪に気づいてなかったというのか。

階段を上り廊下を歩き、ダリウスは息も乱さず自分の部屋までナターリエを運ぶ。扉を開け、中に入ってから、ナターリエは小さな声を出した。

「……だって、凄かったじゃないですか、貴族達の声」

ここなら、何を言っても大丈夫だろう。ダリウスの部屋なら、安心できる。

ダリウスはいつものようにソファに腰かけるから、ナターリエは慣れた仕草で膝に座る。いつもと違うのは、物凄く豪華なドレスというところだろうか。スカート部分がもふりと膨らんで、ダリウスの足を隠してしまう。

だけど、座りやすい場所を覚えた。身体の力を入れたり抜いたり、どこに重心を持っていけばいいのかも覚えた。

この腕を、この場所を、ダリウスを、手放したくない。

「ふむ、貴族達のことなら、気にすることはない」

「……でも」

「好きなだけ言わせておけばいい。あの噂を放っておいた結果だしな」

十年近く前の話——卑劣な隣国が、祭事に乗じて奇襲をかけてきた後の話を、ダリウスはゆっくりと話してくれた。

最初は、家臣達もダリウスを国王に据えるつもりだったらしい。しかし嫌な噂が立ち、どうするかと皆が悩んでいる間に、ダリウスがグロリアを推した。

優しく穏やかな前王と同じ気質の長男が求められていたのを、ダリウスは知っている。ならば、自分よりもグロリアの方が適任だろうと主張した。初めはグロリアも王の器ではないと断っていたが、夫のアロイスがダリウスの言葉に賛成した。

ダリウスが王になると、独裁者だと言い出す者が現れるだろう。それだけ、ダリウスの騎士としての力は強い。

もしかしたら、強すぎる者が王になれば暴君になるかもしれないと勝手に思った民が、暴動を起こすかもしれない。その混乱に乗じ、他国が攻めてきたら目も当てられない。

ならば、グロリアが表に立ち、ダリウスが後ろで目を光らせている方が、貴族達は従うだろうということになった。

「……えっと、コレ、私が聞いちゃっていいんでしょうか？」

ブルグスミューラー王国の大事な話だろう。

ナターリエだって、多少の話は聞いている。噂に毛が生えた程度のことだけど、流れぐらいは知っている。

でも、ダリウスが次期国王候補だったのは知らない。国王はダリウスの方がいいじゃないかと、レンネンカンプで言っていたことはあったが、本当にそんな話があったとは知らなかった。

「もう婚約式も挙げた。君は私の妻だろう？」

「あ、そ、そそそうですねっ」

ダリウスに言われて、ナターリエの顔が真っ赤に染まる。豪華で厳かな式を挙げて司祭に祝福されたのに、事実を言われると恥ずかしくなる。

なので、ちょっとごまかすように言った。

「え、えっと……私は、ダリウス様が国王になっても良かったと思うんです、けど」

「姉上には申しわけないが、女王の方が他国を牽制《けんせい》できる。女王とて、貴婦人。貴婦人に奇襲や不意打ちなどしては、騎士としての沽券に関わるし、卑怯者と罵られるだろうからな。それに私の噂が広まっていたからな。その噂を使って姉上を助けようと思った」

「……グロリア様、よく許しましたよね？」

本当に数回しか喋ってないが、ナターリエもグロリアの性格はなんとなくわかっていた。

弟を悪者に仕立て上げ、弟への恐怖心で国を支える。それを良しとするような人ではないと、ナターリエにだってわかる。

「まぁ、女王に即位したばかりの時は恐ろしく忙しかったからな」

「……バレた時、凄かったでしょう？」

「ああ。本当に、な」

ふるりと、ダリウスが震えた。

本当に凄かったんだとわかるから、ナターリエはダリウスを見て苦笑する。

「笑いごとではない。本当に凄かった……王配のアロイスが止めてくれなければどうなったか」

私の弟は、朴念仁の唐変木の頑固者だが、心優しい騎士の鑑だ。優し過ぎて貴婦人から刺されそうだけど、お父様の言いつけを守る優しい弟だ。

と、即位式の時に暴露しようとしたらしい。

まだ国は安定していない。自分の噂があるからこそ、周りも攻めるのを躊躇しているだけだろう。そんな微妙な時に暴露してしまえば、どうなるかわからないとダリウスは説得したらしい。

グロリアにとって残念なことは、国が安定してからも女王の執務というのは意外と多く、ダリウスの噂を訂正する暇がなかったことだ。

そうダリウスに聞いて、なんとなく引っかかることがある。

聞かなかったことにして流せばいいのかもしれないけど、やっぱり引っかかるから気になってしまう。

「……貴婦人から刺されちゃうんですか？」

遊びも好きではなく、忠誠を誓う貴婦人も作らないダリウスには、なんとなく不似合いな言葉だと思った。

でも、なんの衒いもなく褒め言葉を口にするところだとか、優しくて貴婦人の頼みごとを断れないところは、どこかで誤解を作っていてもおかしくない。

「誤解させちゃったんですかね？　だって、ダリウス様、優しいし」

「そんなことを言うのは、君ぐらいだ」

「優しいじゃないですか！　騎士道曲げることになっても、私の我が儘聞いてくれたし」

「だから、君だけだ。ナターリエ。私は貴婦人に何を言われても、騎士道を曲げたことはないし、秋波も無視していた」

「え？」

「ただ、まぁ、姉上のお茶会友達を無視したせいでな……そういうことを言われただけだ」

なんか、凄いことを、さらりと言われた。

さらりとし過ぎていて、時間差でナターリエの顔が真っ赤になる。火を噴きそうなぐらい真っ赤になって固まっていれば、ダリウスに笑われた。

「可愛いな、ナターリエ」

「うう……そういうこと、さらっと言うから、誤解されるんですっ」

「事実を言ったまでだが、何を誤解するんだ？」

頬に、ちゅっとキスをされる。擽ったくて首を竦めれば、ダリウスは笑って何度も顔を寄せてくる。

キスは、慣れた。もう、何度もしている。

ブルグスミューラー城に来て四日目、ダリウスと一緒に過ごして三日目に、キスとイヤラシイことを教えられた。

ダリウスに嫁《とつ》がないといけない身体にされて、いけないことを教え込まれた。恥ずかしくてどうにかなりそうだったけど、これが子供を作る練習だと言われたら頑張りたくなった。肉体関係を結べば、その人以外と結婚できなくなると言われて、練習に練習を重ねた。

そう。一週間、夜はイヤラシイことの練習をしていた。

「すんごい、誑《たら》しだと誤解しましたっ、んっ、もう、そこやめてっ」

だから、身体が先を知っている。ダリウスのキスと、ダリウスの指に、何をされるかわかって震える。

顔中にキスをされて、背骨の終わり辺りを撫でられると、ぞくぞくした何かが走った。

この身体は、ダリウスのもの。ダリウス以外の誰にも嫁げない。

それが、凄く嬉しい。ダリウスのモノになれて、ナターリエはようやく安心できた。

実際に婚約式を挙げた今、ナターリエの心は全てダリウスのものだった。

「誑しというのは、何人もの思いに応え相手にすることだろう？」

「んぅっ、やっ」

「私はナターリエ以外の貴婦人に応えたことはない」

ダリウスの手が、ドレスの裾を捲る。足を撫でられ、耳朶《じだ》を嚙られ、ナターリエは身体を捩ってダリウスの手から逃げようとする。

「だ、駄目っ、ドレス、皺になっちゃう」

それに、ドレスが濡れてしまうと、ナターリエはダリウスの腕を摑んだ。

婚約式は終わったけど、この後にパーティーがある。いつもみたいにされたら、絶対にパーティーなんて出られないとわかっている。

「では、脱ぐか?」

「だから、駄目です。この後、パーティーでしょ?」

悔しいけど、いつもみたいな練習をした後は、疲れと怠さと熱っぽさで動けなくなっていた。

一回だけ、飲み物を取りに行こうとベッドを降りたことがある。ダリウスと練習をした後で歩こうと思ったら、裸のままでぺしょりと座り込んでしまった。

腰が抜けているのだと、ダリウスは教えてくれた。全然嬉しくないし説明して欲しくなかったけど、腰が抜けて歩くどころか立てないと言われる。しばらくすれば治るらしいけど、それからダリウスが全てやってくれるので、どのぐらいで治るのかわからなかった。

なのに、それをするなんて、無理に決まっている。

パーティーに行けなくなると、ナターリエは顔を顰める。

「ふむ。婚約式で疲れたから欠席にするか?」

「パーティーは抜け出すぐらい嫌いですけど……そんなこと、できません」

まだ、足を触っているダリウスの手をペチペチ叩けば、頬にキスされた。

眦《まなじり》、鼻の頭、顎にキスされる。唇を避けるキスにもどかしくなっていると、ぎゅうっと抱き締められる。

「ならば、ナターリエからのキスが欲しい」

「うっ……じゃ、じゃあ、目、瞑って、ください」

まだ、自分からキスをするのは恥ずかしいから、ダリウスが目を閉じたのを確認してから唇を合わせた。

乾いた唇の感触に、身体が震える。そっと、少しだけ舌を出して、ダリウスの唇を舐める。

これも、ダリウスに教わった。

ダリウスに言わせると、キスも夜の練習も、本当は駄目らしい。婚約式を済ませていない貴婦人にこんなことをするのは、騎士道云々よりも、亡くなった父に斧で微塵切りにされる覚悟だと言っていた。

でも、それをしてくれたのは、安心させるためだったのだろう。夢みたいだと、夢なら覚めて現実に戻るのだと、不安がっていたからしてくれた。

それが、嬉しい。ダリウスは、自分のエゴだと言うけど、駄目なことをしてでも安心させてくれるのが幸せだと思う。ダリウスに思われている。

「……んっ」

舌が、ダリウスの口に挟まれて、じわりとした快楽を感じた。

腕をダリウスの首に回し、少しだけ身体の力を抜く。すぐに腕が支えてくれるから、幸せで涙が出そうになる。

こんなにも幸せでいいのだろうかと、ダリウスの腕に抱かれながら思っていれば、凄い音が耳に飛び込んできた。

「ナターリエ様！　パーティーのドレスにお着替えを……あら」

あまりに驚いて、思わずナターリエはダリウスの舌を噛みそうになる。なんとか大惨事は回避できたけど、ダリウスの腕に抱かれたままヨゼフィーネを見て硬直してしまう。

頭の中が真っ白になってダリウスを見れば、一緒に硬直していた。

「ふふふ、仲がよろしいのは結構ですけどね！　貴婦人のお着替えは時間がかかるのです！」

ナターリエの背に回っているダリウスの腕を、ヨゼフィーネはぎゅっと摑んでポイっと捨てる。腕が背に回らなくなっただけで、同じ格好を崩せないナターリエの腰を摑み、ヨゼフィーネは力を入れて引き剝がした。

「はいはいはい！　ダリウス様もお着替えですからね！　ナターリエ様は一回髪を下ろし

てくださいね！」

ずだだだっっと、扉から大勢の使用人が流れ込んでくる。ナターリエは両腕を取られて宙に浮き、ダリウスは両腕と背中を押されて部屋から出て行った。

本気で何が起きているのかわからない。わからないけど、気づけば服を剝《む》かれて湯船に突っ込まれていた。

わしゃわしゃーっと、髪を洗われて身体も洗われる。ばさばさーっと、タオルの大群に襲われ髪も身体も拭かれる。いつものように身体を温め清潔に保つ風呂ではなく、着替えの前に香りを新しくするための風呂だろう。

「パーティーでは髪を結い上げて生花で飾りますよ！　リボンとベルトを用意して！」

「はい！」

「婚約式が終わって、ダリウス様の奥様として出席する初めてのパーティーですからね！　気合いを入れましょう！」

着替えさせられているだけなのに、なぜか戦場を感じた。

手を引かれ、右に左に移動させられる。後ろから脇に腕が入り、持ち上げられたりもする。ナターリエは運ばれるまま椅子に座って髪を結い上げられていた。

婚約式のドレスとは違い、赤色のドレスを着せられる。レースをふんだんに使い、袖と裾は流行《はや》りに乗ってひらりと長い。靴は爪先が尖って角のように丸まっているが、コレは本当にコレでいいのだろうか。ベルトにはブルグスミューラー王国の紋章が刻まれたバックルや宝石があしらわれ、ネックレスや耳飾りをつけるとさらに重くて驚く。

凄い。凄いというか、凄い。

抜け出したりもしたけど、一応ナターリエだってこれまで何度かパーティーに出席していた。だが、王族の妻として正装することが、こんなにも凄いことなんだと教えられた。

「……お、重い」

「奥様が重たいと仰《おつしや》ってます!」

「ネックレスは変えられないので耳飾りを軽いものにしてちょうだい!」

「あわわわわ……」

思わず心の声がだだ漏れになり、独り言のつもりだったと思っても遅かった。

金と宝石の耳飾りは、美しい鳥の羽があしらわれた耳飾りになる。これはコレで、擽ったいのだが、絶対に声に出して言わないようにする。

そしてあっという間に、ナターリエは新しい格好になっていた。

「………す、凄い」

「なんてことっ⁉ ヨゼフィーネさん! 裾の後ろのレースがっ‼」

「え？」

「慌てずに裁縫箱をお持ちなさいっ！　私が直しますとも！」

「ええ？」

ナターリエの声は、誰にも届かない。わちゃっと、ナターリエの後ろに使用人達が跪き、緊張感張《みなぎ》る感じでレースを直している。

どうしよう。動いちゃいけないのはわかっているので、ナターリエは息を整えながら必死に硬まっていた。

大丈夫なのだろうか。ナターリエ的には、ドレスの裾がどうなっていても気にしないが、ダリウスの妻として出席するのなら話は違う。

だって、ナターリエの失敗は、ダリウスの失敗として見られるだろう。

そうでなくとも、貴族達は婚約式であれだけ騒いでいた。ナターリエが失敗すれば、婚約を解消しろと言われるかもしれない。それだけならいいが、ダリウスやグロリアが悪く言われるのは嫌だった。

「ナターリエ様！　これで完璧でございます！」

「……え？　あ、ありがとうございます？」

新たなる決意を一人でしている間に、パーティーの支度は終わっている。

あっという間に準備は終わったように感じるが、ダリウスと引き離されてから、かなり時間が経っているのだろう。

硝子窓から、太陽の明かりが燦々《さんさん》と入っていたのに、今は少し暗くなっている。夕刻というには早い時間だが、陽が傾いているとわかる時間だった。

「さぁさぁ！　王宮に参りましょう！　ダリウス様がお待ちですわ！」

「え？　あれ？　あ、はい……」

さぁさぁどうぞどうぞと、ナターリエは手を引かれドレスの裾を持たれ、背を押されてダリウスの部屋を出る。

いたれりつくせりだ。確かに、婚約式の時に着たドレスよりも、豪華というか華美というか凄いドレスだと思う。一人で歩くには辛そうだけど、ここまで皆に手伝ってもらうと申しわけないというか、もう少し質素でもいいじゃないかと溜め息を吐いた。

でも、そういうものなのか。王族の城がみすぼらしいと国が馬鹿にされるとかいうアレなのかと、手を引かれるままによろよろと歩く。履き慣れていない靴は先が尖っているから、ドレスの裾を引っかけそうで怖いと、よろけるとヨゼフィーネが手を摑んでくれた。

「大丈夫でございますか？」

「はいっ、だ、大丈夫ですが……この靴、意外と硬いですね……」

木の底に鞣《なめ》した皮だとか布を紐で足に固定する靴しか履いたことのないナターリエは、爪先を尖らせ上に伸ばした靴の履き心地の悪さにびっくりする。

これは、怖い。今までパーティーにいる貴婦人の足下など見ていないが、これが流行りというのなら皆がコレを履いているのだろう。

足にフィットしない靴に、裾が恐ろしく長いドレス。しかも、重く高価な装飾品をたくさんつけてダンスを踊るなんて、凄い技術だ。

これなら、馬に乗り弓を引いて獲物を狩る方が楽だ。本物の貴族というのは、実は凄かったのかと目を丸くする。

一歩、一歩、慎重に歩く。しばらくこの城から一歩も出ない生活をしていたから、慣れてきたふかふかの絨毯を踏みしめた。

「ナターリエ。歩く時には前を向くのよ」

「ふぁいっ!? グロリア、様……あ、歩くのが精一杯、でし、て……」

そっと、背にグロリアの手が添えられる。それだけで背筋は伸びるのだが、視線を足下に向けていないと、とても怖い。

「乗馬のブーツに慣れてしまうと、こういう靴は歩きにくいわよね」

「そうなんです……まさか、こんなに、怖いとは」

「落ち着いたら、歩き方の練習しましょうか？」

女王という高い地位に就いているグロリアなのに優しくて、ナターリエは涙が出そうになった。

豪華なドレスも、高価な装飾品や流行りの靴も、ナターリエにとってはどうでもいい。パーティーだって、本当は前みたいに抜け出してしまいたいが、ブルグスミューラー家のためと思えば頑張れそうな気がした。

しかし、ナターリエがそんな決意をしていれば、隣から冷静な声が聞こえてくる。

「グロリア女王。貴方様には公務がございます。ナターリエ様の歩き方の練習などは、このヨゼフィーネにお任せください」

「うっっ……でも、ヨゼフィーネ。初めて義理の妹ができたの。お茶会とか復活させてもいいんじゃないかしら？」

「でしたら、公務はアロイス様に代わっていただきますか？」

「……書類にサインしてインク塗《まみ》れになって、封蠟を溶かして垂らして、印章指輪が熱くなるのはもう嫌なのよぉ」

貴族の貴婦人も大変だと思ったが、女王はもっと大変なんだと知ってしまった。

姿勢を正し、きっちりとした優美な姿で歩いているのに、グロリアの声は地を這っている。顔も笑みを絶やしていないというのに、グロリアの声は地獄を彷徨う亡者のようになっている。

なんとなく、グロリアがダリウスに厳しい理由がわかったような気がした。

だって、本来ならば、ダリウスがやっていた仕事だろう。国の状況を見てグロリアが女王になったが、ダリウスが王になっていればしなくてよかった仕事だ。

「公務の前には、香りのいいお茶と、目に優しい薬湯をお持ちしましょう」

「ヨゼフィーネ……お茶会は、駄目なのかしら？」

「そうですわねぇ。ディースターヴェークへ送る書類が終わり、式典に出席してからでしたら、お茶会を開きましょう」

「……………な、何ヶ月後になるのかしら」

この会話には口を挟んではいけない。田舎の辺境伯には意味がわからないという顔をしていた方がいい。

今、ナターリエがやらなければならないのは、ブルグスミューラー家の恥にならないように、頑張って背筋を伸ばして前を見ることだった。

「それまでに、素晴らしいお茶会の用意をさせて頂きますわ」

「……そ、そうね。城に戻らないで他国に行くよりは……いいわよね……」

「女王の公務も大変ですわよねぇ。ですが、ディースターヴェークでの式典が終わりましたら少し時間が空きますからね」

「そうね、そうだわ！　ダリウスの婚約期間中だし、お披露目パーティーを開いてしまえば、優先順位は自国のパーティーよね！」

グロリアとヨゼフィーネの冷たくも熱い会話を聞き流していれば、玄関から続く大階段に差しかかっていた。

ずしりと、ドレスが急に重くなる。大階段の下には貴族達が待っているから、使用人の支えがなくなったのだろう。ヨゼフィーネもグロリアとの会話に気が取られているのか、ナターリエの手を離している。

ならば、ここからが、正念場だ。

もう、二人の話を聞いている余裕はない。大階段というだけあって、この階段は大きく広いから、何かあった時に咄嗟に手を伸ばしても手すりに届かない。

しかし、前を向いて、姿勢正しく優雅に降りなければ、ブルグスミューラー家の恥になると、ナターリエは唾を飲み込んだ。

大丈夫。蔦を摑み、木から木に飛び移るよりも簡単だ、たぶん。ナターリエは視界の端に階段を入れる。前を向きながら下は見ずに、頑張って一歩を踏み出せば、階下から声が聞こえてきた。

「ナターリエ」

「……ダリウス様！」

ダリウスの声と姿に、ナターリエは安心する。もう階下にいるということは、男性の支度は時間がかからないのだろう。

羨ましいと思ってしまうのは、いけないことだろうか。貴婦人らしくないと、ダリウスに説教されてしまうかもしれない。

「そのドレスもとても似合う」

「ありがと……うっっ⁉」

たぶん、やるんじゃないかなと、自分でも思っていた。だからこそ、慎重に階段を降りていたのに、残り六段というところで、ドレスの裾が靴の爪先に引っかかり、ナターリエはお約束のように足を滑らせた。

「っっ⁉」

「ナターリエ！」

せっかく直したドレスのレースがとか言ってる場合じゃない状況になりそうなので、ナターリエは階段を蹴って飛び上がった。

敗因なんて考えている暇はない。階段下にいる貴族達の悲鳴も顔も、気にしている暇もない。

そして、当たり前のように、ナターリエはダリウスに抱き止められた。

「……ナイスキャッチ！」

「ナイスキャッチ。完璧ね、ダリウス」

「ナイスキャッチですわ！」

思わず、ナターリエの口から零れてしまった言葉だったが、グロリアもヨゼフィーネも重なるように声にする。

そんな三人の重なる声に、ダリウスはナターリエを抱き締めながら溜め息を吐いた。

「ナイスキャッチ、じゃないだろう……もう少し足下に気をつけなさい」

ダリウスは安心したのか、ナターリエをぎゅうっと抱き締める。

あの大階段を飛んで無事だったせいか、少し興奮しながらダリウスに言った。

「きっと、受け止めてくれるって思ったから、飛んでみました！」

「……その信頼はいらないな。やはり、部屋まで迎えに行けば良かった」

「うっ……ご、ごめんなさいっ」

盛大に溜め息を吐くダリウスに、ナターリエは素直に謝る。抱き締められて近くにある

ダリウスの頭を撫でてみる。

さすがに、言いわけはできないだろう。

この靴の先の尖り具合とドレスの裾の長さの危険性を説きたくなったけど、我慢してダリウスの頭を撫で続ける。

「ほら、大丈夫か？」

「は、はい。ごめんなさい。大丈夫です」

そっと身体を下ろされて、心配そうに顔を覗き込んでくるダリウスに、ナターリエは笑顔で返した。

だって、言えない。実は階段を蹴った時に靴擦れができているとは、誰にも言えなかった。

たぶん、血は出ていない。もっと柔らかく軽い靴で森を探索した時、これ以上の痛みを経験している。これならなんでもないような顔をして、足を引き摺《ず》らずに歩けるか大丈夫だろう。

「では、行こうか」

「………はい！」

今度こそ、転ばずに優雅に歩いてみせると、ナターリエは気合いを入れ直した。

本当は、抱っこと叫んでしまいたい。抱き上げて運んでもらえば、これ以上靴擦れも酷くならないだろう。

でも、ブルグスミューラー家の恥になってはいけないと、ナターリエは前を見て硬直した。

凄い。恐ろしいほどの視線が注がれている。

これは、怖い。だって、唖然《あぜん》としている貴族はいいが、口を開けて目を見開き驚愕というか、幽霊を見て悲鳴を上げる三秒前みたいな顔をしている貴族もいた。

怖いというか、驚くというか、どうしていいかわからなくなる。

普通にしていればいいのかもしれないが、今まで普通の貴族ではなかったナターリエには普通がわからない。

「む、どうした?」

「……そういえば、これまでパーティーとか、その……、抜け出してたし、どうしようかなって」

退屈だとか言っていないで、ちゃんと周りの貴族を見ていれば良かったと、ナターリエは思い切り後悔した。

落ち込んでいるのを見て、ダリウスは何か感じたのかもしれない。結い上げた髪が崩れないように、優しく頭を撫でてくれる。

こんなに優しいダリウスに恥をかかせるわけにはいかないと、ナターリエは必死に今までのパーティーを思い出そうとした。

最近はワインを飲んで軽食を食べて、妹と弟の面倒をみていたような気がする。昔、まだ妹と弟がいなかった頃は、両親や兄達に手を握られていたと思い出した。

まずい。これ以外に覚えているのは、綺麗なドレスと装飾品ぐらいで、騎士っぽくない貴族にカードやチェスに誘われたぐらいだろうか。

いや、それだけじゃないはずだ。もうちょっとぐらい覚えているはずだ。必死に過去の記憶を引っ張り出していれば、軽業師の見世物と吟遊詩人の詩と、音楽とダンスを思い出した。

そうだ。ダンスだ。ダンスを踊るんだと、思い出したはいいけど、まだナターリエはダンスを完璧に踊れない。ステップを踏んでいると足がもつれ相手の足を蹴り、転びそうになるから練習を避けていたと思い出す。

「パーティーなんてものは、別に何もしないでいいだろう?」

「え? で、でも、だ、ダンス……」

「ああ、そうだな。お披露目パーティーだからダンスは必須か」

ガーンと、ナターリエはショックを顔に出した。

まずい。この靴擦れっぽい感じの足でダンスなんて踊ったら、ダリウスの足を踏んだり蹴ったりするだろう。

二人きりでダンスの練習とかなら、足を踏んだり蹴ったりしてもダリウスは怒らないと思うが、周りで貴族達が見張っているような状況では駄目だった。

だって、ダリウスに恥をかかせてしまう。ダンスすら踊れない奥方なんて、ダリウスだけではなくグロリアやヨゼフィーネだって恥ずかしいと思うだろう。

ブルグスミューラー家の恥になってはいけない。ブルグスミューラー家が、自分のせいでけなされるなんて許されない。

「……どうした？」

青くなったナターリエに何かを思ったのか、ダリウスが顔を覗き込んできた。

心配そうなダリウスの顔に、ナターリエの頭の中でピコーンと何かが鳴る。あと数センチでキスができる距離に、コレだと、ナターリエはダリウスの首に腕を回す。

貴族達に知られなければいい。そうだ。貴族達に聞かれなければいい。

「……内緒、話を、ですね」

「む、どうした？」

「婚約式を挙げてから言うことではないのですが……その、私はまだまだブルグスミューラー家の嫁として未熟者というか、ですね」

「……未熟者ときたか」

「だって……こんな豪華なドレスは重たいとか思ってるし、流行りの靴は馬に乗れないとか思ってるし、ダンスなんて踊ったらダリウス様を踏んで蹴りそうな気がするんです」

ぼしょぼしょと、キスする五秒前の位置で、ナターリエとダリウスは内緒話に花を咲かせた。

そんな状態が、周りの目にどう映るのか。

貴族達の恐怖心が恐ろしい速度で育っていくだろう。

「何を話しているのか」

「何の話をしているのか。自分達の前で内緒話をするということは、もしかして、もしかするのか」

「いやいや、だって、噂を流したのは自分じゃないし」

「そういえばあの噂は東の貴族に聞いた」

「いや吟遊詩人のせいだ」

「私は親戚のお姉さんの夫の弟の嫁のお茶会友達の従兄弟に聞いたから確実だ」

……なんて、貴族達も内緒話をするために円陣を組んでいる。いくつかの円陣が、内緒話をするダリウスとナターリエの周りを囲んでいる。

しかし、当の本人達は、真剣に内緒話をしていた。

「そうか……ドレスの重さか……軽い生地で作らせるか？」

「薪を割るために斧の重さに耐えた私です。首飾りや耳飾り程度……頑張ります」

「ドレスではなく装飾品が重いのか？」

「実は……耳飾りの重さに負けて、この羽根の耳飾りに変えてもらいました」

情けないと、ナターリエが顔を顰めて頭を振りながら言えば、ダリウスは揺れる頭を撫でてくれる。

こんなにも優しいダリウスに恥をかかせることなんてできない。大階段から落ちそうになって飛んで受け止めてもらったのは、ナターリエの中ではなかったことになっていた。

「ふむ、その耳飾りは似合っていると思うがな。髪の飾りに合って綺麗だ」

「っっ‼　もう！　ダリウス様ったら！」

内緒話の内容は、ナターリエがどれだけダリウスの奥方に向いていないかという暗い話だったはずなのに、褒められて頭の中がピンク色に染まる。

見る角度によってはキスしてるんじゃないかというぐらい近い距離で話をしていたナタ

ーリエは、腰を屈めてくれたダリウスの後頭部をポシポシ叩いた。

普通の距離で話をしていたら、きっと肩か胸辺りを照れ隠しに叩いただろう。だが、ナターリエは内緒話をするために、ダリウスの首にぶら下がっているような状態だったから、叩ける場所が頭だけになってしまった。

ならば、叩かなければいいと思うだろう。内緒話というだけあって、小さな声で喋っているから周りの貴族達は会話の内容がわからないだろう。わからないのに、いきなりナターリエがダリウスの頭を叩き出したから、声のない悲鳴が響き渡っている。

「ドレスの裾は教会も苦言を出しているしな。埃を引き摺っていると」

「あ〜、そうですよね。この裾はおかしいですよね。でも靴もおかしいですよ……なんで爪先が尖って角みたいに上を向いているんですか？」

「確か、霜焼けで腫れた足の指を隠すためとか言われていたような気がするが……私はこの爪先に鈴をつけろと言われたことがある」

「鈴っっ!? どこにいてもわかっちゃうから戦いに向かない感じですねっ」

世間話というか、現代ファッションにおける愚痴を言い出した二人だったが、やはり内緒話なので声は貴族達に届かなかった。

なんとなく、二人が憤っているのはわかる。ナターリエはダリウスの頭を叩かなくなったが、興奮しているのか距離が近くなる。

「ああ、ダンスは気にしなくていい」

「……気にしますよ、気にするに決まってるじゃないですか」

「足を踏まれても蹴られても、リードしてやるから気にするな」

「っっ‼」

ぼぼぼっと、ナターリエの顔が真っ赤に染まった。

貴族達は何が起きたのかと不安そうだが、ナターリエは現実を突き付けられて心臓が破裂しそうになっていた。

だって、大好きなダリウスが、結婚とか夢見ないからもう一回会いたいとか思うぐらいの人が、ダンスで自分をリードしてくれると言う。そう、ダンスだ。身を寄せ合い、二人でステップを踏み、音楽に合わせて踊る。

ナターリエはパーティーに興味がなかったし、もちろんダンスにも興味はなかったけど、ダリウスと踊るのだと思えば顔が赤くなった。

「どのぐらい踊れるんだ？」

「…………………」

しかし、現実は厳しい。嬉しくて舞い上がって夢みたいと思っていても、現実というのは容赦なく突き刺さってくる。

「ナターリエ？」

「…………一歩を踏み出せば、ダリウス様の足を踏んで向こう脛《ずね》を蹴り上げる程度、です」

「それは……踊れるというのか？」

「………兄達は足が駄目になると逃亡して、父は甲冑の膝当てと脛当てを装着して教えてくれましたが……」

ナターリエは、言葉にならない言葉を小さな声で呟いた。

本当に残念な思い出だけど、言いわけをするならダンスは必要がないと思っていた。

元々、レンネンカンプ家は身分的に高いわけではないから、連日連夜にパーティーを開くような家に嫁ぐとは思っていなかった。式典や祭事の時でも、中央に出るのではなく隅っこで拍手をするような身分だと思っていた。

「そうか」

「………そうなんです」

ナターリエがダンスを踊れないのは事実なので、やっぱりダリウスに迷惑をかけてしまうのだと悲しくなった。

もっと真剣に習っておけば良かった。ダンスなんて必要ないと思って練習しなかったけど、ダリウスやブルグスミューラー家に迷惑をかけるのは嫌だ。

　そう思って悲しくなっていれば、ダリウスが優しく頭を撫でてくれる。

「心配するな。一つ、手がある」

「……どんな、手でしょうか？」

「いっそ、最初から私の足の上に乗っていればいい」

「…………はい？」

　意味がわからないと、ナターリエが首を傾げたらダリウスが笑った。

「えっと……最初から足に乗るって？」

「普通の貴婦人なら、ついてこれないだろうが、君なら大丈夫だろう」

　足の甲に乗ってしまえば、ダリウスが足を動かす通りにナターリエも足を動かさなければならない。動きが予測できないから大変だろうが、ダリウスに抱えられていれば失態はないだろう。

　問題は、倒れる時は共倒れということか。ダリウスの足についていけず、足がもつれて絡まってしまえば、二人して倒れることになる。

「それ……大丈夫ですか？　ダリウス様の足の上に乗るって……ばれません？」

「床を引き摺るドレスの裾に、初めて感謝する日がきたな」

「あ、そうか……足下が見えないから！」

世紀の大発見みたいな顔をしたナターリエは、嬉しくてダリウスに抱き付いた。

さっきから内緒話のせいで距離は近かったが、ぎゅうぎゅうと嬉しくなってダリウスを抱き締める。

「しかし、私の足の動きについてこないといけないが、大丈夫か？」

「踊ってる最中に、ダリウス様の足を蹴ったりすることを思えば……できます！」

「……まぁ、いざとなったら、そのままターンでもしてごまかすから、私の足の上に着地しなさい」

「はい！」

抱き合って耳元で囁き合うようなラブラブシーンなのに、内容は非常に体育会系の話になっている。ダンスの話をしているはずなのに、どうして試合の作戦タイムみたいになっているのかわからない。

貴族達は阿鼻叫喚だけど問題ない感じだった。

# 第六章　蕩けるような甘い初夜

「……っ、疲れた」

「あらあら、まぁまぁ、大変ですわ」

花の香りのする湯船に浸かり、ナターリエは顔を俯かせた。

ここは、ダリウスの私室の奥にある書斎ではない。ブルグスミューラー城のいくつかある風呂の一つらしい。

「やっぱり、パーティーが開けるお風呂にすれば疲れも取れたのかしら？」

「えっ⁉　そ、そんなお風呂が存在するんですか？」

「二百人は入れるお風呂がございます」

想像もできないと、ナターリエは目を丸くした。

この湯船だって、ナターリエの基準では無駄に大きいと思う。ナターリエがあと二人ぐらい入れそうな湯船は、たっぷりの湯で満たされている。

「……贅沢ですわねぇ」

「そうですわねぇ」

そんな他愛のない話をしながら、ナターリエはヨゼフィーネに髪を洗ってもらっていた。

レンネンカンプでは自分で洗っていたからと言っても、ヨゼフィーネは聞いてくれない。ダリウス様の奥様になられたのですから、と真剣な顔で言われて、思わずナターリエは頷いてしまった。

子供じゃないのに髪を洗ってもらう恥ずかしさより、ダリウスの奥様と言われる方が恥ずかしい。なんて言うか、身悶《みもだ》えて踊り出したくなるような恥ずかしさを覚える。

「それにしても、素晴らしいお式でした。生まれた時からお世話しているダリウス様が、こうして無事に婚約式を挙げ、素晴らしい奥様がきてくれたのですから」

「っっ！　え、あ、ま、まだまだ、私なんて……」

「これからは、ダリウス様の隣には、ナターリエ様がいらっしゃいますから安心です」

髪もしっかり洗い終わり、ヨゼフィーネは心底安心したようにナターリエの身体に湯をかけた。

しみじみと言われると、ナターリエの心の奥にある不安が頭をもたげる。ダリウスのことは好きだし、ダリウスが自分を好きでいてくれるのはわかっていても、どうしても身分違いという意識が離れない。

本当に、自分でいいのだろうか。ブルグスミューラー家の――ダリウスの恥にならないか。ダリウスにはもっと素敵な貴婦人がいるのではないか。

叶わない夢だと思っていた。だからこそ、ナターリエの心は揺れる。

「……わ、私で、私のような身分が低い者で、大丈夫でしょうか？」

不安が声になって零れてしまえば、ヨゼフィーネに頰を撫でられた。

母が子にするように優しく頰を撫でられて、ナターリエは眉を寄せる。困ったような、悲しいような、複雑な顔をしていると、ヨゼフィーネが苦笑した。

「どんなに高い地位の貴婦人だろうと、ダリウス様にお似合いなのはナターリエ様だけです」

「……でも」

ヨゼフィーネには、前に言ったことがある。身分違いで釣り合わないと。ダリウスに迷惑がかかると言ったことがある。

そのせいか、ヨゼフィーネは笑いながら、内緒ですよと耳打ちしてくれた。

「ダリウス様が初めて望んだ貴婦人が、ナターリエ様なんですよ」

「……そ、れは」

「王位継承から外れた次男として生まれたせいでしょうかねぇ。私は性格だと思っているのですけど、ダリウス様は呆れるぐらいにストイックでしたわ」

他国の王族の息子なんて、普通は教会に怒られるぐらい遊ぶものだと、ヨゼフィーネは教えてくれる。金と地位があるというのは、それだけ簡単に道を踏み外せるので、嘆かわしいと言いながら教えてくれる。

「ですが、ダリウス様は品行方正が過ぎていて、私は少々心配していたのです」

「……あ～、なんとなくわかります」

嫌な噂のせいで、品行方正にしなければならなかったというのも、少しはあるだろう。でも、ヨゼフィーネの言う通り、ダリウスの場合は性格だ。噂が立つ前から貴婦人の秋波も無視し、遊んでなかったそうなので乳母としては心配もするだろう。

「そんなダリウス様が！　リボンを！　リボンを入れる小箱はないかと聞いてきたのです！」

「………………リボン？」

「ええ。白のレースに、ピンクと赤の刺繍のあるリボンでございます。少々汚してしまったと、ご自分で丁寧に洗ってから箱に収めておりました」

少し考えたナターリエは、思い当たることがあってボボっと顔を赤くした。

もしかすると、初めて会った時に、慌てて傷に巻いたリボンのことだろうか。あんな迷惑しかけてない出会いだったのに、あの時のリボンを大事にしていてくれたなんて、嬉しすぎて顔が歪む。

「ナターリエ様の、リボン、ですね？」

「え？　う？　あ？」

ざばりと、湯船から引き上げられて、ナターリエはたくさんのタオルに包まれた。真っ白なタオルに、ナターリエの赤く染まった肌は目立つだろう。自分でも、全身が真っ赤になっていると自覚している。

だって、だってだって、だ。こんなに嬉しいことがあるだろうか。渡したナターリエですら、忘れていた。

リボンなんて、包帯の代わりだと思っていた。すぐに捨てられても、おかしくはない。あの時、ダリウスは花壇にいたのだから、手には草の汁や花粉や土がついていただろう。その手に巻いたリボンを大事にしてくれたなんて、思ってもいなかった。

「それはもう大事になさってましてねぇ。せっかくですから槍や甲冑に結んで、このリボンをくれた貴婦人に勝利を！　とか言えばいいのにと言ったんですが……」

「……が？」

「……リボンが汚れるから嫌だ、と」

身体をタオルで拭かれ、香油を身体に塗り込まれ、髪をぽんぽんとタオルで拭かれているというのに、ナターリエの意識はヨゼフィーネの言葉だけに向けられていた。

羞恥なんて、どこかに飛んでいく。レンネンカンプでは、自分のことは自分でやっていたから、使用人に色々としてもらうのは恥ずかしいのに、恥ずかしいと思う暇さえない。

だって、だって、もっと恥ずかしいことがあった。

ダリウスが初めて会った時のリボンを大事にしていてくれたなんて、恥ずかしくて死ねる勢いだろう。

「うわわわわ……」

「そんなダリウス様をお疑いになるのは、どうかと思いますよ？」

ふふふと、ヨゼフィーネは笑いながらナターリエの頭を撫でてくれた。

確かにそうだ。ヨゼフィーネの言う通りだ。ダリウスを疑ったわけではないけど、釣り合わないと不安になるのも失礼なぐらい愛されている。

「ヨゼフィーネさんっ！　私っ、頑張っていい奥さんになります！」

「ええ。その意気ですよ！」

何をどうしてどうされたかわからないが、ヨゼフィーネと抱き合うナターリエは、気づけばガウンを羽織らされていた。

でも、今のナターリエには、どうでもいい。ガウンを羽織らせてもらうなんて、熱を出して寝込んだ時だってなかったと思うが、今はどうでもいい。

だって、今のナターリエには、ダリウスのいい奥さんになることが最優先だった。

どうして、今まで気づかなかったのだろうか。ダリウスに相応しくないと思う前に、相応しい貴婦人になるように努力すればいい。さすがに身分を高くすることはできないけど、誰もが認める貴婦人になれば、ダリウスが自分のせいで恥をかくことはないだろう。

だけど、ふと、ナターリエは首を傾げる。

普通の貴族を知らないナターリエには、素晴らしい貴婦人というのがわからない。

「……ヨゼフィーネさん」

「どうなさいました？」

「……レンネンカンプは、普通の貴族じゃないので、あの、私、どうすればいいんでしょう」

物凄く基本的で根本的なことに気づいて、ナターリエはへにょりと眉を下げた。

どうしようと思う前に、凄い馬鹿だと思う。そんなことすら知らないから、何度も悩んでいるのだと思い知る。

でも、ヨゼフィーネは呆れもせずに、優しく教えてくれた。

「それは簡単ですわ」

「ヨゼフィーネさん……」

「ダリウス様とナターリエ様が仲良くしていれば、それだけでいいんです」

一瞬、意味がわからなくて、ナターリエは硬直する。優しく諭すように言うヨゼフィーネを見つめ、何を言っているのだと目を丸くする。

しかし訝しむナターリエに笑ったヨゼフィーネは、きっぱりと言い切った。

「婚約式とお披露目パーティーで、もうわかっているじゃないですか？　周りの貴族達の反応を見れば、ナターリエ様がダリウス様に甘えるだけで噂は消えます」

「………あ」

目から鱗とは、こういう時に使うのだろう。ナターリエはキラキラした目をヨゼフィーネに向け、こくこくと一生懸命頷く。

「仲良くして、甘えて、そして」

「そ、そして？」

「たくさん、たくさん、子供を作ればよろしいかと思います」

「っっ‼」

天啓を得たとばかりに、ナターリエは物凄い早さで頷いた。

それだ。それしかないだろう。元々、ダリウスのことを大好きだったのだから、仲良く甘えて子だくさんなんて簡単だ。

しかも、子供を作る行為の練習だってしている。これはもう頑張るしかないだろうと、ナターリエは気合いを入れた。

「さぁ、寝室に向かいましょう」

ナターリエの手を引くヨゼフィーネの声に、使用人達がずらりと並ぶ。ダリウスの部屋から一部屋しか離れていないのに、扉から扉まで使用人が道を作っていた。

両脇に人の壁があるというのは、非常に緊張する。婚約式も同じ感じだったのだろうが、婚約するという緊張でごまかされていたらしい。

ドキドキと、心臓が鳴る。少し震えた手を、きゅっとヨゼフィーネが握ってくれて、ナターリエはダリウスの待つ部屋へと入った。

「大丈夫か？　逆上《のぼ》せているんじゃないかと心配した」

「ダリウス様。貴婦人の湯浴みと身支度は時間がかかるものです。殿方は大人しく待っているのが礼儀ですよ」

「む……ああ、そうだな」

「どれだけ貴婦人が苦労して身嗜《みだしな》みを整えていると思っているんですか。全ては愛する方のためです」

自分が凄く緊張していたのがわかったが、ふと力が抜ける。婚約式が終わったら最後までするという言葉を思い出して恐ろしく緊張してしまったが、ダリウスとヨゼフィーネの会話を聞いていたら、心が落ち着くのがわかる。

だって、何も変わらない。今まで通りのダリウスだと、嬉しくなってナターリエは駆けだした。

「ダリウス様！」

「……ナターリエ。危ないぞ」

飛び込むようにダリウスに体当たりしたナターリエは、軽々と抱き上げられる。勢いがあったせいか、くるりと回転した。回りながら部屋の中が見えた。

いつもと同じ。同じだけど、ベッドには綺麗な花が零れていた。

暖炉で暖められた部屋の中に、花の香りが充満している。これが王族の仕来りなのか。それともブルグスミューラー家の仕来りなのかわからないけど、歓迎されているようで嬉しくなる。

「ナターリエ様。走ったり飛んだりは程々に。転ばれては困りますからね」

「……ナターリエには優しいな、ヨゼフィーネ」

「少々おてんばで元気があるのが、ナターリエ様の良いところだと思っております」

キリリと、ヨゼフィーネが言うから、ダリウスは何も言えなくなっていた。

思わず、ナターリエはダリウスの頭を撫でてしまう。あんな嫌な噂は、こんなにも間違っているのだと、本当に皆に言ってまわりたくなる。

「ダリウス様が傍にいる時だけ、おてんばになることにします」

「ああ、そうしてくれ」

苦笑するダリウスにぎゅっと抱き締められて、ナターリエはお返しに頭を抱き込んだ。

嬉しくて嬉しくて、叫び出したい。くるくると踊りながら、皆にこの幸せを分けてあげたくなる。

「では。私どもは失礼いたします」

「ヨゼフィーネさん。私、頑張ります!」

「はい。ご婚約おめでとうございます。ダリウス様。ナターリエ様」


皆が部屋を出て行って、扉が閉まった後は急に静かになった。

ぱちぱちと、暖炉の火が爆ぜる音がする。いきなり全員がいなくならなくてもいいじゃないかと思いながら、初めて大勢の使用人達に付き添われてダリウスの部屋に来たと気づく。

「ナターリエ」

「ひゃいっ⁉」

「………ひゃい、はないだろう」

あやすように背中をぽんぽんされて、抱き上げられたままナターリエはベッドに連れて行かれた。

花が溢れるベッドに、躊躇なくナターリエと向き合うように抱きながらダリウスは座る。花の上に座っているような気がしないでもないが、そんなことを考えている自分は緊張しているのだろう。

だって、だって、仕方がないじゃないか。さっきヨゼフィーネに言って気づいたけど、結婚するつもりでこの城に来たのではない。なのに、気づいたら婚約式を挙げていたなんて、神様だって驚いてくれるだろう。

だけど、これも言いわけか。どう考えても、緊張しているんだと、ナターリエはコチコチに固まっていた。

「そんなに緊張するな」

「えっと……で、でも、最後まで、するんですよね？」

「いつもと同じだ。ナターリエ」

頬を撫でられ、ナターリエは目を閉じる。少しだけ口を開けて、ダリウスの唇を待った。ゆっくりと、唇が重なる。ダリウスの薄い舌が入ってきて、口蓋を擽られると腰に甘い痺れが走る。

ぞくぞくする。悪寒に似ているけど、これが快楽だと教えられた。

「んっ……」

肩を撫でる手が、ガウンを落とす。裸になると恥ずかしくて、寒いと自分に言いわけをしながらダリウスに抱き付く。

舌をちゅっと吸われ、先端を優しく噛まれ、ナターリエの喉がひくりと鳴った。

ドキドキする。心臓が壊れそうなぐらい、ドキドキしている。

いつもと同じでも、今のナターリエはダリウスの妻だ。結婚式はまだだから、正式には違うのかもしれないけど、婚約式を挙げて司祭に祝福されたから、もうダリウスの妻と言っても過言じゃない。

それが、嬉しい。

嬉しくて、ドキドキして、最後までされる恐怖と期待が混ざって、ナターリエはダリウスの背に手を回した。

「あ、ダリウスさ、まっ……」

唇が、喉に落ちる。噛まれ、吸われ、胸を揉まれて囓られる。感じることを教え込まれた乳首は、寒いからか快楽を期待してか、痛いぐらいに立ち上がっていた。

何度も練習したから、身体が覚えている。最初の頃は、恥ずかしさと初めての快楽に混乱してよく覚えてないが、最後の方は少し慣れてきた。手の置き場所とか、声の出し方とか、身体の力を抜くこととかを覚えた。

だから、この先を、ナターリエは知っていた。優しく触れられて、ゆっくりと形を崩すみたいに揉まれる。

柔らかい胸を囓られてから、乳首を抓まれ引っ張られるかもしれない。

教え込まれた身体は、浅ましく反応する。快楽を思い出し、ふるりと震える。ダリウスの手が、指が、唇が、ナターリエを愛撫するのを覚えていた。

怖くない。汚くない。濡れるのは当たり前で、濡れると嬉しいと言われて、羞恥で死にそうになったのを思い出す。中を弄られ拡げられ、痛くて顔を顰めていると、痛くないところからやり直してくれる。

だから、感じるようになった。色々と、全部、ダリウスに教え込まれて感じるようになったから、身体の力を抜こうとして異常を感じた。

「きゃぁあっ⁉　なっなっ、なにっ⁉」

ぴちゃりと足に濡れた手が置かれる。

何が起きたのか。どうして、濡れているのか。

下肢に手が触れるのは、いつも横になってからだったのに、まだダリウスの膝を跨いで膝立ちしている状態なのに、内腿から性器に濡れた手が這う。

ぬるぬるとした知らない感覚は肌を粟立たせ、快楽よりも悪寒が勝ちそうになる。

だけど、耳元でダリウスに囁かれて、ナターリエは身体を震わせた。

「ああ、コレか？　ハーブ入りのオイルだ」

「ひゃっ⁉　ぬるぬるって、ぬるってっ、やぁあっっ⁉」

いつもなら、指で触って心も身体も柔らかくして、キスされる。唾液と蜜液で、ゆっくりと蜜口を開かれ、慣らすみたいに指を入れられる。

なのに今はぬるぬるしたオイルをつけられ、ぬくりと、ダリウスの指がいきなり入ってきた。

「痛いか？」

「い、たくない、けどっ……あ、熱いっ？」

じりじりと、内腿が熱くなる。次に触れられた蜜口も熱くなる。

オイルをまとった指を入れられた中も熱くなってくるから、ナターリエはダリウスを睨み付けた。

「な、に……これっ……」

「初夜に使うオイルだ。熱いのか？」

不思議そうに聞いてくるから、怒れなくて悔しい。

だって、じわりと、熱くなる。痒いのか、擽ったいのか、それとも感じているのか。わからなくてナターリエは顔を顰めた。

オイルが触れた箇所だけではなく、体温が上がる。息も上がって、ダリウスの背に爪を立てて震える。

ゆっくりと、怖いぐらいにゆっくりと、身体がこれを快楽だと認識した。

「や、だって、やだっ、うそっ、だ、だめっ、やぁああっっ！」

きゅうっと、はしたなくダリウスの指を食い締める。食べるみたいに指を締め付け、動かされていないのに蜜液が零れる。

怖い。熱くて、疼く。こんな快楽知らない。でも、これは快楽なのか、本当に。わからないけど疼くから腰が揺れた。

「そういう効果があるのか……可愛い、私のナターリエ。腰が揺れている」

「ひっ、あっ、だって、うそっ、あぅっ」

にやりと、ダリウスが笑う。

もう、視界がくにゃりと歪んでいるけど、ダリウスが嬉しそうに笑っているのがわかる。

こっちは知らない快楽に怯えているのにと、怒りが湧く前に呟かれた。

「いつもより柔らかいが……たっぷり使っておくか」

「えっ？　いやぁあっっ‼」

ころりと、ベッドの上に倒される。両脚の間に膝を入れられ、下肢をダリウスに突き出すみたいな恥ずかしい格好にされる。

でも、指は抜いてくれないから、ナターリエは軽い絶頂を感じた。

「あ、あぅっ、え？」

恥ずかしい格好だけでも辛いのに、ダリウスは二本の指を中に入れて開く。蜜口が開かれ、もう片方の手に持たれている硝子瓶が近付いてくる。

まさか。嘘だ。そんなことをする必要なんて、ない。

「あ、やだ、だりうすさまっ、やだっ、やだぁっ」

性器の上で、硝子瓶を逆さにされた。

とろとろと落とされたオイルが性器をびしょびしょに濡らす。指で開かれた蜜口に、指を伝って、とろりとオイルが入ってくるような気がする。しかも、まだ触れられていない突起も、触られると怖いぐらい感じる突起も、オイル塗れになる。

駄目だ。こんなの、駄目だ。

さっきの、熱くて疼く感覚を思い出して、ナターリエは怖くて涙を零した。

「可愛い、ナターリエ……私の、ナターリエ」

「だ、ダリウス、さまっ、あ、や、やっ」

見開かれた目から、ぽろぽろと涙が零れる。突起はきゅっと立ち上がり、練習の時に剝かれたせいで敏感になっているから、触られてないのに痒いような快楽を拾ってしまう。

身体の中が、ダリウスの指を食んでいる蜜口が、ひくひくと痙攣しているのがナターリエにもわかった。

「あぁあっっ‼　あっ、やぁあっっ！」

怖いぐらいに下肢が疼いて、ナターリエは身を捩る。無意識に腰を振り、ダリウスの指を中へ中へと引き込もうとしている。

「だめっ、だりうすっ、だめぇっ！」

逃げようとしたのに、まるで誘うみたいに腰が揺れるから、ナターリエは恥ずかしくて涙を零した。

意味がわからない。初夜の時にオイルなんて、使う必要ないだろう。練習の時みたいにすればいいのにと、ナターリエはどこか遠くで思った。

だって駄目だ。本当にこれは駄目だと身体も心も叫んでいた。

痒くて熱くてもどかしい。全身が粟立って、汗が流れるだけでヒリヒリする。ゆっくりと、指が中を確かめるみたいに動くから、喉から引き攣れた悲鳴が零れる。

「練習で慣れたせいもあるのだろうな……こんなに感じて、可愛い、ナターリエ」

「ひうっっ、あっ、抜いちゃ、ぬいちゃ、やだぁっ」

ぷちゅっと、ダリウスの指が引き抜かれた。

ぞくぞくとした快楽が、身体を駆け巡る。まるで粗相したみたいに蜜液を零して、ナターリエはシーツの上で身を捩る。

苦しい。怖い。身体の奥がじくじくと疼く。こんなの知らない。知らないから怖い。

ダリウスはガウンを脱いでベッドの下に放り投げる。ゆっくりと手を伸ばしてきて、大きな手がナターリエの足を摑み、残酷なぐらいゆっくりと足を開いた。

「ナターリエ。可愛い、私のナターリエ……」

「や、あ、うそっ、やだ……」

真っ赤に腫れ、びしょびしょに濡れている性器に、ダリウスの性器が触れている。

そんなの入らない。無理。絶対に、無理。初めて見るダリウスの性器に、怖くて怖くて首を振る。

指が入るのはわかっていた。指で、弄られると感じるのも、教えられた。

でも、だけど、そんなの無理。壊れちゃう。

ふるふると頭を振って涙を零したけど、ダリウスは笑って凶器みたいな陰茎を蜜口に当てた。

「む、むりっ、だめっ、はいんな、いっ」

「入る。これ以上、待たせないでくれ……」

ゆっくりと、蜜口が広げられる感覚に、ナターリエは怯える。だって、そんなの、絶対に無理だろう。

だけど、ダリウスは待っていたのか。こうしたくて、そんな我慢するような顔をされたら、何も言えなくなる。

でも、怖い。怖いのに、先端が中に入っていくのを見て、目が離せなくなっていた。

「うぁ、あ、あっ」

張り出したカリが入る時、引き攣るような痛みを感じる。痛くて顔を顰めたのに、顔を顰めれば止めてくれたのに、ダリウスは動きを止めてくれなかった。

指で広げられていた蜜口が悲鳴を上げる。きりきりと、切れそうなぐらい引き攣っている。内壁もみちりと広げられ、怖くて涙をぽろぽろ零した。

「これで、本当に君は私のものだ」

「あ、あっ、あぁああっっ‼」

怖い。駄目だ、駄目。本当に無理だと思ったのに、絶対に無理だと思ったのに、ぬくりとダリウスが中に入ってきた。

ぶちりと、何か壊れた音がする。身体の中から壊されて、ダリウスのために作り直されているような気さえする。

苦しい。痛い。でも、痛さよりも、苦しさが勝つのは、この変なオイルのせいだろうか。もどかしくて熱くて痒くて、擦って欲しいという欲求さえ生まれた。

「あ、あ、あ……」

痛みは痺れて感じなくなる。きりきりと広げられ、どんどん中に埋まっていくから、ナターリエは混乱する。

入って、くる。串刺しにされるみたいに。だけど、怖いのに、ダリウスだから、中が喜ぶみたいに痙攣している。

「私の、ナターリエ」

「あ、だりう、す……だめっ、も、はいんないっ、いれちゃ、やだぁっ」

奥の奥まで入れられて、ダリウスとぴったり重なった。

もう、駄目。本当に、それ以上、入れちゃ駄目。終わりだと思う。だって腹に響くぐらい当たっているのがわかる。

なのに、なのに、ダリウスの先端がノックするみたいに、最奥を抉じ開けようとしていた。

「や、だっ、も、むり、むりっ、やぁああっっ‼」

「っく……凄いな、噛まれているみたいだ」

「ひっ、いっ、いやっ、いやぁあっ」

ぷちゅぷちゅっと、身体の奥が開かれる。突かれる度に目の奥で火花が散り、身体ががくがくと痙攣する。

怖い怖い。絶頂なんて可愛いものではない。もう、最奥を突かれて何度もイっている。

「可愛い、私のナターリエっ」

「っっ‼」

無意識に逃げる腰を摑まれ、奥の奥でダリウスの精を受け止めた。

一瞬、意識が落ちる。失神したのかと思ったけど、まだダリウスが中にいるから、ナタ
ーリエは顔を顰める。

「だ、だりうす、さまっ」

「ああ、泣くな。君の泣き顔は、本当に腰にくる」

「ひっ、まっ、待ってっ、だめっ、も、だめっ」

ゆっくりと引き抜かれると、腰がぞくぞくした。

たらたらと、オイルと蜜液が零れる。ダリウスの精も混じっているかもしれない。何よ
り、肌を伝って零れるから、それだけで中が痙攣する。

「あ、あっ、抜いちゃ、やっ」

「ならば、入れるか？」

意地悪だ。抜かれて喪失感があったところを、ゆっくりと埋めてくる。

「やっ、やだぁっ、いれないでぇっ」

ほろほろと涙を零せば、ダリウスが優しくキスしてくれた。

顔中にキスしてくれて、涙を舐めてくれる。痙攣する身体をあやすように撫でてくれて、
優しいのに抽挿を止めてくれない。

「ん、あっ、あぅっ」

教えるようなゆっくりとした動きに、ナターリエの思考がとろりと溶けた。

気持ちいい。ぞくぞくと、腰が痺れるみたいな感覚がある。引き抜かれると悲しくなって食い締め、入れられる時には息を吐く。

「これは、気持ちいいのか?」

「あ、わか、んない、あっ、あ」

腰骨の辺りを摑んでいた手が離れ、汗で張り付いている陰毛を撫でられた。ぴくりと、ナターリエの身体が反応する。そこを撫でられて、指が動いて、突起を弄られる。

まだ、ダリウスを入れたままなのに、そこを弄られたら怖いと、ナターリエは涙目を向けた。

「や、やだ、しちゃ、だめ……」

にぃっと、ダリウスが笑う。意地の悪い笑みは初めて見るから、カッコイイなと思うけど怖くなる。

指が結合部を撫でてから、ナターリエの突起を撫でた。

「ひぃあっっ⁉　やぁあっっ‼」

触られてなかった突起は、浅ましくダリウスの指を喜ぶ。腫れて大きくなって、指で擦られると目の前がチカチカする。

ダリウスは動いていないのに、ナターリエの身体が跳ねて痙攣するから、中を揺すられているような快楽が重なった。

「いやっ、だ、だりうすっ、だめっ、だめぇっ」

「……駄目？　コレか」

「きゃうっ⁉　あっ、あーっ‼」

指が意地悪く突起を抓み、くりくりと潰すみたいに嬲られた。

きゅうっと、中が痙攣してダリウスを食い締める。初めて感じる恐ろしい絶頂は、ナターリエの頭の中を真っ白にする。

「やぁあっ、やだっ、やだぁあっ」

ダリウスの胸を引っかき、叩いて引き剝がそうと押した。

ぼろぼろ涙が零れ、悲鳴を上げる口から唾液が零れる。突起をゆるゆると擦られ、酷い快楽に足をバタバタさせると中まで擦られているような気がする。

怖い。こんなの駄目だ。本当に駄目。お願い。許して。

懇願して泣いているのに、ダリウスは空いた手でナターリエの腰を支え、ゆっくりと動き出した。

「ひぃっ、やっ、ゆるし、てぇっ！」

「そんなに泣くな……可愛くて、苛めたくなる」

腰を支えられているから、ダリウスの動きを許してしまう。引き抜かれて、突き込まれて、突起をぐりぐりと弄られる。

もう、何も考えられなかった。

内壁はきゅうきゅうと、ダリウスを食い締める。なのに、抽挿されて擦られて、ぷちゅりと蜜液が零れていく。

「だめっ、だめぇっ、やぁあっ、やだぁっ」

「これで、さっきの奥を弄ったら、どうなるかな？」

「ん、だめっ、だめっ」

意味はわからないけど、意地悪い笑みに怯え、ナターリエはダリウスを引っかいた。

揺さぶられるだけで快楽で死にそうなのに、もっと凄いことをされたら本当に駄目だからやめて欲しい。

だって、こんなの知らない。くらくらと頭の中が揺れているのに、身体は熱くて下肢が疼いていた。

怖い。気持ちいい。苦しい。駄目。

ダリウスが笑っていて、ゆっくり顔を近付けてくる。零れた唾液を舐められて、脳に響く低い声で名を呼ばれる。

「ナターリエ」

「っっ⁉」

ぐちゅりと、頭の中で何かが潰れるような音がした。

最奥をダリウスの先端が突く。突起は指で弾かれ、爪で嬲られる。ナターリエは口を開けて、声にならない悲鳴を上げた。

全身がバラバラになる。壊れて崩れていく。怖い怖い怖い。

ぎりぎりまで引き抜かれ、最奥を潰すみたいに突き上げられ、ナターリエは溺《おぼ》れた人みたいにダリウスに縋り付いた。

「だりうすっ、やだっ、も、しんじゃうっ」

「安心しなさい……気持ちいいだろう？」

もう、何もわからない。

ただ、ただ、ダリウスの身体に酔う。

「ナターリエ、ほら、気持ちいい、か？」

「あ、あっ、んんっ、んーっっ、いい、き、もち、いっ」

引き抜かれる時に、ぞくりと感じた箇所を揺すられ、ナターリエは泣きながら喘いだ。

もっと、いっぱいして。きもちいい。

叫ぶと突起を弄られて、ぷしゃりと結合部から蜜液が噴き出す。がくがくと痙攣する身体は、快楽を快楽として感じられない。

オイルで濡れている手で胸を揉まれて、尖っている乳首を囓られる。

胸を摑まれ、ぬるりとした手の中で柔らかく形を変えられた。全身がダリウスの手で形を変えている。

変わっていく――変えられてしまう。だから、ナターリエは喘ぐしかできなかった。

「いいっ、やだぁっ、いいか、らっ、もっ、だめぇっ」

ぐにゃりと歪む視界の中で、ダリウスが笑っているような気がする。可愛いと言われて、嬉しいと答え、気持ちいいかと聞かれて、気持ちいいと答える。

馬鹿みたいに叫んだような気がするけど、この記憶は封印することにした。


硝子窓は、太陽の光を部屋に入れる。

温められた部屋はぬくぬくしていて、ベッドから出たくなくなる。布団の中という幸せを感じて、ナタ—リエは見せ付けるような大きな溜め息を吐いた。

昨日……そう、昨日のことを思い出せない。

婚約式とお披露目パーティーまでは思い出せるのに、どうしてか夜が思い出せない。

いや、思い出せないのではなく、思い出したくないのだろうか。死にそうだったということだけはわかるってどうだろうか。練習はいっぱいしたけど初めてだったのにと、ナタ—リエは顔を顰めた。

ダリウス様の馬鹿。意地悪。唐変木の朴念仁とか嘘じゃないですか。なんですかアレ。本当に、あんなところを見られたら、ダリウス様にしかお嫁に行けない。あんな、恥ずかしい。確かにダリウス様のお嫁さんになったけど、アレは酷いです。もう何も信じられない。ばーかばーか。

「……全て、声に出ているぞ。ナタ—リエ」

「聞かせるために呟いた独り言ですっ」

唇を尖らせたナタ—リエは、ダリウスの胸に顔を埋めた。

ベッドの上。布団の中。当たり前だけど、裸だ。ダリウスに抱き込まれたナタ—リエは、素肌の胸に額を押し付ける。

覚えているような、覚えていないような、そんな曖昧で微妙な記憶は置いておく。でも、最後は失神したのだということだけはわかっていた。

だって、記憶がない。お休みなさいを言った覚えもなければ、ダリウスが終わった記憶も全然ない。

なのに、どうしてだろうか。ぬるぬるのオイルやら汗やらでベトベトになっていたはずの身体はさっぱりしていた。

もちろん、湯浴みをした記憶もない。身体を拭いた記憶だってないのだから、これはダリウスが綺麗にしてくれたのだろう。

意識がなく、ベトベトのぬるぬるの身体を、ダリウスに拭かれてしまったのか。

顔も足も手も、背中も、あそこも、ダリウスに拭かせてしまったというのか。

赤くなったり青くなったり、顔色を忙しく変えるナターリエは、恥ずかしさのあまりダリウスに八つ当たりするしかないと思った。

「そうか。独り言か」

「そうです！　ダリウス様があんなに意地悪とか知らなかったし！」

「私は君に言ったはずだがな？　異性は危険だと」

物凄く冷静なダリウスの声は、なんだか少し怒っているような気がしないでもない。自分が怒っていたはずなのに、ダリウスに怒られてしまうとナターリエは怒れなくなる。

だって、八つ当たりだから、本当に怒ってるわけじゃないからと、ナターリエは神妙にダリウスの言葉を聞いた。

「……異性は……危険って……あれ？」

「そう言ったのを覚えているか？」

覚えているかと聞かれて、ナターリエは必死に思い出す。ダリウスに言われた言葉を必死に思い出して、情けない声を出す。

「…………オ、オバケよりも、熊よりもって、アレですか？」

「みだりに肌を見せるなというのも、同じ意味だな」

ガーンとなって、しおしおと勢いをなくした。

確かに懇願するようにダリウスが言っていたような気がするが、その時のナターリエは恐怖と戦っていたので聞き流したような気がする。

でも、そうか。確かに危険だ。結婚した二人でもないのに、同衾をしてはいけないという理由もわかってしまった。

「で、でもでも……ダ、ダリウス様のこと、好きだったから、その」

「誘っていたと捉えていいのか？」

「さそっ……そういうのじゃ、なくて……」

全てを知ってしまえば、オバケや熊なんか目じゃないとわかる。わかるけど、知らなかったというのは免罪符になるのだろうか。ナターリエは、ううと唸ってダリウスの胸に額を擦り付ける。

「好意を寄せていた貴婦人が、一緒に寝てくれと言う。婚約すると約束をしたのに、婚約前にキスをしろと言う。しかも、キスだけだ」

「あわわわわ……」

「それでも、私は意地悪だろうか?」

頭を撫でてくれるダリウスに、ナターリエは心の底から謝った。

だって、思い出せば謝るしかないだろう。練習だって、ナターリエのためだった。ダリウスはナターリエに教えるだけで何もしていない。痛くないようにとしてくれたが、ダリウスは待っていたと言っていた。

ふと、ダリウスの胸を見る。赤い傷痕。自分が引っかいた痕だとわかって、申しわけない気持ちを通り越してしまう。

そっと、ナターリエはダリウスの胸にキスをした。

「……君は、どれだけ私に好かれているのか、わかっていないのか?」

呆れたような声が聞こえてきて、ナターリエは身体を強張らせる。どれだけ好かれているかなんて、どうして今そんなことを聞かれるのかわからないけど、赤い引っかき痕から目が離せなかった。

「ご、ごめんなさい……だって、この傷……血が、出た、ですよね？」

瘡蓋《かさぶた》になっている傷痕にキスはできない。痛かっただろうと思うから、ナターリエはダリウスに謝る。

わざとじゃない。無意識だったと、言いわけならいくらでもできる。

だけど、上からダリウスの溜め息が聞こえ、ナターリエはビクリと身を竦ませた。

「大丈夫だ。こんなものは、傷のうちに入らない」

「でもっ……」

「ならば、私もここにキスをしなければ、な」

頭を撫でてくれていた手が、背を撫で下ろす。腰を撫で、尻を撫で、指が性器を柔らかく押してくる。

ぬるりと、指が滑るのがわかって、ナターリエは気づいた。

さっきまで、こんなに濡れた感触はなかったから、今の指だけで濡れたのか。でも、それはない。それはないけど、濡れているのは事実で、昨日のことを思い出す。

中にオイルを入れられたような、それが出てきたのかと顔を真っ赤に染めた。

「ダリウス様っ、や、止めてくださいっ」

「しかし、私のせいで血が出たぞ?」

「え?」

「初めては、血が出るものだ」

ダリウスの言葉に、ナターリエは口をぱくぱくさせる。

初めてというのは、練習じゃなくて最後までした昨日のことだろう。絶対に無理だと思っていた。あんなの入らないと思っていた。でも入れられて、入っちゃって、切れてもおかしくないとダリウスを見る。

「破瓜《はか》の証だな」

ダリウスの声なんて、今のナターリエには届かなかった。

だって、切れると思っていた。絶対に入らない大きさだったじゃないか。痛みと苦しさは覚えているけど、オイルのせいで曖昧なのが余計に怖い。

「……き、切れた?」

「ん? 痛いのか? 見せてみろ」

「きゃぁあああっっ‼」

起き上がったダリウスは速攻で布団を剝いで、ナターリエの足の間に座った。

ないない。そんなのない。太陽の明かりが部屋を満たして、こんなに明るくて爽やかなのに、ダリウスが足を摑んで広げて自分の股間を覗き込んでるとか、絶対にない。

あわあわバタバタしても、足首を摑まれて持ち上げられて、ダリウスの肩に乗せられてしまうと起き上がれなかった。

「きゃーっ！　だめーっ！　ダリウスさーまーやめてーっ‼」

「腫れているようだが……中、か？」

「ひぃっっ⁉」

そっと、指で割れ目を開かれる。とろりと、オイルなのか蜜液なのかわからないものが溢れるみたいに零れる。

だから、違う。切れて血が出たのかと聞いたのであって、切れたとは言ってないと言いたいのに、ダリウスは濡れている蜜口を弄っていた。

くちゅりと、淫猥な水音が聞こえてくる。慌てて耳を塞げば、いやらしい音が頭の中で響くから、ナターリエは頭を振った。

だって、ダリウスはそういうつもりじゃない。傷があるか確かめているだけで、快楽を引き出そうとしているのではない。

「やっ、だ、駄目っ、入れちゃ、駄目っ」

指がゆっくりと中に入ってきた。

どうしよう。これは色事じゃなくて診察なのに、身体の中に指が入ってくると無意識に締め付けてしまう。じわりと、快楽が腰に響く。その気のないダリウスの指に感じてしまうなんてと、ナターリエは全身を真っ赤に染めた。

まだ、昨日の怖いぐらいの快楽が身体に残っているのか、すぐに熱くなりそうで怖い。はしたない自分の身体に、どうしようもなく恥ずかしくなる。

「痛いか?」

「いっ、痛く、ないっ、あぁあっ」

ぷちゅりと、名残惜しいような音がして、ダリウスの指が引き抜かれた。

中を弄られる快楽を覚えた身体は、ダリウスの指が引き抜かれてヒクヒクと戦慄く。蜜口まで震えているような気がして、恥ずかしくて怖くて混乱する。

「血は、ないようだが……ここは、痛むか?」

「やだっ!　触らないでっ!」

突起を指の腹で撫でられ、ナターリエの身体が震えた。

まだ絶対に腫れている。昨日、あれだけ弄られたから、じんじんと痺れるみたいな感覚がある。

なのにダリウスは心配そうに、突起を優しく撫で回した。

「ひぃあっっ！　あっ、やだぁあっっ」

「腫れて……ああ、こんなに濡らして、可愛いが……痛くはないんだな？」

「だかっ、痛くないっ、ないからぁっ」

身を捩って指から逃げようとしても、どうしてか身体が言うことを聞かない。普段ならば、足を持ち上げられても上半身を起こすぐらいできたと、鈍くなった身体に気づく。

もしかして、昨日のせいだろうか。いや、昨日のせいだろう。

何度目の練習の時か忘れたけど、終わった後に動けないことがあった。

立ち上がろうとして床に座り込み、ダリウスに腰が抜けたんだろうと教えられたが、そんなものではない。怠いだけではなく、身体が痺れてるみたいに自分の言うことを聞かないと、ナターリエは頭を振った。

「も、おねがっ、い、やめて、痛くないからっ」

「……これも、痛くないな？」

「あぅっ、いたく、なっ、あぁっっ！」

指を蜜口に入れられ、突起を弄られ、ナターリエは足をバタバタさせる。

でもダリウスの指は意地悪く、くちゅくちゅと音がするぐらい指を抽挿させた。

昨日、散々弄られた身体は、すぐに快楽を拾う。突起も爪で引っ掻かれ、すぐにイキそうだと、ナターリエはシーツを摑む。

「だめっ、やだっ、やだっ、イっちゃうっ」

「ああ、構わない。可愛い顔を見せてくれ」

「ひっっ⁉ あっ、あっ、やぁあっっ」

指を奥まで突っ込まれ、中を搔き混ぜるみたいに動かされ、突起を抓まれて、ナターリエは痙攣した。

びくびくと震える身体に、ダリウスがキスをする。足に、腹に、突起にキスされて、ナターリエは甘く泣く。

「ダリウス、さまっ……」

「ナターリエ……」

指を引き抜かれ、ひくりと跳ねた身体を押さえ付けられ、足を肩から下ろされてから唇にキスをされた。

ダリウスの首に手を回し、ナターリエはひくりとしゃくり上げる。優しく触れるだけのキスを何度もされて、身体が落ち着いてくるのがわかる。

でも朝からこういうのは、駄目だと思う。いくら診察でも、こういうことは明るい時にしちゃ駄目だ。

恥ずかしいから、ダリウスの髪を引っ張って、駄目だと言おうと唇を離した。

「……ダリウスさま」

「ん？」

「……も、駄目です。キス、しちゃ、駄目っ」

首を振ってもキスしてくる。

唇から外れて頬に鼻の頭にキスされて、やめてくれないから、ナターリエはダリウスの頬に手を寄せる。両手をダリウスの頬に添えてから、思ったより柔らかい頬を引っ張った。

「ダリウス様っ……」

「………む」

ダリウスの頬が赤くなる前に、ナターリエは手を離す。すりすりと引っ張った頬を撫でて、駄目だと言おうとして息を吸う。

「こういう……っけほっ、けほっけほっっ！」

「だ、大丈夫か？」

喉が痛くて咳き込めば、ダリウスが慌てて抱き締めてくれた。

腰を抱かれて持ち上げられ、ダリウスの膝の上に座らされる。シーツでぐるぐる巻きにされて、背中を撫でられる。

優しい手付きに咳は治まってきたけど、ダリウスが冷静なのか焦っているのか、わからなかった。

「シトロンの蜂蜜漬けか、スープを……」

「だっ、げほっっ、大丈夫ですからっ」

喉が痛くて咳が出るのは仕方がないだろう。

昨日の夜に、あれだけ泣いて叫んで喘いだ。しかも、起きてからも喘がされたのだからと、ナターリエは原因がダリウスだと気付いて顔を顰める。

そうか。ダリウスのせいか。なんて、恨めしく思うけど、心配そうな顔で覗き込まれると胸がきゅっと痛んで頭を撫でたくなる。よしよしと、頭を撫でてあげたいのに、シーツでぐるぐる巻きにされているから手が出せなかった。

「そうだ。薬湯か。ヨゼフィーネに言わせると、私は無駄に元気らしいからな……喉に効く薬湯を持ってこよう」

「いえ、そんな、大丈夫ですっ」

申しわけないと謝られてしまうと、こっちが申しわけなくなる。

大丈夫だから、そんな心配そうな顔をしないで欲しい。

ダリウスのせいだけど、ダリウスのせいだけじゃない。だって、色事とは二人でするものだ。子供を作る行為なんだから、ダリウスだけのせいじゃないと考えて、どうして自分だけが咳き込んだり、動けなくなったりしているのかと疑問に思った。

「……ダリウス様？　あ、あのっ、けほっ」

「無理して喋らなくていい」

「あ、そうじゃなくって……そのっ、けほっ、どうして、ダリウス様は、なんともないんでしょうか？」

練習の時なら、自分だけが動けなくなるのも不思議はない。練習は練習なのでダリウスは我慢していたと言っていた。

だけど、昨日の夜は、初夜だった。初めて肉体関係を結んで、子供を作る行為をしたのにと、ナターリエはダリウスを見る。

「ダリウス様？」

「……蜂蜜酒ならば、部屋にある」

物凄くあからさまに目を逸らされて、ナターリエは首を傾げた。

もしかして、聞いちゃいけないことだったのだろうか。でも、曖昧な記憶だけど、昨日の夜はダリウスも疲れるようなことをしていた気がする。

「ダリウス様？　どうして、けほっ……」

「……喉を潤した方がいい。あまり喋るな」

優しくキスをされて、シーツでぐるぐる巻きにされたまま、ダリウスに抱き上げられた。

誤魔化されたような気がしたけど、いつもみたいに横抱きにされてナターリエは目を丸くする。これは怖い。自分で抱き付いていると怖くないのに、縋れないのがこんなに怖いなんて知らなかった。

しかし、ダリウスは気付いてくれない。シーツでぐるぐる巻きにされて怖いと思っているナターリエに気付かず、グラスや酒を置いている棚に向かう。

ダリウスの腕に抱かれていれば安心というのはわかっていても、酒を取るために片腕で抱かれると悲鳴のような声が零れた。

「きゃっ……」

「ん？　どうした……凄い顔だな」

「こ、怖いっ……自分で抱き付けないのっ、けほっっ」

あわあわと身を捩れば、ダリウスがきゅっと抱き締めてくれる。優しいと思うけど、小さな震えが伝わってきて、苦笑しているのかとナターリエは眉を寄せて唇を尖らせる。

「ほっ、ほんとに、怖いんですからっ……けほっっ」

「ああ。悪かった。もう少しだけ、我慢していろ」

ぎゅうっと抱き締められて、ほっとしていたらダリウスが走り出した。

揺れて怖いと思う前に、ベッドに辿り着く。いつもみたいに、ダリウスの膝の上に座らされて、腕のところだけシーツを緩めてくれる。

「これで、怖くないか？」

「はい」

もぞりと、シーツから手を出してナターリエが息を吐いていたら、ダリウスが笑いながら頬を撫でてくれた。

怖い話をした時よりも凄い顔をしていたとか、笑いながらダリウスが言うから、尖らせた唇が元に戻せない。ダリウスも一回ぐるぐる巻きにされて運ばれたら、きっとこの恐怖がわかると思う。

「ほら、ナターリエ」

蜂蜜酒の入った素焼きの壺は持ってこられても、グラスは持ってこられなかったのだろう。

封を外した壺を渡されて、自分で起き上がることもできなかったナターリエは、ぴるぴる震える腕を伸ばせなかった。

無理だ。たぶん壺なんて重たい物は落とす。じゃばーっと蜂蜜酒を零してしまい、情けない目をダリウスに向ければ首を傾げられてしまうだろう。

「……どうした？　蜂蜜酒は喉に染みるかもしれないが、飲んでおいた方がいい」

「……手が、震えて、ます」

へにょりとナターリエが苦笑すれば、ダリウスは一瞬固まってから苦笑した。

すまないと言いながら、壺を持ち上げる。だから朴念仁と言われるのかと、自嘲しながら蜂蜜酒を口に含んでナターリエに近付いてくる。

「ん……」

甘い。凄く甘いキスを、ダリウスにされた。

ゆっくりと、甘い蜂蜜酒が口の中に流れてくる。とろりと、甘い甘い蜂蜜酒は美味しいけど、ダリウスの言うとおりに飲み込むと喉に染みる。

「んんっっ……んっ……」

痛いというか染みるというか痒いというか、咳き込みそうになってダリウスの胸を、ナターリエは必死に叩いた。

キスをしながら咳き込むわけにはいかないのに、咳を止めるのが苦しい。でも、わかっているのかいないのか、ダリウスは唇を離してくれない。

少しずつ蜂蜜酒を飲み込んで、唇が離れた時には、ナターリエは心の底から溜め息を吐いた。

「……せ、咳が、出そうになりました」

「もう、大丈夫か？」

「……はい。んっ、大丈夫そうです」

こてりと、ダリウスの肩に頭を預ける。

頭を撫でてくれるダリウスは優しいけど、凄く苦しかったのにと顔を顰める。少し気力が戻ったナターリエは、優しく頭を撫でてくれているダリウスの肩に頭突きした。

もしも、咳が止められなかったら、大惨事だっただろう。ダリウスの顔面に咳き込むのも駄目だが、顔に蜂蜜酒を吹き出していたかもしれない。

「ダリウス様は意地悪ですっ」

「……お前の頭が痛くなるからやめなさい」

「ううううっ……」

うーうー唸って頭突きをしていると、ダリウスの手がナターリエの頭を押さえた。

強くない力で押さえられたとわかるのに、頭突きを再開することもできない。全身が痺れているようだと思っていたけど、今は震えているような気がする。

震えるナターリエに気付いたのか、ダリウスはそっと抱き締めてからベッドに寝かせてくれた。

「……寒いのか？」

「いえ、寒くはないですけど……なんでだろう……」

自分の身体なのに、自分の身体じゃないみたいで、ナターリエは顔を顰める。なんとなく、似た経験をしたような気がしないでもないと、首を傾げてダリウスを見る。

「あ、あれに似てます！」

「何だ？」

「筋肉痛！　早馬の時と似てます、けど、あれ、どうして？」

不思議に思ってダリウスを見つめたら、物凄くあからさまに目を逸らされた。

物凄く不自然に逸らされた視線に、ナターリエは首を傾げる。さっき、同じように視線を逸らされたと思い出して、ダリウスの頬に手を伸ばす。

「ダリウス様？」

「……何か、他に欲しい物はないか？　ペストリーか白パンか、タルトを」

「ダーリーウースーさーまー？」

ナターリエをベッドに横たえ、その上に四つん這いで圧し掛かっていたダリウスが逃げようとするから耳を摑んだ。

まだ、指先まで震えているけど、耳を摑んでいれば大丈夫だろう。そこから動くなという意思は伝わっているると、ナターリエはダリウスを睨む。

じっとりと睨めば、ダリウスは溜め息を吐いてから、ナターリエに視線を合わせてくれた。

「……その筋肉痛は……私のせいだな……」

「えっ⁉　そ、そうなんですか⁉」

まさか、そんな理由で目を逸らされていたとは、ナターリエは目を丸くする。

だって、おかしい。ダリウスのせいって、何もしていないじゃないか。走ったり跳んだり運動をさせられたわけでもないのに、どうしてダリウスのせいになるのかわからない。

純粋に驚いているのがわかったのか、ダリウスは苦笑しながらナターリエの頰を撫でてキスをしてくれた。

「…………年甲斐もなく張り切り過ぎたと、反省している」

「え？　な、何が？　何を？」

「…………だが、ナターリエが可愛いのでな、私も初めて忠誠を誓うほどの貴婦人と閨《ねや》を共にしたので、なんだ、無茶をさせたと自覚はある」

ポツリポツリと、独り言のようにダリウスが言う。何が何を張り切ったのかと、ダリウスの言葉を必死に考えて、ナターリエはボボっと真っ赤に染まる。

それはもう、指先どころか爪まで真っ赤に染めて、ナターリエはダリウスの耳を引っ張った。

「あっ、あれっ、き、昨日のっ!?」

「…………君は、とても可愛らしかった」

「そ、そうじゃなくって！　あ、あれが普通だと思ったけどやっぱり普通じゃないんですね！」

初夜の時に使うオイルだとか、そういうのを抜かしても普通じゃなかったのかと、ナターリエはダリウスを睨む。失神したのか記憶がないのか、どちらなのかわからないけど、それも普通じゃなかったのかと涙目で睨む。

「…………いや、普通だ。ただ、少し私が張り切り過ぎただけだな」

「うっ、嘘吐き！　嘘とか吐いちゃ駄目なんですからねっ」

「…………嘘ではない。他の者の閨など覗いたことはないが、色事というのは……慣れるまでは疲れるのだろう、受ける側の女性は」

ちゅっと、唇にキスをされたけど、ナターリエは騙されないとダリウスを睨んだ。

でも、嘘じゃないのか。もしかしたら、嘘じゃないのかもしれない。だって、ナターリエは知らないから、本当に嘘だとは言えないが、慣れるまでが大変なような気がする。

「ダリウス様っ、もう、駄目ですっ」

慣れるまで、慣れるのか、慣れるまでしなきゃいけないのかと、悩んでいるのにキスをしてくるからダリウスの耳を引っ張った。

子供を作る行為なのだから、慣れるまで頑張りたいけど、アレに慣れるのは大変だろう。もう少し手加減してもらえないだろうかと思っているのに、ダリウスはナターリエを抱き締めてキスを止めない。

キスでごまかされないぞと、ダリウスの耳から手を離して頭を叩いていたら、突然凄い音を立てて扉が開いた。

「ダリウス様！　ナターリエ様！　おはようございます……あら」

あまりに驚いて、思わずナターリエはダリウスの頬をバチンと叩く。キスをしている途中だったら舌を噛んだだろうと思って、何か既視感を感じる。

「ふふふ、仲がよろしいのは結構ですけどね！　昼食の時間になりますからね！」

「……ヨゼフィーネ。夫婦の部屋にいきなり入ってくるのは、失礼だろう」

「あらあら！　昨日のパーティーに来られた貴族達との会食がございますのよ！」

びっくりするぐらいの既視感に、ナターリエはヨゼフィーネが次に言う言葉がわかるような気がする。

きっと、多分、そうじゃないかなと思う。

「貴婦人のお着替えは時間がかかるのです！　さぁさぁ、湯浴みをしてお着替えです！」

思っていた通りのことを言われて、ナターリエはダリウスと目を合わせる。ダリウスも同じことを思っていたのか、頷いてくれるから頷き返す。

だけどあれよあれよという間に、ナターリエはダリウスから引き剝がされた。

# 終章　溺愛される幸せな日々

ブルグスミューラー王国は、大国と呼ばれるに相応しい国だった。

祭事や式典ともなれば、民にも派手に振る舞われ、お祭り騒ぎに沸いている。誰もが城のバルコニーを見上げ、今か今かと待っている。

ブルグスミューラー王国の悪魔と恐れられた騎士が結婚して五年が経ち、王国は幸せに満ち溢れていた。

バルコニーを見上げる民を見ればわかるだろう。女王夫妻よりも、ダリウス夫妻を見にきている者が多い。邪神だと忌々しげに言っていた貴族達も、吟遊詩人の謳うようなことが起きるかと、楽しみにしていた。

「ナターリエ。準備はできたか？」

「はい！」

「あらあら、まぁまぁ、ダリウス様はいつまで経っても貴婦人の支度が待てませんねぇ」

にこにこと笑って小言を言うヨゼフィーネと、いつものように苦笑するダリウスに、ナターリエは笑ってしまう。

もう、これは既視感というより、何度も繰り返された一場面といった感じだろうか。小言を言われるダリウスが可哀想になって、ナターリエは椅子から立ち上がる。その動作だけで、ダリウスが駆けつけ手を差し伸べてくれた。

立ち上がるまで支えてくれて、立ち上がったら抱き寄せてくれる。肩を抱き、手を握り、何があっても問題ないという過保護っぷりだ。

思わず、笑いが零れる。

大きなお腹《なか》を自分で撫でれば、ダリウスが心配そうに顔を覗き込んできた。今までも充分に過保護だと思っていたけど、このせいで余計に過保護になっている。

「苦しかったら、すぐに退室しよう」

「大丈夫ですって。もう、ダリウス様は過保護なんだから」

最初の頃は、式典だとか祭事だとか、王族の席にいることに慣れなくて目を回したのを思い出す。恐怖と緊張で吐き気を感じるのも初めてで、目眩まで襲ってくると教えられた。

それを隣で見てきたダリウスが心配するのはわかるが、いくらなんでも過保護すぎだとナターリエは苦笑した。

「私の母は、もっと動いていたし。大丈夫です」

「……君の母上は素晴らしいと思うが……私の不安も考えてくれ」

ナターリエの大きなお腹を撫でるダリウスは、本当に困った顔をしている。へによりと眉を下げ、口をへの字にしている。

困った顔も可愛いのだが、ここで笑うと説教が待っていると、ナターリエは学習していた。

どうやら、色々な人に、妊娠の危険性と出産の危険性を聞かされたらしい。

何を聞かされたのかはわからないのだが、歩くのも座るのも寝るのも心配するようになって、ナターリエもどうしていいかわからなくなる。

まさか、貴婦人の心得よりも、妊娠時の心得の方が話が長くなるとは、ナターリエも思わなかった。

一体、誰が何を言ったのか。ここまでダリウスを怯えさせるのは、やりすぎではないだろうか。これでは過保護すぎて、甘やかされて、普通の生活に戻れなくなる。

そうでなくても、結婚のきっかけになった蜜月のような三日間のせいで、ダリウスは自分を抱き上げて運ぶのが当たり前になっていたから妊娠前だって凄かった。これは自分のせいだとわかっているので神妙に受け入れていたが、妊娠したらもっと凄くなるなんて誰が想像しただろう。

ナターリエの大きなお腹を撫でていたダリウスは、気付けば跪いて腹に唇を当て、腹の中の子に告げ口していた。

「お前の母上が元気なのはいいが、元気すぎるのはどうだろう。その元気は出産の時に回せないだろうか。どうか、母上の元気を溜めておいてくれ」と、必死に頼んでいるのを見るとナターリエは苦笑するしかなかった。

「そうですよ！　本当にっ、ヨゼフィーネはダリウス様とナターリエ様のお子様の成長を見るまで死ねませんから、慎重に慎重にお願い致します‼」

ヨゼフィーネまで走ってきて、ナターリエの手を握る。ダリウスへの小言よりも、ナターリエへの心配の方が上回っているらしい。

「どうして、一人で歩いて散歩するのか。このヨゼフィーネを供に付けて欲しい。私の後ろに、ナターリエを揺らさず運べる下男と医学の心得のある執事と経験豊富な産婆と緊急を知らせる楽隊もいるから、安心してこのヨゼフィーネに」と、そんなことを言われて頷けるわけがないだろう。

そんな、過保護の二人がかりで心配され、ナターリエは思わず溜め息を吐いた。

「……まあ、ヨゼフィーネは大袈裟だが、私も少し慎重にして欲しいと思う」

「ううう……で、でも、大丈夫ですよ？」

「大丈夫じゃありませんっ!! このヨゼフィーネ！ ナターリエ様に何かあったら何をするかわからないですよ！」

どうやら、グロリアや前国王の妻が難産だったらしい。過保護になるのは仕方がないと思いつつも、過保護すぎるとどうしていいかわからなくなる。

だって、ナターリエは自分の母に似て安産傾向だと思う。しかし、今までおてんばが過ぎたせいもあって、二人の目は厳しかった。

飛ばないし、走らないし、塀にも登らないと言っているが聞いてもらえない。しかも自分の母の話をしたせいで、さらに目が厳しくなった。

再来月には生まれるだろうと言われていた母がベルクフリートに梯子《はしご》で登り、ここから飛び降りろと言われない限りは大丈夫と言っていたと、自慢げに話をしてから皆に注意されるようになったような気がする。

それとも、そんな母が馬に乗るつもりだったと言ったのが、いけなかったのだろうか。

でも、さすがに馬に乗るのはナターリエだって反対したと言ったのに、聞いてもらえないのが悲しい。だけど、そんな母を父はそんなに心配していなかったと言ったのが、さらにいけなかったのかもしれない。

仕方なしに、素直に小言を聞いていれば、バーンと凄い音を立てて扉が開かれた。

「ナターリエ！　泣いちゃった泣いちゃった！」

「……姉上。その声がいけないんですよ」

赤ん坊を抱いたグロリアが部屋に飛び込んでくる。その夫のアロイスも入ってきて、グロリアを追いかけている。

そんな姉と義兄に近付いたダリウスは、溜め息をついてグロリアから赤ん坊を受け取った。

ダリウスは慎重な手付きだけど、安心できる感じで赤ん坊をあやしている。ゆったりと揺らしているのは、いつ覚えたんだっけと、ナターリエは思い出す。そうだ、長女が生まれてしばらくしてからだと思い出した時に、開けっ放しの扉から子供が入ってきた。

「もう、三人目なんですから大丈夫ですよ。ヨゼフィーネさん」

ちょこちょこと走ってくる長女は、ナターリエの足にしがみ付く。ダリウスにあやされているのは、長男だ。

そして、お腹には三人目の子供がいる。

「しかしですね。妊婦というのは、本当に小さなことで大変なことになるのですよ？」

「でも、そこまで心配しなくても……」

確かに、妊娠出産は危険だと知っている。

だから、一人目の時は仕方がないと思ったけど、二人目三人目になって過保護が減るのではなく増えるのはなんでだろうと、ナターリエは苦笑した。

ダリウスはどこに行くにもついてくるし、子供が抱き付いてくれば受け取る。ヨゼフィーネは後ろに控えていて、いつでも受け止める準備はできていると言う。

「そうは言いましてもね……」

「よーぜー、だっこー」

「あらあら！　ヨゼフィーネが抱っこしますからね～！」

手を伸ばしてきた長女を抱っこしたヨゼフィーネは、頭の中から小言という言葉が綺麗に消え去っているようだった。

よくやった、我が子。思わずナターリエは長女の頭を撫でてしまう。ダリウスも長男をあやしていて小言が消えたので、やっぱり子供はたくさんいた方がいいと思ってしまう。

しかし、視界の端に、グロリアとアロイスが落ち込んでいるのが映った。

「どうして泣かれちゃうのかしら……孫を抱く時に泣かれたらどうしようっ」

「いや、公務で城を空けることが多いせいだ……そうだ……きっと……」

ずーんと、沈んでいる女王夫妻には悪いが、本日の式典ではしっかりしてもらわないといけない。

でも、最初はダリウスだって悩んでいた。強面で屈強な騎士に赤ん坊は懐かないだろうと、きっと泣かれると悩んでいた。

子供の首がすわるまで、怖くて手が出せなかったのを知っている。首がすわっても、小さくて小さくて壊してしまうのではないかと、言っていたのを思い出す。

だけど、長女の時は悩んでいたダリウスも、長男が生まれた時には悩まなくなっていた。

首がすわる前から、上手にあやしている。どうやら、長女が自分に似て丈夫で怖い物知らずだったせいか、ダリウスの悩みを消し去ったらしい。ナターリエがダリウスの持っていた「貴婦人像」を壊したように、子供は「子供像」を壊していた。

ナターリエと同じ顔で笑いながら背中を登ってくるんだと、肩車で落ち着いたことを教えてくれる。どうして、ソファに座ろうとすると、座ろうと思った場所に来るのか。我が子の上に座りそうになったが第六感が危機を知らせ、ソファからバク転して回避したのを、ダリウスは泣きそうな顔で教えてくれた。騎士としての訓練の時に、ハイハイでやって来たことは部隊の中で伝説になっていると言っていた。

しかし、ナターリエと同じということはおてんばに違いないと、二歳の頃から貴婦人の心得を子守歌にするのはどうだろうか。肩車したり、馬に乗せたりしているくせに、心配だ、心配だと言うのは納得いかない。

そんなことを思い出していれば、ダリウスが泣き止んだ長男をグロリアに預けていた。

「姉上、義兄上。大きな声を出さなければ泣かないですから。ナターリエに似て、高いところだとか危険なところだとかは大丈夫なんですが……」

だから、自分をどう思っているのかと、聞いてみたくなる。「歌うと大人しくなります、ナターリエみたいに」と、そんなことを言っているけど、それならダリウスの声でなければ泣き止まないと思う。

「……………そう、ね」

「…………小さな、声で、いこう」

ダリウスですら知らない。くにゃりと柔らかい仔犬のように、握り潰したり壊したりしたら怖いと思っているダリウスは、突進していく我が子に慣れるだけで精一杯なのだろう。

自分が抱っこしたら我が子はご機嫌なんだと、ダリウスはいつ気付くのかと、ナターリエはヨゼフィーネと一緒に見守っていた。

「ナターリエ」

ダリウスが近付いてきて、ナターリエに手を伸ばす。手を握り、肩を抱き、過保護モードに戻ってしまったと、ナターリエは苦笑する。

ダリウスは、優しい。

本当に優しい。

ナターリエはいつだって、ダリウスに甘やかされていた。

「少しでも具合が悪くなったら言うように。すぐに部屋に戻ろう」

「もう、大丈夫ですって。私がいないと、ダリウス様が貴婦人に囲まれちゃうから意地でも戻りません」

「貴婦人の秋波を無視するのは得意だ。私が応えたのは、君だけだというのに」

「知ってまーす。でも、嫌なものは嫌なの！」

邪神だ、悪魔だと、恐れられていた騎士は、もういない。

今のダリウスは、妻に牙を折られた元悪魔だとか言われている。妻が頭を殴ったせいで、守り神に変えられたとも言われていた。

だからなのか、子煩悩で愛妻家のダリウスを見て、怯えていた貴婦人達は掌を返す。もちろん、近付くことすら怖がっていた貴族達も、掌を返してダリウスに近付いてきた。

厚かましいと言ったのは、ヨゼフィーネだったかグロリアだったか。だけど、ダリウスは何も変わらない。

「焼き餅か？　可愛いな、ナターリエは」

「や、焼き餅やいたっていいじゃないですか！　私、ダリウス様の奥さんだし！」

「もちろん、焼いても問題はない。私も、焼き餅ぐらいやくからな」

「で、ですよね！」

ナタ–リエにとってのダリウスは変わらずに優しいけど、不倫を唆《そそのか》すような貴族達への処分は厳しいらしかった。

らしいというのは、ナタ–リエ自身が見ていないからだ。グロリアが青い顔で語ってくれたのを思い出す。

『ナタ–リエに手を出そうって思っただけで、教会とタッグを組んで殲滅《せんめつ》よ。教会も、金のある貴族に戒律を守らせられないから、ダリウスの忠告で喜んで来ちゃうから怖いわよねえ。それに、不倫と乱行は貴族の文化とか言ってたヤツなんて、アレから顔も見ていないわ。生きてるのかしら』

なんて、グロリアは言っていたけど、具体的なことは教えてくれなかった。

「いいか？　転ばないように慎重にな」

「大丈夫です。もう、ダリウス様は過保護なんだから」

「過保護ではなく、君の普段を知っているからこその忠告だ。大体、貴婦人とは……」

ダリウスの説教が始まりそうだったので、ナタ–リエは笑って一歩を踏み出す。たったそれだけで、説教は止まってナターリエの腕が取られた。

このままバルコニーに行こう。

きっと、貴族や民が待っている。

それに、吟遊詩人達も、今か今かと待っているだろう。

婚約式の後のパーティーで、ナターリエが階段から飛んでダリウスに受け止められたのを、謳った吟遊詩人がいた。それが民衆に受け、最近の流行り詩は、ブルグスミューラー王国の悪魔を正しにきた破天荒天使とかいう、ナターリエに優しくない詩だった。

吟遊詩人の謳う詩なのだから、誇張されていると言っても信じてもらえない。大階段を飛んだと謳われて、残り六段しか飛んでないから誇張だと言っても、同じだと言われてしまう。

でも、その詩のせいで、貴族や民がダリウスとナターリエを見守るようになったから、良かったのだろうか。見世物になっているのは、主にナターリエの失敗なので、ダリウスの嫌な噂が消えたからいいかと思う。

ブルグスミューラー王国は、昔みたいに幸せの国と呼ばれていた。

# ただ今、蜜月中!

## 新婚生活に
## キケンな誘惑!?

# 序章

恐ろしく強い騎士がいる。邪神か、悪魔か。あれは、人ではない。

悲しくも恐ろしい物語を、吟遊詩人が謳《うた》う。一人の騎士を邪神に悪魔に変えた物語を、城に呼ばれては声高らかに謳った。

王族が聞き惚れ、貴族が感動する。使用人達が涙し、民の間で詩は流行《はや》る。

そう。それはもう凄い勢いで流行ってしまった。

幸せの国と言われるぐらいに栄えていたのに、戦いは全てを壊す。幾ら復興しようとも、心に棲む恐怖は拭えない。

だが、転機が訪れた。

邪神と謳われた騎士が結婚するらしい。悪魔と謳われた騎士に嫁ぐ者がいる。

生贄《いけにえ》か。哀《あわ》れな子羊か。

恐怖が最高潮になり、憐《あわ》れみは混乱を呼び、どうしていいか、わからなくなった人々は婚約式で弾けた。

恐怖の象徴が、一人の女性を抱っこしている。

畏怖の象徴が、階段から飛んで来た女性を受け止めている。

どうしよう。どうすればいいのか。祝福していいのか。それとも、花嫁を哀れんで嘆けばいいのか。いや、恐れればいいのか。いやいや、祝福して哀れめばいいのか。むしろ、なんで花嫁は飛んだのか。

混乱とか可愛いモノでは済まされそうになかった。

しかし、皆だってわかっている。邪神と謳われた騎士が悪いのではない。悪魔と謳われた騎士がいたからこそ、平和は保たれた。

ただ、怖かったというのは言いわけになるだろうか。そんな心の奥にあった良心が混乱に乗じて爆発して、奥方様万歳という結果に落ち着いた。

きっと、見るに見かねた天が助けを差し伸べてくれた。恐れられていた騎士を優しく導く天使だ。ちょっと階段から飛んじゃう破天荒《はてんこう》な天使だが、そのぐらい元気があった方がいいのだろう。

そうか。そうだ。多分。きっと。幸せそうだからいいんじゃないかな、と。

恐怖を感じる度に痛んでいた良心が、落としどころを求めて飛びつく。後ろめたさから崇《あが》めていたと、畏怖から生温かい祝福に変わる心で知った。

でも、生温かく見守れない者達もいる。

二人が幸せそうにすればするほど、後悔する者が出る。邪神と謳われていたから敬遠していたのに、こんなにも変わるのならば手を伸ばせば良かった。悪魔と謳われていたから避けていたのに、王族への繋がりを断ってしまった。

嫉妬《しっと》や後悔に、妬《ねた》みや羨望《せんぼう》。

それから、贅沢や退屈に飽きた者達が、別の意味で恐れることになる。

高慢に物欲。嫉妬に憤怒。飽食や怠惰《たいだ》に飽かせ、色欲に溺れる王族や貴族は、結婚した騎士に鉄槌《てっつい》を落とされるのではないかと恐怖する。

今までのように、避けるか。それとも、同じところまで落とすか。

色々な思惑があるが、大勢の者達は祝福した。

一部の王族や貴族を除いて、二人の結婚を心から祝福していた。

# 第一章　パーティは新婚一年目に

ナターリエ・フォン・ブルグスミューラーは、王族として生活することの恐ろしさを噛み締めていた。

国境にある実家でのびのびと育ったナターリエは、田舎暮らしの方が合っていると真剣に思っていた。辺境伯《へんきょうはく》とは名ばかりの生活に慣れているので、貴族であること自体が合わないいんじゃないかと疑い始めている。

なんて言うか、忙しい。今までとは違う種類の忙しさに、溜め息が零《こぼ》れる。

女王の側近であるダリウス・フォン・ブルグスミューラーの妻というのは、色々とやることが多くて目が回りそうだった。

でも女王グロリアと比べたら、きっとナターリエの苦労は鼻で笑われるだろう。女王は目の前で嬉しそうに笑いながら言う。

「そうそう。近いうちにパーティーを開くわ」

一国の主というのは、本当に大変だ。

大国ブルグスミューラーを統べる女王というのは、悲しいぐらいに忙しい。

そんな女王は癒やしを求めていた。休息という名の癒しを求めていた。目の下に隈《くま》を作ってるのに「弟のダリウスが結婚して義妹ができたからお茶会ができる」なんて言う女王にナターリエは逆らわない。

いや、可哀想で逆らえなかった。

だけど、二人だけのお茶会を豪華にするのは、ナターリエの田舎暮らしで培った心が悲鳴を上げるので、質素にしてもらえないかとお願いした。

各国の王族達が会食するための部屋に綺麗な花をいくつも飾り、百人は座れる豪奢《ごうしゃ》なテーブルに所狭しとデザートが並べられるようなお茶会は、勘弁して欲しいと頼み込む。

土下座の勢いでお願いしたら、お茶会専用の部屋ができた。

それも、どうだろう。王族になるって怖い。本当に、怖い。

豪華な調度品に、二人で使うには大きめの丸いテーブル。外が見える綺麗な硝子《ガラス》窓から太陽の光が入っているのに、暖炉だって贅沢に使う。テーブルクロスは毎回新しくなり、茶器だって新しいものに替えられたと気付いて目眩がした。

これ以上、余計なことを言ってはいけない。ナターリエの発言は、斜め後ろにある明後日の脅威になってから、現実となって襲ってくるからだ。

どうやっても豪華さに慣れないのだから諦めようと思う。「王族怖い」と思いながらナターリエは遠くを見つめた。

「…………ぱ、パーティー、ですか」

「あら、ナターリエはパーティーが嫌いなの？」

しかし、本当に慣れない。

ダリウスと結婚して、そろそろ一年が経つ。身分違いだと諦めていたのに、手が届かない月のようだと思っていたのに、結婚して一年近くが経っていた。

なのに、おかしくないだろうか。一年経つというのに、どうして王族のアレコレに慣れないのだろうか。自国の長《おさ》である女王にだって慣れたというのに、廊下に飾ってある大きな壺《つぼ》を触ることには慣れない。皆とワインを飲んで語らうことには慣れたのに、使用人に跪《ひざまず》かれることに慣れない。

元々の生活とあまりにかけ離れているからだと思って、ナターリエは目の前にあるクラップフェンに齧《かじ》り付いた。

「……見世物になるってわかっているのに、好きとか言えないです」

「あ〜、吟遊詩人の詩が更新されたらしいわねぇ〜」

綺麗なドレスに興味はない。豪華な宝石も、煌《きら》びやかなアクセサリーも、ナターリエの心を惹くことはなかった。

美味《おい》しい食事や菓子は少し惹かれるけど、こうやって親しい人と食べる方が美味しいとわかっていた。

「あ、あれは！　わざとじゃないしっ！」

「ダリウスの頬を引っぱたいたんだってねぇ？」

「ちがっ、違うんですっ！　ダンスが！　ダンスが全部悪いんですっっ‼」

それよりも何よりも、王族の義務が辛い。貴族の名を覚え、他国の王族の名を覚え、装飾品を当たり障《さわ》りなく褒めるのが辛い。

皆の前で挨拶をするのも、お披露目のようにダンスをするのも、本当に辛い。

「何？　何？　ダリウスが足でも踏んだ？　それで引っぱたいたの？」

「違うんですっ！　元々、私がダリウス様の足を踏んでいるんです！　それも常時いつも如何《いか》なる時も！」

「え？」

物凄くびっくりした顔をするグロリアに、ナターリエは心の底から懺悔《ざんげ》することにした。

だって、もしかしたらダンスが免除されるかもしれない。貴婦人がダンスを踊れないなんて、情けないとわかっている。恥ずかしいことだとわかっている。

しかし、人には得手不得手というものがあった。

「踊れないんです！　私！　だからダリウス様の足の甲に乗って、踊ってる風に見せかけているだけなんですっ‼」

「え？　え？」

慣れないものは、慣れない。踊れないものは、踊れない。贅沢にも慣れないし、豪華さにも慣れないし、それを喜ぶ気持ちがわからない。

「バランスを崩してっ、不覚にも倒れそうになってっ、それで慌てて腕を振ったらダリウス様の顔に当たっちゃっただけなんですぅぅうっ‼」

「え？　え？　え？」

それでも一年だ、一年。一年近く王族をやっているのに、ナターリエは慣れる気がしなかった。

もちろん、ダリウスの妻という立場には慣れた。一年経ってるのに今更と思わなくもないけど、身分違いだったのだから仕方がない。

周りから、奥方様と呼ばれて振り返ることができるようになったのは、ナターリエ的に凄いことだと思う。ダリウスから、可愛い奥さんとか言われても、焦って真っ赤になって挙動不審にならなくなったのだから自分を褒め称えたかった。

「それを吟遊詩人がっ、人の失態をっ、鬼の首を取ったみたいにっ！　即興で謳い出したんですっ！」

「………あ～、それで、ダリウスがまた悪魔に乗っ取られそうだとかって噂されてたのねぇ～」

「私のドジで謳うなら！　私だけにすればいいのにっ！　ダリウス様が悪魔だったことなんて一度だってないのにっ‼」

でも、無駄に一年を過ごしてはいない。

貴族の顔と名前が一致した。他国の王族の名前だって覚えた。装飾品のデザインだとか、今の流行《はや》りだとか、宝石の名前も覚えた。

式典や祭典のような政《まつりごと》の一環で行われるパーティーは緊張で吐きそうになるけど、自国のパーティーは少し慣れたと言える。ダリウスに張り付いて挨拶をするだけだが、少しだけ慣れたと言えると思う。

「……問題は……その詩が流行る前にパーティーになりそうなのよねぇ」

「流行らなくていいですよ！　頬を叩いたとか謳ってるけどっ、ぶつかったのは顎《あご》ですからね！」

「……流行らないとねぇ……牽制《けんせい》できなくてねぇ……ううん……」

ほんの少しだけ他国の王族や貴族達と他愛ない話ができるようになったと、ナターリエは結婚一年目にして思えるようになっていた。

しかし、グロリアとのお茶会には慣れきってしまっていたので、微妙な雰囲気には気付けない。

料理人は女王のグロリアではなく、ナターリエの好きなお菓子を多く並べている。お茶を給仕する使用人達は、ちょっと心配そうな顔をしている。

何より、女王としての執務が簡単なものになるパーティーだというのに、グロリアの顔色が冴えなかったことに気付けなかった。

「え？　ナターリエって、怖い話が駄目なの？」

パーティーの衣装の相談をしたくて、ナターリエはダリウスと共にグロリアの部屋を訪れた。

夕飯も終わったからか、ダリウスとグロリアの夫アロイスはワインを飲んで寛《くつろ》いでいる。

ナターリエは布の見本を広げるグロリアと、色々な話をしながらドレスを選んでいた。

そう。ドレスの色を選んでいた。選んでいたような気がする。

どんな話の流れだったのか、覚えていない。

ただ、不思議そうな顔をするグロリアに、ナターリエの血の気が下がっていった。

「姉上。ナターリエは怖い話が『駄目』という程度を超えているので勘弁してやってくれ」

「超えてるって、そんなに恐がりなのか？」

「まさかぁ…………え？」

優しく呆れた感じで説明するダリウスに、ワインを飲んでいたアロイスが首を傾げる。

そして、目の前にいるグロリアが目を丸くする。

しかし、ナターリエは、何を言い出すのかと突っ込む気力もなかった。

だって、思い出してしまった。最大の難関を。いや、難所か。いやいや、もしかしたら試練と呼べるかもしれない。

この城の恐怖を、この恐ろしく豪華で広大で贅沢な城の恐怖を、しっかりスッキリきっぱり思い出してしまった。

さらに、今は夜。夜の闇に沈む廊下というのは、ナターリエの天敵だ。蠟燭の明かりに揺れる影というのは、ナターリエの精神をバリボリ蝕む。

どうして、グロリアを部屋に呼ばなかったのか。女王だろうが一国の主だろうが関係ない。この女王夫婦の部屋からナターリエとダリウスの部屋まで、長い長い廊下を歩かなければならなかった。

そもそも、この城は無駄に大きい。肖像画は大きいし、壺も出入りできそうなぐらい大きい。硝子窓は夜になると鏡のように姿を映すし、踊る影が襲ってきそうで恐ろしい。

「え？　あれ？　ナターリエ？　ナターリエ？」

「嘘っ？　ナターリエ？　お義姉ちゃんが悪かったから戻ってきて⁉」

焦るアロイスとグロリアの声を無視して、ナターリエはダリウスの言葉を思い出す。

「…………そういえば、この城には」という、潜めた声を思い出す。

駄目だ。駄目駄目駄目。思い出しちゃいけない。思い出したら寝られなくなる。この大きく豪華で贅沢な城は、恐怖の吃驚《びっくり》城だったとか思い出しちゃいけない。

「……だから言ったでしょう？　こうなると張り付いて離れなくなるからな」

「え？　何それ？　なんで張り付くの？」

「ちょっと、張り付くって……何が張り付くの？　まさか、ナターリエ？」

遠くでダリウスが失礼なことを言っているような気がしたが、ナターリエには弁解する余裕も訂正する冷静さも残ってなかった。

アロイスとグロリアが焦っているのだって、どうでもいい。張り付く張り付くと言っているようだが、どうでもいい。

「そんなに恐がりなんだ……あ、ダリウス。いいこと考えた」

「本当に、いいことなんでしょうね？　姉上」

ナターリエの無駄な想像力が無意識のうちにフル回転して、皆の会話なんて聞こえなくなっていた。

だって、想像するだろう。むしろ、簡単に想像できてしまうだろう。こんな大きな城なのだから、それはもう凄い想像し甲斐がある。

あれ、だ。実家である田舎のレンネンカンプとは違う恐ろしさだ。レンネンカンプでは暗闇が恐ろしかったが、ここは違う恐ろしさを感じる。自然への恐怖というより、人の恐ろしさを感じてナターリエは震えた。

「次のパーティーに、あのデマンティウス家が来るのよ」

「不倫と乱行は貴族の華だとか言う奴か………教会に話を通しておこう」

「それだけで済みそうにないから……ちょっと耳、貸して」

因縁《いんねん》だとか、怨恨《えんこん》だとか、無念だとか、何かがあるに違いない。化け物も恐ろしいが、この城には幽霊が多そうな気がする。もしかしたら、レンネンカンプでは無縁のように思われた悪魔なんかも登場しちゃいそうな気がして、ナターリエは白くなって震えた。

恐ろしい。斧で叩き割れない幽霊は恐ろしい。弓で倒れず、毒にも負けず、剣でみじん切りにできなさそうな悪魔は恐ろしかった。

「え？　さすがに、それは通じないんじゃないかな……」

「それだとパーティー自体に参加できなくなりそうなんだが……」

ガタガタと、青くなって白くなって震えているナターリエは、己《おのれ》の想像だけで泣きそうになる。

どうしよう。走るか。走ればいいのか。グロリアの部屋から自分達の部屋まで、走ってどのぐらいで着くだろうか。いっそ、馬に飛び乗って、実家に帰るのはどうだろうか。レンネンカンプの夜は暗いから外はヤバいけど、城の中の自分の部屋は安全だった。

どうして安全だったのかは思い出せないけど、レンネンカンプ城の自室にあるベッドの上だけは絶対に安全だ。聖域と呼んでもいい。確か、弟と妹のベッドの上も安全だったと思い出す。

しかし、ここはレンネンカンプではなかった。もちろん、自室でもないし、自分だけのベッドもない。

そういう絶対に安全地帯というのは必要だと思うと、涙目になったナターリエはブルグスミューラー城での安全地帯を思い出した。

「ダリウスさまぁあああ‼」

そうだ。あるじゃないか。安全地帯。

何が襲いかかってきても安心安全な、心強いナターリエの正義の味方がいる。張り付いて、よじ登って、抱き付いて、巻き付いてしまえばいい。馬に乗ろうが、剣を振り回そうが、問題などない。走り出してもピットリ張り付く自信があった。

「だーりうすさまぁあああああ‼」

「……ああ、怖くない、怖くない。まだ何も言ってないだろう？」

同じ部屋にいるのだから大した距離もないというのに、ナターリエは走ってダリウスに飛び付く。それはもう、びたんと音がしそうなぐらいの勢いで飛び付くから、グロリアもアロイスも目を丸くする。

「帰りましょう！　すぐに！」

「そんなに急がなくても、部屋はすぐそこじゃないか」

「私の部屋のベッドの上ならば安全ですっ‼」

「……レンネンカンプに帰るつもりか？」

真剣に本気で言ったのに、ダリウスはナターリエを抱き締めて、あやすように背を撫で始めた。

そうじゃない。どうしてわかってくれないのだろう。ダリウスに抱き付いていれば安全だとは思うが、何かあってからでは遅い。自分が張り付いているせいで、ダリウスが怪我したりとか呪われたりとかしたら大変だ。

恐怖と混乱と心配と不安がゴチャゴチャになっているというのに、そっと近付いてきたグロリアがひそひそ声で話し始めた。

「ナターリエ、ナターリエ。この城にはね……」

「いぎゃぁあああああっっ‼」

「ああ、もう、姉上……」

抱き付くだけでは足りずに、ナターリエはダリウスに巻き付く。蔦のように巻き付いて、ダリウスの胸に顔を伏せてぴるぴる震える。

なんてことだろう。やっぱり、想像通りだった。

ダリウスは最後まで話をしたことはないが、やっぱり恐ろしい何かがある。ダリウスが言っていたのは話の冒頭というか導入というか最初の挨拶みたいなモノだったが、やっぱり怖い何かがある。

「そ、そんなに怖い話じゃないのよ。ただね、ほら、聞いて欲しいなぁ」

「うそだうそだうそだこわいはなしなんだ」

猫撫で声のグロリアを見ずに、ナターリエはダリウスにしがみ付いた。

だって、知っている。怖い話じゃないと言われて、ほんとに怖い話じゃなかった試しがない。もう、誰も信じないという勢いで、ナターリエはダリウスの胸に顔を埋める。このまま顔がめり込むんじゃないかという勢いで張り付くと、優しいダリウスは強く抱き締めてくれた。

ぎゅうっと、痛いぐらいに強く抱き締められると、少しだけ安心する。

脳味噌《のうみそ》が混乱と恐怖でパーンと破裂しそうになっていても、ダリウスがいるから大丈夫だと思えてくる。

「あ、ほら、回避方法があるのよ！　それを知っておいた方がいいでしょう！」

グロリアの声に、ぴくりとナターリエの身体が揺れた。

回避方法。回避できるのか。そんなのあるのか。確かに、そうだ。回避できるのならば、回避したい。迂回《うかい》ではなく、逃げきれるというのなら、必要な知識だろう。

「…………かいひ、ほうほう？」

「姉上。言葉を選んでお願いします」

「うんうん。あのね、この城だけじゃなくて、他の城でもなんだけど、夜のパーティーっていうのがあるの」

「あ〜、アレか。教会が撲滅《ぼくめつ》したがってるよね」

グロリアの声に、アロイスが合いの手を入れる。まだまだ恐怖に混乱しているナターリエの頭は、単語を拾うしかできない。

城。夜のパーティー。教会。撲滅。

パーティーは好きではないけど『夜の』と頭に付くだけでこうも恐ろしくなるのかと、ナターリエは顔色を青くした。

だって、話のオチが見える。アレだろう。お化けとか幽霊とか悪魔とかの集まるパーティーだろう。もしかしたら、悪魔を呼び出すパーティーかもしれない。わざわざ、呼び出しちゃうパーティーなのか。無理矢理参加してくるのではなく、呼び出しちゃうというのか。そうだ。それ以外に考えられない。

教会が撲滅したがる理由だってわかる。サバトなんて禁忌にもほどがある。魔女や悪魔や幽霊やお化けを呼び出すパーティーなど、撲滅するしかないというより撲滅して欲しかった。

「……そっ、そんな、おそろしいぱーてぃー、するんです、か?」

「……姉上」

「えっ？　違うわよ？　私達が開くんじゃなくって、ほら、幽霊だから！」

「ひぃっっ⁉」

なんて恐ろしい。幽霊のパーティーってなんだ。テーブルや飲み物や招待客すら幻だとでも言うのか。そんなモノが同じ屋根の下にいるなんて、怖いにもほどがある。いくら、この城が大きくても、同じ屋根の下ということには変わりない。

「か、かえる……おうち、かえるっ！」

「姉上！」

弱々しく身体を捩《よじ》ったナターリエに、ダリウスが焦った声を出した。

ぎゅうっと強く抱き締めてもらえても安心できない。サバトだとか開かれちゃう城には、安全な場所なんてない。

「あああああ、えっと、ちょっと、アロイスも笑ってないで考えてよ！」

「え？　あああ、そうだ！　もう駄目なんだよ！　聞いちゃったら城から出られない感じのアレだから！」

「っっ⁉」

グロリアの声に応えるように、アロイスが必死に言った言葉が、ナターリエを直撃して致命傷を与えた。

ガーンと、顔から音がでそうなぐらい、ナターリエは絶望する。真っ青な顔でぷるぷる震えて、息ができないぐらいに硬直する。

なんてことだろう。とうとう、来てしまったのか。恐ろしくも悲しいが、いつかは来ると思っていた。そういう、怖い話の定番が、自分の身に降りかかると思っていた。

「に……にげ、られ、ない……も、おわり……」

「ナターリエ？　ナターリエ？　大丈夫だ。私がついているだろう？」

もう、震えることもできない。心臓が動いているのかさえ怪しい。じわりと涙だけが浮かんできて、わしゃわしゃとダリウスに撫でられた。

そんなつもりは、とか。いやいやだってだって、とか。大丈夫だから、とか。グロリアとアロイスの色々な声が聞こえてくるけど、脳を素通りしていく。

「ちゃんと考えてるから」とか。「本当だって大丈夫だって」とか。「考えてる考えてる」とか。二人の焦った声がしているような気がしないでもないけど、ナターリエは絶望中なので気にしている余裕がなかった。

「あんまり詳しい話はしないから！　ね？　回避方法というか対処法だけ！」

「そうそう！　そんなに怖い話が駄目だなんて知らなかったから！」

女王としていつも毅然《きぜん》とした態度を取るグロリアが、両腕を振り回して慌てている。そんな女王を守るように余裕を見せて微笑むアロイスは、うろうろとナターリエの周りを歩き回っている。

しかし、ナターリエは絶望中なので、気遣えるだけの余裕などなかった。

なんて恐ろしいのだろう。聞いただけで城から出られなくなるなんて、そんな馬鹿な話があるのだろうか。いや、ここは大国ブルグスミューラーを統《す》べる女王がいる城だ。田舎のレンネンカンプとはわけが違う。

何があっても不思議はなかった。怖い話の定番があっても、不思議はなかった。

だって、何かあると言っているようなものだろう。

レンネンカンプの城の半分が入りそうな主塔であるベルクフリートや、部屋の端が見えないぐらいに大きな広間だとか、幾つの部屋があるのか数えられない城ならば、何があっても不思議はない。

黒い煤《すす》の出る松明《たいまつ》ではなく、頼りない蠟燭《ろうそく》に照らされる廊下。外の景色が見えるぐらいに透明な硝子窓。煌びやかな宝石に、鈍く光る貴金属。そんなモノがある城なのだから、定番の怖い話が存在していても不思議はなかった。

「……ナターリエはおてんばが過ぎて、夜に城から出て冒険しに行かないよう、ご両親より最大の恐怖を植え付けられたのだ」

「……何？　その、壮大な物語の一節みたいなの」

「……吟遊詩人が大喜びだね！」

だけど、恐怖で真っ白になった頭でも、回避方法とか対処法とかは引っかかる。もう既に違う話になっているような気がしないでもないが、回避できて対処できるのならば聞いておかなければ夜も眠れない。

「かい、ひ、と、た、たいしょほう」

「……姉上。義兄上」

ダリウスの声に、グロリアとアロイスが必死に言い募った。

それは、もう、必死だ。かなり必死になって、震えるナターリエに身振り手振りで言い募る。

「あああ、ナターリエ！　そう！　大丈夫よ！　対処法はあるから！」

「そうだよ！　悪いのはデマンティウス家だからね！　デマンティウス家のベンヤミンが全部悪いんだからね！」

どうやら恐怖の原因がわかっているようで、ナターリエは涙目のままグロリアとアロイスを見つめた。

大丈夫なのだろうか。なんとなく、大丈夫な気がする。原因がわかっているのなら、確かに回避方法や対処法があるのは頷ける。

しかも、デマンティウス家と言ったら、ブルグスミューラー王国の貿易を担っている貴族だ。いつものパーティーならば現当主であるボニファァーツが参加するが、ベンヤミンとは誰だろうか。次期当主なのか。それともただの親族なのだろうか。デマンティウス家には息子が三人に娘が五人いたはずだと思い出し、ナターリエは首を傾げた。

「……ぼにふぁ、さま……べんや？」

「そうだな。デマンティウス家からは現当主であるボニファァーツがパーティーに参加しているが、今回は次男のベンヤミンが来るそうだ」

ナターリエの脳内では『デマンティウス家からは御当主であるボニファァーツ様がいらっしゃるはずですが、ベンヤミン様とはどなたでしょうか』と、しっかりとした質問になっている。なので、ダリウスがしっかりと答えてくれたことに疑問はない。

でも、グロリアとアロイスには違って聞こえたらしい。

「うわぁ……会話が成立してる……ダリウスに翻訳《ほんやく》機能があるとは思わなかった……」

「グロリア、睨《にら》まれてるから、めっちゃ睨まれてるから、吟遊詩人に邪神とか悪魔とか謳われてた騎士に睨まれてるからっ」

二人がぼそぼそと小声で内緒話をするように顔を寄せ合っているが、そんなことはどうでもいいことだった。

なにせ、原因がわかった。原因というか元凶は、デマンティウス家の次男であるベンヤミンらしい。だが、式典や祭典でデマンティウス家と何度も会っているのに、次男のベンヤミンとは一度も顔を合せていない。もちろん、名前だって聞いたことはない。

脳内で、嫌な想像がデデーンと展開された。

本当に存在するのだろうか。一年。一年の間、ナターリエは王族としてパーティーに出席している。なのに、一度だってデマンティウス家の次男の話は聞いたことがない。

ぞわわわわっと、ナターリエの全身に鳥肌が立った。

元凶が存在しないというのも怖いが、隠されていたというのは、おぞましい。隠さなければならなかったのか。隠しておきたかったのか。

どうして隠していたのかと、ナターリエの脳内は陰惨《いんさん》な惨劇が展開されていた。

「……姉上。義兄上」

「あ？　ああ、そうね！　デマンティウス家の次男の話なのよ！」

「そうそう！　ナターリエは今まで会ったことはないだろう？　向こうも近寄って来なかったと思うし！」

冷静になれば、他国の王族や自国の貴族なんて星の数ほどいるのだから、息子娘孫親戚まで把握しきれないだろうとわかるが、今のナターリエは冷静から遙《はる》か彼方に遠い。もう、頭の中では、おどろおどろしい惨事《さんじ》が悲劇のように展開されているので、一生気付かずに終わるような感じだった。

なので、残念だが、ナターリエの中でデマンティウス家の次男ベンヤミンは、何か恐ろしいモノだと認定される。幽霊や悪魔やお化けと同列の何かとして認識され、恐怖の対象として刷り込まれた。

「あ、あのね、昼のパーティーでデマンティウス家から、夜のパーティーの誘いが来ると思うのよ！」

「ひぃっっ⁉」

「誘いだけでも駄目なのかっ⁉　大丈夫！　断ればいいだけだから！」

グロリアとアロイスが必死になって回避方法と対処法を話してくれた。

どうやら、目を合せてはいけないらしい。目を見るといけないということは、何か魔術だとか呪《まじな》いだとかがあるのか。それは恐ろしい。

しかも、断っても部屋まで誘いに来ることがあるらしいと聞いて、ナターリエは卒倒しそうになった。

昼のパーティーが終わる前に何度も近くに寄ってくるから、決して一人になってはいけない。パーティーから部屋に帰る時には、必ずダリウスと一緒に行動する。風呂はダリウスの乳母であるヨゼフィーネに頼んで、部屋の中で終わらせる方がいいと言う。

何より恐ろしいのは、夜のパーティーの時間だろう。

「夜に、ね。部屋の扉を叩かれるかもしれない……」

「…………」

「姉上。ナターリエが息をしなくなるので、やめてもらえませんか?」

絶望の上があるのだと、ナターリエは初めて知った。

心臓が止まるかもしれない。いや、止まった。確実に、止まった。なんだ、ソレは。恐ろしいにもほどがあるだろう。いくらなんでも酷いじゃないか。ソレはない。

夜に、部屋の扉を叩かれるのだろう。

そしてコンコン、と。小さな音が、どんどん大きくなる。ドンドン、と。部屋に入り込もうとでもいうのか、扉を破る勢いで叩かれる……。

夜のパーティーに誘われるのだ。「こちらに来い」と、「こちら側に来い」と、誘って来るというのか。

ガチゴチに固まったナターリエは、ほろりと涙を零した。

「だ、大丈夫だよ！　暖炉《だんろ》を焚《た》いておけば部屋には入ってこれないからね！　デマンティウス家の嫌いなシナモンとナツメグの入った蜂蜜酒《はちみつしゅ》を飲むと効果的だよ！」

「……義兄上。さすがです」

暖炉と蜂蜜酒。火の入った暖炉と、シナモンとナツメグの入った蜂蜜酒。

絶望のさらに上を行っていたナターリエの精神が、少しだけ戻ってくる。

そういえば「こうすれば回避できる」とか「こうやれば対処できる」とかがあるのが、怖い話の定番だったと思い出した。

追いかけてくるような恐怖でも、回避方法があったりする。

逃げられないような恐怖でも、対処法があったりする。

そうか。大丈夫なのか。明確な回避方法と対処法が確立されているのならば安心だと、身体の力を抜いたナターリエはダリウスに抱き付いた。

しかし、恐ろしい。夜のパーティーなんて、王族っぽい恐怖話だとは思うが、ちゃんと回避方法と対処法があるのが恐ろしい。

だって、それだけ繰り返されていたということだろう。

回避方法が編み出されるまで、どれだけの犠牲があったのだろうか。対処法が確立するまで、どれだけの恐怖に立ち向かったのだろうか。

ごくりと唾を飲み込んだナターリエは、もうドレスとか装飾品とかどうでもいいと思い始めていた。

「ほら、ナターリエはダリウスのお嫁さんになって一年でしょう？　王族になって一年だからねぇ。そろそろ不埒《ふらち》で破廉恥《はれんち》で放蕩で不道徳な悪魔や幽霊が誘いにくるのよ」

「ひっっ!?　おうぞくこわい……おうちかえる……」

「……姉上」

「だ、大丈夫だよ！　教会の教えを守っていれば何も怖いことはないからね！　品行方正で清く正しく美しくを守っていれば悪魔や幽霊を退けられるから！」

「……さすがです。義兄上」

でも、少々、引っかかることがある。

どうして最初からデマンティウス家を王宮に出入り禁止にしないのだろうか。確かにデマンティウス家は貿易を担う大家ではあるが、そんな危険な人を王宮に招くのはおかしい気がする。

そこまで考えてから、もしかして取り憑《つ》かれているのではないかと、ナターリエは気付いてしまった。

「一応、私だって頑張ってるんだからね！　ペーツォルト家のお茶会は断ってるし、あの色気魔神のツェツィーリエがナターリエに近付かないようにしてるんだから！」

「……そ、に、いっ、うっ」

「む。そんなにたくさんいるわけではない。教会の教えを守らない貴族は多いがな」

「その単語にもなってない言葉から推測できるとか……あ、いや、大丈夫だよ！」

デマンティウス家が悪いのではなく、デマンティウス家の次男ベンヤミンが取り憑かれてしまっているから、まずいのだろう。

幽霊悪魔お化けの系列の何か恐ろしいモノだと思っていたが、取り憑かれているのなら高速で頷けた。

きっと、他にも存在するのだろう。他の家でも夜のパーティーを開こうとするモノが、突如現れたり生まれたりするのかもしれない。

回避方法も対処法もあるのだから、救う手段だってある。そのために、夜のパーティーを黙認して、取り憑かれた人を見極めるのか。

王族、凄い、怖い。贅沢な暮らしに憧れる者は多いだろうが、こうして外には広まらない闇だって存在するんだと知って、ナターリエはダリウスに縋《すが》りついた。

「大丈夫よ！　ナターリエ！　ほら、ダリウスと一緒にいれば怖いモノなしだから！」

「そうだよ！　吟遊詩人に謳われるほどの実力のある騎士だよ！　ダリウスに張り付いて

おけば問題ないよ！」

必死になって慰めてくれるグロリアとアロイスに、ナターリエは泣きそうになる。

きっと、苦労したのだろう。どれだけ恐ろしい目に遭ったのか。グロリアなんて、女王としての執務が大変過ぎてパーティーぐらいしか息抜きできないと言っていたのに、そのパーティーまで恐ろしいことになっている。如何に苦労したのか想像に難くない。

でも、大丈夫だ。ナターリエには、ダリウスがいる。回避方法も対処法もあるのなら、ナターリエの夫であるダリウスが負けるはずがなかった。

品行方正。清く正しく美しく。教会の教えを守って、暖炉に火を入れ、ダリウスに張り付きながらシナモンとナツメグの入った蜂蜜酒を飲んで断ればいい。

「……シナモンとナツメグ……今から漬けておいた方がいいのかしら……」

「今から漬けても間に合わないだろう」

「えっ？」

グロリアの部屋を出て、自分達の部屋に帰って来たが、ナターリエの混乱は絶好調だった。

だって、さすがは王族。怪談話も華美で贅沢でゴージャスだ。

夜のパーティーとか意味がわからない。幽霊が華美になってどうするというのか。悪魔が贅沢なのはわかるけど、お化けがゴージャスとか何がしたいのだろうか。

しかも、よくよく考えれば、回避方法と対処法があること自体がおかしいと、目を回しそうになった。

「ま、間に合わない？」

「……そんなに絶望したという顔をしなくてもいいだろう？」

「こ、今後のために、つ、つ、漬ける？」

「……そうだな。漬けておくか」

本当に、不甲斐ないと思う。情けないのではないかと、真剣に思う。

どうして、回避方法がわかるまで放って置いたのか。どうして、対処法がわかるまで続けてしまったのか。

そこまでわかっているのなら、どうして終わらせられなかったのか。終わりにして欲しかったと、ナターリエは切実に泣きそうになった。

本当に、本当に、本当に。心の底から罵倒《ばとう》する。しかし、祓《はら》っても、清めても、倒しても、次々と取り憑かれるのかと思えば青くなる。

「だ、暖炉に、暖炉に火を？」

「……大丈夫だ。もう、火は入っている」

やはり、華美で豪華で贅沢でゴージャスな王族や貴族だから、そう簡単に逃れられないのだろう。

幽霊や悪魔やお化けでも、地位の高い王族や貴族は手放したくないと思うのだろうと、庶民に近い感覚を持ったナターリエは納得した。

大丈夫だ。先人の教えがある。しっかりと回避方法を覚えて、対処法を行えばいい。そうは思うのだが、この回避方法と対処法もどうかと思う。

教会の教えが大事なのはわかる。これで悪魔を退けられるのはわかっていた。

でも、幽霊とお化けはどうだろう。教会の教えというのは、幽霊とお化けにも有効なのだろうか。暖炉に火を入れるといいというのは、野犬と同じような気がする。シナモンとナツメグの入った蜂蜜酒に弱いというが、効いているのはシナモンなのかナツメグなのか蜂蜜酒なのか教えて欲しい。

「こ、断る？　断るって？」

「……パーティーとやらに、行かない。そう言えばいい」

ナターリエの知っている恐怖とあまりに違うから、どうしていいかわからなくなった。

だって、レンネンカンプで知った恐怖は、わかりやすいモノだ。

暗闇の向こうに幽霊がいる。真っ暗な森の中にお化けがいる。近付かなければ比較的安全な恐怖から、こちらに向かって突進してくる恐怖に変わるなんて聞いてない。

涙目になったナターリエは、至近距離にいるダリウスを見上げる。なにせ、グロリアの部屋を出る前に抱き付いたままなので、距離ゼロの状態だ。

ソファに座るダリウスの膝の上で、ナターリエは逞しい胸に顔を埋めたり顔を上げたりしていた。

安心、する。強い騎士だからではない。ダリウスだから安心する。

そういえば最初は、強い騎士だから幽霊もお化けも斬ってくれると、そう思って抱き付いていた。

あの時も甘えていると自覚していたけど、今はそんな可愛らしいものじゃない。甘えまくって頼りまくって縋り付いている。

「い、行かない……行きたくない……行くわけないじゃないっ……」

「……そうだな」

「い、行く人、とか、いるんですか？」

「……怠惰《たいだ》や淫奔《いんぽん》や享楽《きょうらく》に弱い人間もいる」

そんな絶対の信頼感を抱いているダリウスが言うから、ナターリエは絶望するしかできなかった。

その通りだ。弱い人間だからこそ、教会の教えがある。

でも、取り憑かれるほど弱い人間というのはどうだろうか。幽霊や悪魔やお化けとパーティーしたくなるぐらい弱い人間というのは、どうなんだろうか。

ちょっと虚しくなってダリウスを見れば、困ったような顔で笑っていた。

「大丈夫だ。ナターリエは私が守る」

「ダリウス様……」

そっと、キスを落とされる。触れるだけの可愛いキスを受けて、ナターリエの頬に赤みが差す。

何度も何度もキスをされて、ナターリエはゆっくり息を吐いた。

すりすりと、唇同士が擦り合わされる。目尻にも、頬にも、鼻の頭にもキスされる。擽ったくなるぐらいにキスされて、ナターリエはダリウスの唇に甘く噛み付いた。

きっと、顔色も戻っているだろう。涙目だった瞳も乾いて、小さく笑う余裕だってできた。

なのに何度も触れるだけのキスをしてくるから、ナターリエはダリウスの背を叩く。

「もう、ダリウス様っ……んんっ……」

「安心したか？」

「んぅっ、した、安心した……」

一年過ごした二人だけの部屋で、二人だけで戯《たわむ》れていれば安心する。

昔は、安全だと思っていたのはベッドの上だった。レンネンカンプの自分の部屋。ベッドの上だけは幽霊もお化けも来ないなんて思っていた。

でも今は、ダリウスの腕の中だ。ダリウスがいれば安心できる。

「ね、くちびる、腫《は》れちゃうっ」

「ならば、治すか？」

「んんっっ！」

ぬるりと、ダリウスの舌が入ってきて、ナターリエは背に爪を立てた。

頭が、ぼーっとする。ダリウスとキスをしていると、長く湯に浸かったみたいに思考が溶けてしまう。

「……ふぅ……きす、すごい、ね」

舌を嚙まれて、口蓋を擽《くすぐ》られ、子供のようにダリウスの舌を必死に吸えば呂律《ろれつ》が回らなくなった。

唇の裏を舌が這うと、背筋に快楽が走る。ダリウスの舌が奥まで入ってくると、口の中がいっぱいになる感じがして、ぞわぞわと腰が震えるのがわかる。

うっすらと目を開けてダリウスを見ると、不思議な顔をしていた。

「……キスは、お呪いのようなもの、だ」

「おまじない？」

「口から悪いものが入り込まないように、か？」

「っっ⁉」

真剣のようでもあり、困ったようでもあり、不思議な顔をしてダリウスは言う。

しかし、物凄く納得できる言葉だった。

目から鱗《うろこ》というのは、コレを言うのだろう。確かに、その通りだ。キスで塞《ふさ》いでおけば、口から悪いモノは入り込まない。

「き、きす、すごいっ」

「……そんなに純粋な目で見るな」

そっと目を隠されて、深いキスをされた。

ゆっくりと、ダリウスの大きな手が背を撫で腰を撫でる。脇腹を撫でられると擽ったいのに、どうしてか笑いが収まると腰が震えてしまう。ただ撫でられているだけなのに、先を知っているから思考がとろとろと溶けていった。

恥ずかしい。凄く、凄く、恥ずかしい。

なのに気持ち良くて、もっともっとと身体が求めるから、ナタ—リエは顔を真っ赤に染めて目を開けた。

天蓋から布が落ちていて、ベッドの中を明かりから隠す。薄闇なのに怖いと思わないのは、ダリウスと一緒だからだろう。それと、実家でもベッドの上は安全だと思っていたから、どこでもベッドの上は安全だと思ってしまうのかもしれない。

「……ダリウス、さま」

「もう、怖くないだろう?」

「ん……ダリウスさまが、キスして、くれたら」

怖くないと言う前に、ダリウスに口を塞がれた。

唇を舐める舌に、ぞわりと感じる。グロリアとアロイスの部屋に行くからと、湯浴みをしたのに、ドレスを着ているせいで少し熱い気がする。

くらくらと、脳が揺れる。大きな掌で背を支えられ、仰向けに倒されて視界までくらりと揺れた。

「んんっ……んぅっ……」

ドレスの裾から熱い手が入り込む。ゆっくりと優しく内腿を撫でられ、足の付け根を指が辿っていく。

熱い。唇を塞がれ、舌を吸われて酸欠になる。じわじわと上がる熱を逃がせなくて、ナターリエはシーツの上で身を捩った。

簡単なドレスでも脱ぎ着は面倒だ。紐《ひも》やらリボンやらが多いから、解くだけでも時間がかかる。

わかっているけど脱がせて欲しいと、ナターリエはダリウスの背を叩いた。

「……む。どうした」

「んっ、ぬ、ぬぐ、どれす……」

「脱ぐのか？」

「ぅん……あつ、い……ひぅっっ⁉」

つぅっと、項に汗を感じた瞬間に、ダリウスの指が中に入ってくる。あやすみたいに撫でていただけだったのに、急に指を入れられて身体が跳ねる。

「だっ、ダリウスさまっっ⁉」

「……ああ。確かに熱い、な」

スカートの中に潜り込んできたダリウスに、ナターリエは目を白黒させた。

指を入れたまま動かれたのに、感じるよりも驚いて硬直する。慌てて身を起こせば、スカートが視界を塞ぐから恥ずかしい。

「ちょっ、ダリウス様っ、待って、まってっ！」

なのに媚肉《びにく》を開かれ突起にキスされて、ナターリエは起き上がったのに倒れ込んだ。

ちゅっと、突起を吸われて蜜口を指で弄られる。浅い所を掻き混ぜるみたいに弄《いじ》られて、慌てて手で口を塞ぐ。

恥ずかしい。ダリウスに抱かれることには慣れたと思うけど、恥ずかしいものは恥ずかしい。特に舐められるのは嫌だと、ナターリエは身を捩った。

「駄目っ、なめちゃっ、やだっやだっっ！」

媚肉を開くみたいに舌が這う。ぬるぬると濡れているのは唾液なのか蜜液なのか。必死で身を捩っても、ダリウスの掌が腰を押さえていて、ナターリエには震えるぐらいしかできそうになかった。

ゆっくりと、確かめるみたいに、舌が這う。指が媚肉を開き、蜜口に舌が入り込む。

「ひっっ、ダリウス様っ、入れちゃ、駄目っ」

ぬるりと舌が入り込んできて、ナターリエは必死に足を動かした。

駄目だ。それは、駄目だ。指とは違う。ダリウスの性器でもない。柔らかいような硬いような濡れた舌が、中を舐めている。

ぞわぞわと、快楽なのか悪寒なのか嫌悪なのかわからない感覚が背筋に走って、ナターリエの目に涙が浮かんだ。

「やだぁっ、だめっ、だめぇっ」

「……だが、凄い溢れてきた」

「ひぁああっ!? すっ、すっちゃ、やだぁっっ!!」

気持ちいいのか、気持ち悪いのか、それすらわからない。濡れた性器を舐められるのも、舌が浅いところを舐めるのも。蜜液を舐め啜《すす》られるだけで肌が粟立《あわだ》つ。

でも、舐められてびしょびしょになって怖いぐらいなのに、何かが足りなくてナターリエはダリウスの頭を叩いた。

「あっ、あっ、も、やだっ、やめてぇっ」

もどかしい。恥ずかしい。疼く。思考が溶ける。絶頂が何度も襲ってきて、身体が痙攣《けいれん》する。浅いところだけを弄られ続けて、ひくひくと蜜口まで痙攣するのがわかった。

もう、嫌だ。そんなに舐めたら溶けてしまう。クリームのように、ジャムのように、とろとろに溶けてしまう。

「だりうすっ、だりうすさまっ、やだぁっ」

「……ああ、そんなに泣くな」

「だ、だってぇ、やだっ、なめるの、やだっ」

ようやくスカートから顔を出したダリウスが、涙で濡れた頬を撫でてくれた。

目尻にキスをされて、抱き締められて息が漏れる。ぎゅうっと強く抱き締められると、苦しいのに息が楽になる気がする。

「ばかっ、いじわるっ、いじわるっ」

「すまない。もう、意地悪はしないから……摑まっていなさい」

「んっ、んんっ……」

ぐずぐずに溶けた蜜口にダリウス自身が当てられて、ゆっくりと中に入ってきた。

熱い。気持ちいい。くらくらする。

「……ナターリエ。唇を嚙むんじゃない」

「んぅっ、んんっっ……ふぁっっ！」

「声を、聞かせてくれ」

ダリウスの指が口の中に入ってきて、ナターリエは泣きながら指を吸った。

ゆらゆらと、揺すられて視界が揺れる。頭の中まで揺らされているようで、思考が揺れて崩れていく。

噛む。声。どうすればいいのか。口の中にあるダリウスの指を噛んで、ナタ―リエは首を傾げた。

「あ、あぅっ、こ、こえ？」

「そうだ。声を出してくれ……お呪《まじな》い、だ」

とろりと溶けた頭で考えても、意味はわからない。ただ、ダリウスが言うから、ナタ―リエは声を出す。お呪いという言葉もわからなくて、ダリウスに抱き付いて喘いだ。

# 第二章　新妻にキケンな誘惑⁉

「……これは譲れませんっ」

「ナターリエ様……このドレスに乗馬用の靴は合わないです！」

何もできないまま、気付けばパーティーの日になってしまった。

普段の自分なら、こんなにも怖い話を聞いたら部屋に閉じ籠もる。ベッドの周りに色々と積み上げて、要塞化《ようさいか》した安全地帯を作り上げているだろう。

だが、そんな暇も余裕もなかった。あわあわしている間に、刻限が来てしまった。

なんてことだろう。いつものことすら、できない始末だ。

この城でパーティーを開く時は、グロリアとドレスの色が被らないように相談していた。余裕があれば、誰かが見ればわかるような揃いのアクセサリーを作らせたりもした。女王としての品位は保ちつつ、仲の良い姉妹になったと見せつけるためだ。

なのに、恐怖は時間すら捻じ曲げる。あっという間に、恐れていたパーティーの日が来てしまった。

ただ、そんな中でも、デマンティウス家のベンヤミンの肖像画だけは、穴が空くほどに睨み付けて覚えておいた。

だって、目を見たらいけない。目を見たら、憑かれてしまう。そんな恐ろしいことにはなりたくないから、遠く遠くから発見しなければならない。

もちろん、避けるためだ。それはもう、徹底的に避ける。

そのためには、動きやすい靴でないとまずい。もしも、近寄ってしまった時に、瞬時にダリウスを抱えて逃げられるような靴が望ましい。

「ドレスの色に合わせた靴の方が宜しいですよ！」

「駄目なんですっ……今回ばかりは逃げられるような靴じゃないとっ」

ナターリエの渾身の叫びが届いたのか、ダリウスの乳母であるヨゼフィーネはしょっぱい顔をして固まった。

わかってくれただろうか。今回ばかりは譲れない。本当に譲れない。夜のパーティーなんていう怪しくも恐ろしい宴に迷い込まないためにも、絶対に動きやすい靴がいい。

「……えっと、あの、逃げるというのは、なんでしたっけ？　魔女や悪魔の密会が行われるとか、ソレですか？」

「ソレです！　運動不足でダリウス様を抱えて走ることはできませんが……」

「ダリウス様を抱えて走るおつもりだったのですか⁉」

失神しそうなヨゼフィーネには悪いが、ナターリエは本気だった。

こういうことが起きると想定して、どうして鍛錬《たんれん》してこなかったのだろうか。悔しい。

恐怖に怯えているだけで、何もしなかった自分に腹が立つ。

「ほら、アレですよ、お断りすればいいのですよ！」

「断る前に逃げたいです……」

回避方法と対処法がわかっているとはいえ、さらに先手が打てるのならば打ちたかった。

別に、怖いからじゃない。いや、怖い。真面目に怖い。避けて通れるのなら避けたいと思うのは当たり前だろう。

むしろ、どうして避けないのか皆に聞いて回りたいぐらいだ。

皆が避けてしまえば何も起こらないのではと、ナターリエは真剣な瞳でヨゼフィーネを見つめる。

いっそ、ベンヤミンを隔離してしまうのはどうだろう。ブルグスミューラー王国の中でもデマンティウス家は重要な地位にいるから排除するわけにはいかないが、ベンヤミン単体ならば隔離《かくり》できるのではないかと、本気でマジで真摯《しんし》な瞳でヨゼフィーネを見つめる。

「逃げましょう……」

真剣には、真剣を。本気とマジには、本気とマジと真摯を。

「ダ、ダリウス様を愛しているから必要ないと言えば大丈夫ですよ！」

真面目に返してくれるヨゼフィーネだったが、ナターリエは首を傾げて考えた。

そこは、神様じゃないのだろうか。教会の教えを守っているからと、神の教えを守っているからと、そう言った方がいいのではないだろうか。

愛しているとか、何か違う気がする。

違う気がするけど、もしかして回避方法と対処法の一つなのかと、ナターリエは顔を顰《しか》めた。

「……神様ではなく、ダリウス様を、その、あ、愛しているで、いいんですか？」

「もちろんです！　それが正解ですよ！　ナターリエ様！」

自信満々に言いきるヨゼフィーネはキラキラと輝き、恐怖に負けそうなナターリエには眩しく映る。

力強い言葉。得意げな顔。正解だと言いきる勇気。

ヨゼフィーネの言葉は、物凄く物凄く説得力があった。

アレか。ここで普通は教会の教えだとか神への信心だとかを試されると思うが、そうではなく夫への愛を叫ぶことで夜のパーティーを回避するのか。

なんと言う、引っかけ問題だろう。

さすがは長年王族に仕えるヨゼフィーネだ。こんな引っかけ問題などお茶の子さいさいというわけか。ナターリエは真剣に、ヨゼフィーネを尊敬した。

「……まだ、支度はかかるのか？」

「ダリウス様！」

引っかけ問題という意地悪な試練を乗り越え、ナターリエはさらなる味方のダリウスを見て安心する。

もう、何も怖いものはない。完璧だ。行ける。夜のパーティーなど簡単に断ってみせよう。

しかも、今回のダリウスの服の色とナターリエのドレスの色が同じで、お揃いだと少し恥ずかしくなった。

「まぁまぁ、ダリウス様は本当に貴婦人の支度が待てないのですねぇ」

「む。そうは言うが、今日は少し遅くないか？」

「あのですね！　例のアレから逃げるために、少しでも動きやすい靴が欲しくて！」

心配させてしまったのでは申し訳ないと、ナターリエはドレスの裾を持ち上げて、ダリウスに靴を見せた。

まだ紐を結んでないが、このままで行きたい。ヒールのある先の尖《とが》った靴は歩きにくいにもほどがある。綺麗で豪華で流行りの靴では、敵から逃亡することもできないと、ナターリエは真剣に言った。

「そうか。乗馬靴ならば転ばないだろうな」

「……転ばないのです、ね……そう……ですか……」

「そうですよ！　ヨゼフィーネさん！　この靴ならば大階段も転びません！」

はっきり言えば、大階段で転ぶことなど怖くもない。

幽霊や悪魔やお化けと対峙するぐらいなら、二階のバルコニーから飛び降りた方がマシというものだ。

しかし、ソレが普通でないことはわかっている。ナターリエのおてんばというか武勇伝というか運動能力は、普通の貴婦人とは違うとわかっていた。

普通の貴婦人ならば、大階段で転んだら大惨事だろう。二階のバルコニーから飛び降りるなんて言えば、失神卒倒待ったなしだ。

いつか起きるかもしれない大惨事を常々心配しているヨゼフィーネは、ナターリエの言葉に決意したらしい。

「わかりました。このヨゼフィーネ、ナターリエ様の心と身体の平安のために、ドレスに合う乗馬靴を選んでみせましょう！」

大国ブルグスミューラーの王族になって一年近く経つナターリエは、自分でもびっくりするぐらいにドレスと靴を持っていた。

それは普段使いのドレスや、乗馬用のドレスも同じだ。当たり前だが、乗馬用の靴だって数えられないほどにある。

足は二本しかないのにと、何度訴えても駄目だった。王族が貧相だと、国が貧相に見えると言われてしまえば仕方がない。

「……ヨゼフィーネ。まだ支度はかかるのか？」

「貴婦人の支度は時間がかかるものと決まっております。殿方は大人しく待つのが礼儀ですよ！」

乗馬用の靴を使用人と一緒に並べるヨゼフィーネに勝てる者はいなかった。

こんな状態の時のヨゼフィーネに逆らってはいけない。たった一年の付き合いであるナターリエでさえわかっているのだから、生まれた時から世話になっているダリウスは身に染みてわかっているだろう。

「ダリウス様」

「……ナターリエ」

だけど、困っているダリウスを気遣えない。なぜなら、これからナターリエには辛い試練が待っているからだ。

「ダリウス様は試し履きがどれだけ辛いか知ってますか？　ドレスを仕立てるまでは諦めもつきますが、試着は拷問に近いです」

「……私は、どんなドレスを着ていようと、ナターリエの美しさに変わりはないと思うのだがな」

ここまであったのかと、ちょっと呆れるぐらいに乗馬用の靴が並べられている。すでにいくつかの靴がナターリエの足下に運ばれて来ているが、試し履きはしないといけないのだろうな〜と遠い目になってしまう。

それでもパーティーが始まる前に、長いドレスの裾からちらりと覗いても問題ない乗馬用の靴が選ばれた。

本当に凄いと思う。歩きやすいので足下を見ずに歩けるが、裾から少しだけ爪先が覗いてもおかしくない。

「……どうしましょう。ダリウス様」

「どうした？」

「すっごい歩きやすいです。これ、手放したくないです」

まだ招待客のいない廊下を歩きながら、ナターリエはダリウスを見つめた。

別に大した意味はない。乗馬用の靴に本気で感動していたので、情けないことに怖い話すら忘れていた。

でも、ダリウスは何を思ったのか軽く屈んで、ナターリエの唇にキスを落とした。

「……ダリウス様?」

「お呪いだ。ナターリエが悪いモノに引きずられないように」

「あ、ありがとうございますっ」

にっこりと笑うダリウスに、ナターリエの心臓はばくばくする。思い出しちゃ駄目なことを思い出しそうで、唇をきゅっと噛んで顔を引き締める。

大好きなダリウスと結婚できたのだから、ここで頑張らずにいつ頑張ると、ナターリエは気合いを入れ直した。

守ってみせる。逃げるのなら、ダリウスを抱き上げてみせる。

手の届かない月のような人だと思っていた。一応、辺境伯という身分であるレンネンカンプ家だが、実際は国境を守る兵団のようなものだ。一般の貴族から離れているというのは、嫌というほどわかっていた。

だけど、結婚できたのだから、頑張らないといけない。贅沢に慣れないとか言っている場合じゃないし、豪華さに目を回している暇もない。

富と栄誉と名声のある王族だが、だからこそ近付いてくる恐怖や怪異というのは多いと教えられた。

そっと、ダリウスの手を握ったナターリエは、緑色の瞳を見つめて言う。

「……行きましょうっ。ダリウス様」

気分は、戦地に向かう戦士のようだった。

ふんっと、鼻息も荒くダリウスの手を強く握る。しっかりと前を見て、一歩一歩を重々しく踏み出す。

今ならば、全身甲冑《かっちゅう》も着こなせる気がした。

「パーティーに行くだけなのに、ここまで気合いを入れないといけないのか」

「……何か言いましたか？」

「いや。なんでもない」

はっきり言えば、恐ろしい。怖いし、逃げたいし、ダリウスを馬の背に乗せ実家に飛んで行きたいと思う。

でも、今までの経験を使うチャンスでもあると、ナターリエはダリウスの手をぎゅっと握り締めた。

本来ならば、敵が攻めて来た時のために習っていたことだ。弓も、遠くの獲物を見付けることも、全て敵と戦うためだった。

廊下を歩いて、大階段に向かう。森の中で鍛えた目をこらし、ナターリエはデマンティウス家のベンヤミンという敵を探る。

きょろきょろしてはいけない。頭を動かしたり、眼球を動かしたりしてはいけない。視界の中に入っている人を見て、見付けてやるとナターリエは燃えた。

「………っ」

「ナターリエ？」

攻めの姿勢で挑んだというのに、覚悟は脆《もろ》く崩れ去る。ガタガタのボロボロに崩れた覚悟はナターリエの足を止め、ダリウスの背に隠れるような体勢になった。

だって、コレは怖い。なんだ、アレ。視界に入った、デマンティウス家のベンヤミンはすぐにわかる。肖像画と同じ顔をしているからわかるが、有り得ないぐらいにニタニタと気味の悪い笑みを浮かべていた。

「……あ、アレが？」

「まぁ、そうだな」

ダリウスとグロリアとアロイスのせいで、ナターリエの中でベンヤミンというのは幽霊悪魔お化けと同じ系列に入っている。

なんとなく怖い。なんとなく気味悪い。

なんとなくという恐怖が、明確な恐怖に変わるのを初めて知った。

人間なのに、恐ろしい。幽霊悪魔お化けのように造形が恐ろしいんじゃない。同じ人間なのにゾワゾワとした悪寒を感じる。

怖い怖いと思っているからか、ベンヤミンの周りだけ気持ちの悪い歪みができているように感じるのか。それを増長させるのは、ベンヤミンが周りのモノとニタニタ笑いながら喋っているからだろう。

友人なのか。仲間なのか。それとも、人間の形をしているのに人ではないのか。

見ればわかるぐらいなのに、今まで気付かずにいた自分が不思議だった。

「……あ、んな、気持ち悪い人、いた？」

「……気持ち悪い、ときたか」

「……だって、すんごいニヤニヤ笑ってるし、アレは教会が許さないと思う」

ベンヤミンは初めて会うが、周りで笑っているモノの中に見知った顔を見付ける。こんなに気持ち悪くなかったはずなのにと、ナターリエは冷や汗をかいた。

確かに、ナターリエはパーティーに慣れていない。今までは貴族や他国の王族の名を覚えるだけで精一杯だったと思う。慣れない豪華さに目を回し、贅沢に眉を顰めて、見世物になることで疲労困憊《ひろうこんぱい》だった。

それでも、ないだろう。コレは、ない。さすがに、ない。

「……あっちの、赤い上着の人、あんな気持ち悪い笑い方してなかったと思う」

「……ベンヤミンと一緒にいるからだろうな」

「……よ、夜のパーティーの元凶と一緒にいる、から？　ま、まさか、他にも？」

「……まぁ、他にもいる、な」

大階段を降りながら、他の誰にも聞かれないように小声で話をした。

しかし、気付けなかった自分に驚く。ベンヤミンという元凶といるだけで、ここまで変わるのかと不安になる。

貴族や他国の王族の名を呼び挨拶をし、ダンスで失敗しないように緊張していたのがいけなかったのだろうか。それとも、何かしでかせば吟遊詩人に謳われると、吟遊詩人にまで怯えていたのがいけなかったのか。

いやいや、それだけじゃないだろう。多分。わかっている。コレは悪魔や悪しきモノから、無意識に目を逸らしていたせいだった。

「さぁ。ナターリエ」

そっと伸ばされたダリウスの手を見つめながら、ナターリエは息を整える。

これからが勝負だ。これから勝負が始まる。夜のパーティーに誘ってくる輩から逃げ、遭遇してしまったら断らなければならない。

見たことのない恐怖に混乱している場合じゃないと、ナターリエは深呼吸して小さな声を出した。

「……ダリウス様。例のアレの色は覚えました。できるだけ避けていく方向で」

「挨拶をしないわけにはいかないからな。最悪の場合は、私の後ろに隠れなさい」

「はい！」

気合いを入れ直し、ダリウスを見て笑う。ダリウスの大きな掌に自分の手を置き、少しは慣れてきたパーティーの中に入って行く。

花の香りに、ワインの香り。煌びやかなドレスが目に痛くて、蠟燭の明かりに反射して主張する貴金属や宝石にひるみそうになったが、ナターリエは笑顔を張り付けた。

何人もの貴族達が、ダリウスに挨拶をする。大丈夫だ。ちゃんと名前は覚えている。新しい招待客がいないことに安心して、できるだけ周りに気を配る。

「ご機嫌よう」「お久しぶりです」「元気ですか」「最近の流通は」「素晴らしい細工ね」

退屈な会話のはずなのに、緊張感でくたくたになる。これは慣れる慣れないではなく、豪華なパーティーが楽しいと思えないのだと気付いた。

森を駆け抜ける方が楽しいと思うのは、いけないことだろうか。木に登って果実を穫《と》り、冷たい川の水で洗って食べる。そういうのが楽しいと思う自分は、この人たちと価値観や常識が違うのだろう。

そんな、どうでもいいことを考えていたら、小さな溜め息が零れてしまった。

「ナターリエ。疲れてないか?」

「大丈夫ですよ。今回はダンスも一曲だけだったし」

大国ブルグスミューラーの王族を一年近くやっていれば、このパーティーが規模の小さなものだとわかる。

懇意《こんい》にしたい他国の王族に近くの貴族達だけを呼んだ、身内のパーティーと言った所だろうか。どういった基準で招待されているのかわからない。このパーティーの目的や意図もわからない。ダリウスの妻であるナターリエには、わからなくてもいいことだ。

それでも、ナターリエには、このパーティーも充分に豪華に見える。軽食や酒が振舞われ、皆思い思いに話に花を咲かせている。

そんなことを、ぼんやりと思っていたのがいけなかったのか、いきなりの声に振り向いてしまったナターリエは硬直しそうになった。

「やぁ、お久しぶりだね！　ダリウス様！」

「……ああ。久しいな。ベンヤミン・フォン・デマンティウス」

蛇のような視線が、ねっとりとナターリエに絡みつく。ワインのグラスを持ったまま近付いてきたベンヤミンに、ナターリエは口角を上げる。

王族になってから会得した技だ。とりあえず笑う。笑顔を張り付けておけば、なんとかなる。

「奥方様もお元気で何より！」

「ありがとうございます……今日はブルグスミューラー家のパーティーへようこそおいで下さいました」

心の中で落ち着け落ち着けと呪文のように繰り返し、ナターリエは皆の言葉を思い出していた。

回避方法と、対処法。何を言われても、断る。そして、断る理由は、ヨゼフィーネが教えてくれたダリウスへの愛だ。

ぶつぶつと、心の中で繰り返す。今、ここで、恐怖に叫んではいけない。レンネンカンプの自室で、ベッドの上で、一人で震えていた子供じゃない。

「奥方様も王族になられてから一年ですねぇ！　そろそろ王族の生活に慣れたのではないですか？」

「……そうですね。だいぶ慣れたとは思いますが」

小さな弟と妹を守っていた頃を思い出せと、ナターリエは繋いでいたダリウスの手を力強く握った。

いざとなったら、ダリウスを引っ張って逃げればいい。抱き上げるのは無理でも、引っ張って安全圏まで逃げるのなら大丈夫だろう。

しかし、どこならば安全なのか。部屋まで来るとか言っていたから、安全圏はないのかもしれない。それでも、追いつかれなければいけると笑った。

「おお！　退廃的で退屈な日々！　ドラジェやワインに溺れて好奇心は腐っていく！」

「…………は？」

突然、叫びだしたベンヤミンに、ナターリエは一歩下がる。

どうしたのか。何が起きたのか。ギリギリのパッツパッツに張り詰めていた緊張感が、さらに警戒しろと言っているような気がする。

なんか、ヤバい。

心の底から、本気で不安になった。

何が言いたいのか。コレはアレか。吟遊詩人の詩か。言い回しは似ているような気がしないでもないが、唐突に叫び出すからナターリエはダリウスに寄る。

「柔らかなソファに身を沈めても！　満たされない心があるのですよ！」

「……………ほ、本当に、大丈夫ですか？」

ぺったりとダリウスの少し後ろに重なるみたいにして、ナターリエはベンヤミンを見つめてしまった。

まずい。目を見たらいけないと言われていたと思い出す。

でも、確かに、コレはおかしい。むしろ、悪魔に脳を攻撃されたのではないかと不安になるぐらいにおかしい。あまりにおかしいから、何がおかしいのか、わからなくなるぐらいにおかしかった。

「ふふふふふ、奥方様も寂しいのではないですか？」

「……………は？」

「足りないのでしょう⁉　飢えているのでしょう⁉　渇いているのでしょう‼」

目を見たらいけない。そう言われていたが、目を見たら何がいけなかったのか思い出せないぐらいにおかしい。

きっと、誰が見てもおかしいと思うだろう。おかしい、おかしいと、おかしいってなんだっけと思うぐらいにはおかしい。

ちょっと混乱してきたナターリエは、ダリウスの腕を引いて耳元で囁いた。

「…………ダリウス様。ベンヤミン様は大丈夫なのでしょうか？」

「…………どうだろうな」

ぽしょぽしょと内緒話をする。逃げるよりも避けるよりも、思わず心配になってしまうぐらいにおかしい。

もしかしたら、熱があるのかもしれない。高熱で浮かされた時に、こんな風におかしくなることがあると、ナターリエだって知っていた。

「おお！　狂おしくも平穏な日常！　だが！　胸の内は凍えるような寒さだ！」

「…………意味が、わからない」

「…………安心しなさい。私もわからない」

ベンヤミンのわけのわからない熱弁のせいで、周りの視線は集まってくる。少し距離を空けて見つめてくるところを見ると、やはりベンヤミンはおかしいのだろう。

コレが、取り憑かれているということなのだろうか。恐ろしい。さらに恐ろしいことに、誰がどう見ても取り憑かれていると納得できる感じなのに、数人がベンヤミンの叫びに頷いていた。

この叫びに頷ける箇所はあったのだろうかと、ナターリエは顔を顰める。むしろ、この叫びの意味がわかっているのかと、ナターリエは首を傾げる。

必死になって考えて、そういえばベンヤミンが夜のパーティーの主催者だったと思い出した。

夜のパーティーに参加するモノは、ベンヤミンの言葉に賛同するのだろう。取り憑かれるというほどではなく、元凶の傍にいることで禍々《まがまが》しく変わる。元凶の近くにいることで、無意味に感じる叫びがわかるようになってしまう。

そういうことか。恐ろしい。顔を顰めたナターリエは、これからその恐ろしい夜のパーティーに誘われてしまうのかと息を飲んだ。

「奥方様は寂しいのです‼」

「……は？」

夜のパーティーに誘われると身構えていたが、想像もしなかったことを断言されて首を傾げる。

ようやく、意味がわかる叫びだ。これならばナターリエにだってわかる。わかるけど、違うから素直に答えた。

「……いえ、別に、寂しくありませんよ？」

だって、寂しくない。本当に寂しくない。ダリウスが傍にいてくれるし、グロリアもアロイスも良くしてくれる。ヨゼフィーネも頼もしいし、使用人達ですら優しい。

「おお！　嘆かわしい！　奥方様は足りないのですよ‼」

「……え？　な、何が足りないのでしょうか？」

足りないのはベンヤミンの常識と頭ではないかと思ったが、ナターリエは声には出さずに飲み込んでみた。

危ない。思わず口から出るところだった。取り憑かれているとはいえ、さすがにソレはまずいだろう。

でも、自分も足りないところはある。王族の品格だとか風格だとか貫禄だとかは足りないと、悲しいが自覚している。

一年経っても身につかないものだと、しみじみしていればベンヤミンが叫び出した。

「抱き締めてくれる逞しい腕が足りないでしょう⁉」

「…………は？」

「足りないでしょう⁉」

畳みかけるように言われて、ナターリエは顔を顰める。

足りないというのは、王族の品格じゃないのか。そうか。逞しい腕か。確かに、ナターリエはどれだけ鍛えても逞しい腕にはならない。弓や斧を握ったりしていたが、ダリウスの掌の厚みには届きそうになかった。

いや、違う。そうじゃない。そういうことじゃないだろう。

「物凄く足りてます。ダリウス様は立派な騎士ですから、羨ましいぐらいに逞しい腕をお持ちです。凄く抱き締められてますから満足してます」

ナターリエは真顔で返した。

もう、真顔も真顔。真剣に本気でマジで真面目に返す。

だって、本当に足りている。満たされ過ぎと言っても過言ではない。むしろ、グロリアに揶揄われるぐらいだし、アロイスには生温かい目で見られている。

どちらかと言うと、過保護の領域に入っていると、ナターリエは思っていた。

「いいえ！　いいえ‼　飢えているのだとわかってます！」

「……飢え？　最近、空腹を感じることが少ないです」

「そうではないのですよ‼　心が飢えているのでしょう‼　寂しいのでしょう‼」

「寂しくはないですね。ダリウス様は本当にお優しいですし、その、何でもないです」

ぼぼっと赤くなったナターリエは、ダリウスの手を離して腕に抱き付いた。

恥ずかしい。思い出しちゃいけないことも思い出しちゃうし、優しくされているところも思い出しちゃって恥ずかしい。

コレはダリウスが悪いだろう。優しいというか、甘いにもほどがある。ダリウスの中の貴婦人像を壊した自分が言うのもなんだが、貴婦人に対する優しさというより猫可愛がりと言える優しさだった。

背中に張り付かれる前に、抱っこする、とか。

そのまま抱っこで運んで、座る時は膝の上、とか。

あーんと食べさせてもらうのに慣れた自分が言うのも何だけど、本当に優しいにもほどがある。

しかし、夜のパーティー主催者は勘違いした。

「おおおお！　やはり不満があるのですね！　渇いているのですね！」

「え？　ふ、不満とか……」

「いいのですよ！　それが普通なのです！　当たり前で自然なことなのです‼」

隠された不満を曝け出してしまいなさい、と。

にたりと笑ったベンヤミンを見た後に、ナターリエはダリウスを見る。不満があるのかと、不安そうな顔をしているから、ナターリエは口に出してしまった。

「騎士の心得として貴婦人への奉仕があると言っても、私を抱っこで運んで膝の上に座らせてアーンで食べさせてくれるというのは間違いだと思います！」

言った。言いきった。言ってしまった。

でも、コレはいつか言わなければいけないことだろう。ダリウスの優しさは、貴婦人への優しさではない。間違っている。慣れてしまったけど、間違いだ。

今ここで正さなければ、きっとずっと勘違いしたままになってしまうと、ナターリエはダリウスを見つめた。

だけど、ダリウスにだって言い分はあるらしい。

「……そうは言っても、だな。背中に張り付くナターリエが落ちて怪我でもしたら一大事だろう？」

「もう背中に張り付いたりしてないじゃないですか！」

ざわりと、遠くから声が聞こえてきた。

背中に張り付くというのは何だろうか。暗号なのか。いや、そのままの意味じゃないだろうか。いやいや、破天荒天使に頭を殴られて守り神になったとはいえ、あの邪神と恐れられた騎士の背中に張り付くというのはおかしいだろう。ならば、何か意味があるのか。

そうかもしれない。そうなのか。

そんな声が王宮に響き渡っている。

「この間、大雨の日に背中に飛び付いてきたじゃないか……」

「あ、あれは！　風の音が凄かったからっ」

そのままの意味だった、と。一番最初に声を上げたのは吟遊詩人だった。

どうやら、大人しいと思われた吟遊詩人は、物凄い勢いで詩を考えていたらしい。まるで勝ち誇るかのように『破天荒天使は悪魔と恐れられた騎士の背中に張り付く!!』と、喜びの声を上げている。

今回のパーティーには吟遊詩人が三人呼ばれているが、円陣を組むようにして詩を考えていた。

「背中に張り付かれてしまえば私はナターリエを支えることすらできない。それならば抱き上げてしまった方が安全だろう？　それに背中に張り付かれたまま寝て、寝返りを打ったらナターリエが潰れてしまうじゃないか」

「潰れませんよ！　じゃ、じゃぁ、膝の上に座らせるのはどうなんですか！」

「ナターリエはおてんばだからな。この腕の中にしまっておかないと安心できない」

「そこまでっ!?」

パーティーに参加している貴婦人達が、あらあらまぁまぁと楽しそうに笑っていた。

次のお茶会の話題にしましょう。随分と仲の良い夫婦なのねぇ。羨ましいわぁ。と、凄いイイ笑顔で楽しんでいる。

「食事も自業自得という言葉を学びたまえ。君が背中に張り付いて食事をしなかったせいで、どうにかして食べさせたいという気持ちになったからだ」

「あ、あれは！　背中から離れたら一緒に寝てもらえないと思ってたから！」

「当たり前だろう。あの時、君は未婚の貴婦人だ。同衾《どうきん》などもっての外だ」

ベンヤミンの周りにいた貴族達が、不可解な行動を取り始めた。

ある者は、顔を真っ赤にして恥ずかしそうにコソコソと逃げる。ある者は、目を見開いて呆然としている。ある者は、青くなったり白くなったりして挙動不審になっていた。

なんと言うか。阿鼻叫喚《あびきょうかん》とはこのことだろうか。確実に、パーティーではない。

吟遊詩人は『俺の詩を流行らせる！』と叫んでいる。一部の貴婦人達は『甘いお茶会になりそうねぇ』と喜んでいる。

そして、ベンヤミンと夜のパーティー参加予定者は怪しい動きをしていた。

「ダリウスにナターリエ！　もう、そんな大きな声で喧嘩しないの！」

「グロリア様！　だってダリウス様が過保護なんです！」

「……姉上。これは喧嘩ではない」

どうしようもない雰囲気を切り裂いて、グロリアがまとめに来る。さすがは、大国ブルグスミューラーを統べる女王だ。この空気を一掃してくれる。

「弟夫婦が仲良しなのは、この城の者ならば誰もが知っているから！　教会の教えに沿って、二人の世界作ってるの知ってるから！」

いいから部屋に帰って続きをやりなさい、と。

女王の声が王宮に響き渡った。

第三章　護られHは蜜濡れ♡極甘

「ううう……恥ずかしいっ……」

「ナターリエ様。ヨゼフィーネは感動しております！」

図らずも、ダリウスとのラブラブ生活を暴露して、旦那様を愛していると公言してしまったナターリエは羞恥で死にそうになる。

だって、恥ずかしい。あまりにも恥ずかしい。恥ずかしいにもほどがある。これは消したい過去であり、黒歴史になるだろう。

それをパーティーで、吟遊詩人の前で言ってしまったことが、ナターリエの最大の失敗だった。

「絶対に詩になる……」

「なりますでしょうね！　ヨゼフィーネはダリウス様とナターリエ様の詩が増えて嬉しいですよ！」

「破天荒天使の次はなんて言われるんだろう……」

「天使の次は女神でしょう！」

物凄く前向きでポジティブなヨゼフィーネに、ナターリエは撃沈する。それはもう、ずぶずぶと穴を掘って埋まりたいぐらいに沈んでいく。

しかし、さすがはダリウスの乳母だろう。うっとりと女神だとか聖母だとか言っているのに、ヨゼフィーネの手は的確に動いてナターリエを風呂に入れていた。

神業というのは、こういうことを言うのか。

てきぱきと髪の飾りを取り、髪を下ろす。気付けばドレスは脱がされ、湯船に入れられて髪も顔も身体も洗われてしまう。恥ずかしいなんて思う前に湯船から引き上げられ、タオルで包まれてガウンを羽織らされた。

「……お風呂を手伝ってもらうのも恥ずかしいのにっ……パーティー行く方が恥ずかしくなるとかっ」

「湯浴みや着替えのお手伝いは使用人の仕事ですからねぇ。パーティーでは堂々としていらっしゃればいいんですよ」

「……そう言われても……恥ずかしいし……」

髪を丁寧に拭かれて、櫛を通される。すっかり湯上がり状態だが、ヨゼフィーネの怒濤の素早さがなければ羞恥で倒れていた。

熱を出して身体が動かないとかでもないのに、風呂を手伝ってもらうのは辛い。どのぐらい辛いかというと、庶民寄り辺境伯のレンネンカンプでは一位に輝きそうなぐらいに辛い。

これも慣れるというのかと、ナターリエは田舎の実家が恋しくなった。

もちろん、ナターリエだってわかっている。レンネンカンプとブルグスミューラーを比べることなどできない。

ただ、レンネンカンプで学んだ普通と、ブルグスミューラーに来てから知った普通が嚙み合わないだけだった。

いっそ、貴族や王族よりも、農家や商家の方が合っているのかもしれない。今更、鍬の使い方とか算術とか習いたくないが、こういう妙な疲れ方はしないだろう。

そんなことを思っていれば、控えめなノックの音が聞こえてきた。

「ナターリエ。湯浴みは終わったか？」

「あ、はい。髪も乾きました！」

「まぁまぁ、ダリウス様。貴婦人の湯浴みぐらい待てないのですか？」

いつものやり取りに、ナターリエの頰が緩む。ダリウスは高名な凄い騎士だというのに、毎回ヨゼフィーネに怒られている。

可愛いと思ってしまうのは失礼だろうか。屈強な体躯で敵を圧倒する騎士が、小さな乳母に叱られているのが可愛くて仕方がなかった。

「だが、ヨゼフィーネ。今夜は、なんと言ったか？　夜のアレがあるからな」

「………っっ」

びくりと、ナターリエは硬直する。くわっと目を見開いて、恐る恐るダリウスの瞳を見つめる。

まずい。すっかり忘れてた。本気で忘れてた。どうして忘れてしまったのかというぐらい、本気の本気で忘れてた。

「……ダリウス様」

「む。どうした？」

「……その、ベンヤミン様は、どうなされましたか？」

忘れていたせいで、何も始まっていないし終わっていないと気付く。目を見ておかしくならなかったのは良かったが、夜のパーティーの招待を受けてもいないし断ってもいない。

これは、どう考えればいいのだろうか。断れたと思っていいのか。それとも、元々誘われていないと安心しちゃっていいのだろうか。

縋るようにダリウスを見て、ナタ—リエは少し怖くなってきた。

「話の途中でどこかに行ったのはわかったのだが……どこに行ったかまではわからないな」

「よ、夜のパーティーは、開催、されちゃうんでしょうか？」

「…………」

黙り込んでしまったダリウスに、ナタ—リエは震える。それが答えなのかと、思わず振り返ってヨゼフィーネを見る。

「…………」

「ヨゼフィーネさんまで……」

同じく黙り込んでしまったヨゼフィーネに、もう絶望しか感じなかった。

でも、誘われていない。断ってもいないけど、誘われてもいない。夜のパーティーという言葉すら出てこなかったし、大丈夫だと思いたい。

「だ、大丈夫、ですよね？」

「……む。大丈夫だとは思うのだが」

「ナタ—リエ様……私は、大丈夫じゃないと、思うのです」

静かなのに、真剣な声色に、ナタ—リエとダリウスが二人で固まった。

こんなことを言うのもなんだが、ヨゼフィーネが静かに諭すように真剣に言うのは珍しい。


　小言や説教の時ですら、はっきりと言うのに、言い淀むヨゼフィーネというのも珍しい。

「このヨゼフィーネ、城で行われるパーティーには何度も顔を出しております」

「そうだな」

「今回の会話ですが……教会の教えを守り、貞淑《ていしゅく》、慎み、恥じらい、何より不埒を罰し、品行方正、と。ダリウス様とナターリエ様は自己紹介したようなものです」

「ええ？　そ、そうなっちゃうんですか？」

　恥ずかしくも日常生活を暴露しただけなのに、瀰曲して伝わっていると教えられて、ナターリエは目眩《めまい》を感じた。

　こうやって誤解が深まっていくのかと、吟遊詩人を止めたくなる。自分が規格外の貴婦人だったせいで、ダリウスの中の貴婦人像を壊して間違った組み立てをしてしまっただけなのに、どうして教会の教えを守っていることになるのかわからない。

　喜べばいいのか、悲しめばいいのか、慌てればいいのか。どうしていいかわからなくなっているナターリエに、ヨゼフィーネは真剣に話を続けた。

「ああいった貴族は、己が教会の教えから反しているのを知っております。知っているからこそ、規律に反した歪んだ喜びを得るのです」

「……そういうものなのか」

「……意味がわからないです」

本当に、意味がわからない。わからないというか、わかりたくない。

これは、ベンヤミン達が取り憑かれている理由なのか。それとも、取り憑かれているからこそ、こんな考えになるのか。

ついでに言えば、幽霊と悪魔とお化けのパーティーに、そんな理由があるだなんて知らなかった。

むしろ、意味があるなんて思わなかった。

いや、普通、思わないだろう。夜のパーティーだ。幽霊と悪魔とお化けがパーティーするというなら、ただ騒ぎたいだけだと思うだろう。サバトというのなら、悪魔を降臨させて敬うだけだろう。

それ以外の理由があるなんてと驚いていると、さらなる爆弾発言をヨゼフィーネが落とした。

「正しい道を進むお二人を、悪の道に引きずり落としたいと思うはずです」

「……そういうことか」

「っっ⁉」

ナターリエの知る恐怖は、実はあまり多くない。お化けというのは獣のようなもので、幽霊というのは死者の魂で、悪魔は敵だという認識しかない。そんな人間のように考えられるモノがいるのか。そこまで知能を持つモノがいるというのか。

ぞわぞわっと、ナターリエの背筋に悪寒が走った。

「……だ、ダリウス様」

恐ろしい。得体の知れない恐怖がナターリエを襲う。新しい知識が増えるのはいいことだと思うのに、こんな知識は増えなくていいと涙目になった。

だって、まずいだろう。コレは、恐ろしいだろう。

ただ闇雲に、仲間を増やそうとしているのではない。意味があり、理由があり、悪意を持ってナターリエとダリウスを仲間にしようとしている。

「む。どうした？」

「早くお部屋に帰って……まずは扉を塞ぎましょう」

どうにかしなければならないと、必死に考えたナターリエは拳を握った。

もしかしたら意味はないのかもしれない。お化けならば、怪力で扉など壊すだろう。幽霊ならば、通り抜けてしまうかもしれない。悪魔は、何か変な呪いとか魔術とか使いそうな気がする。

しかし、敵は、デマンティウス家のベンヤミン、だ。

回避方法と対処法を考えれば、ベンヤミンは取り憑かれているだけだ。人間に取り憑いているのならば、扉を手で摑み開こうとするだろう。

「……どうして、そう考えたのか教えてもらってもいいだろうか？」

「物理的に塞げば、少なくともベンヤミン様は入ってこられません！」

「その通りですわ！　さすがはナタ—リエ様！」

不思議そうに首を傾げて困った顔をするダリウスの腕を取り、ナタ—リエは心の中で誓う。

敵が人間ならば、最悪どうとでもできる。弓でも斧でも剣でも振り回す覚悟はある。仲間がいて扉を破壊されるというのなら、二階から飛び降りてしまえばいいと、ナタ—リエはダリウスを見つめた。

「夜のパ—ティ—というぐらいですから！　朝日が昇れば私達の勝利です！」

「……ナタ—リエ。君は何と戦うというんだ？」

「そうです！　誘われても断ればいいのですし、部屋に入って来るのを阻止《そし》できれば問題ありません！」

「……ヨゼフィーネ。お前も何と戦えと言うんだ？」

怖い話が死ぬほど駄目なナターリエは、この時ばかりは勝利を噛み締めた。

まだ、勝っていないとか言ってはいけない。まだ、戦いは始まってもいないとか思ってはいけない。むしろ、どうして戦うことになったのかとか、考えてはいけない。

困った顔をしたダリウスは、鼻息も荒く戦う気満々のナターリエの頭をそっと撫でた。

暖炉に火は入っている。蠟燭も多めに置いてあるから、部屋の中は明るい。後は、扉を塞がなければならないだろう。

ナターリエは大きなテーブルを摑み移動させようとしてダリウスに止められた。

「こんな重い物を持ち上げられるわけがないだろう？」

「防御力が高そうだと思ったもので……」

「……これは私が運ぶ」

本当は酒やグラスの入っている棚を動かしたかったが、さすがにそれは無理だろうと諦めている。中身を退かして空にしても、ナターリエでは動かせない。だからといって、テーブルを動かせるのかといえば、微塵も動かせていなかった。

悔しい。テーブルを軽々と運ぶダリウスを見てから、自分の細い腕を見て溜め息を吐いて頭を振る。いや、悔しいとか言ってる場合じゃない。取り憑かれているベンヤミンが部屋に入って来られないようにしなければいけない。

幽霊や悪魔ならば無駄なことなのだろうが、取り憑かれているのは人間だから、扉を物理的に塞ぐのは有効のはずだった。

部屋に入って来るのを阻止して、断り続ける。

「朝日が昇れば、勝利ですね！」

「……椅子を持つなと言わないから、せめて一つずつ運びなさい」

断り続けることができるのだろうかと、ナターリエは弱気になる心を叱咤した。

パーティーで見た、ベンヤミンの薄気味悪さ。周りでニヤニヤと笑っていたモノも、取り憑かれているのだろう。

そうでなければ、あれだけ恐ろしい雰囲気は出せない。狂ったように叫ぶベンヤミンの声を思い出しそうになって、ナターリエは頭を振る。

「一番鶏が鳴いたらでしょうか？　それとも太陽が顔を出したら？」

「……壺は落として割れたら危ないから、運ぶならチェストにしなさい」

テーブルにソファに椅子にチェストに壺に、細々とした小物まで扉の前に置いて、完璧に封鎖した。

コレならいける。満足だ。達成感だ。

うっかり幽霊や悪魔みたいに壁や扉をすり抜けてきたり、触らずに物を飛ばしたりされなければ大丈夫だろう。化け物のような強さで扉とバリケードを吹き飛ばされなければ問題はない。

「ナターリエ」

「勝利したってわかる時間を聞いておけば良かったたっ！」

「いいから。火掻き棒を置きなさい」

ぎゅっと握り締めていた火掻き棒を掴まれて、ナターリエは笑顔で抵抗した。

安心したと言っても、武器がないのは心細い。できれば、幽霊や悪魔やお化けは素手で殴りたくない。

「ダリウス様。私は女の身で軽いので……殴ったり蹴ったりしても威力がないんです」

「真剣に何を言い出すのかと思えば……貴婦人は戦うことを考えるなと何度も言っているだろう」

「今、戦わないで、いつ戦うって言うんですか⁉」

ナターリエの実家であるレンネンカンプは、普通の貴族ではなかった。

国境を守る騎士団のようなもの。自分達の領土を守り税を取る貴族ではなく、ブルグスミューラー王国に攻め入る他国を牽制《けんせい》するためにレンネンカンプは配置されていた。

だから、ナターリエだって戦える。戦いながら森を駆け抜け、馬を走らせ女王に敵が攻めて来たと知らせることだってできる。

もちろん、幽霊や悪魔やお化けと戦うことは想定されていないが、多分きっとできるような気がしないでもなかった。

「貴婦人が戦わなければならない時など来ない。ほら、火掻き棒を置いて……」

「わっ、私だってダリウス様を守るんですっっ‼」

ナターリエの知っている恐怖とは違う。夜のパーティーだとか、取り憑かれるだとか、そういうのは知らない。

だけど、実は、ナターリエはいっぱいいっぱいだった。

怖いモノは怖い。怪談話の出だしというか『実はこの城には……』なんていう、最初も最初の冒頭部分だけで泣き出すぐらいには恐がりだ。

毛色が違うからこそ悲鳴を上げて逃げ出さなかったが、怖いモノは怖かった。

「……ナターリエ？」

「夜のパーティーとか知らないけどっ、王族だと怪談話も豪華になるってだけだしっ、幽霊は幽霊だしっ悪魔とかっお化けとかっ」

回避方法があっても、怖いモノは怖い。対処法があっても、怖いに決まっている。自分の脳内で補完する恐ろしさではなく、意味がわからない理解できない恐怖というのは、じわじわ後効きするのだと初めて知った。

「む。なんだ。怖かったのか？」

「…………こ、怖い、とか」

火掻き棒を握り締めている手を取られ、そっと抱き締められる。ダリウスの大きな掌に背を撫でられると、安心して気が抜けてしまう。

指を開かれ火掻き棒を取られてしまうと少しだけ不安になって、ナタ－リエはダリウスの首に手を回した。

もう、完全に陽は落ちている。硝子窓に夜の闇が映り、歪んだ部屋の中が見える。蠟燭と暖炉の明かりに影が揺れ、怖いに決まっているとダリウスに縋りついた。

「ご、ごわいぃぃぃいいいっ」

「……そうだな。怖いな」

「豪華になってもお化けはお化けだもんっっ」

「……そうだな。泣くな」

よじ登るみたいに、ダリウスに巻き付く。あやすみたいに背を叩く手に涙が零れる。溜め息を吐くダリウスに運ばれて、ナターリエは気付けばベッドにいた。

ベッドの端に座るダリウスの膝の上に座らされても、ナターリエは抱き付いた腕を解かない。優しく撫でていた手は靴を脱がしてから、ぎゅうっと抱き締めてくれる。

この腕の中に居れば安心だ。ダリウスがいれば大丈夫だ。きっと幽霊も悪魔もお化けも斬ってくれる。

自分でも良くわからないダリウスへの信頼感があるのだが、今回は夜のパーティーなんていう未知の恐怖だった。

だから、怖い。もしも、ダリウスが傷付いたらどうしよう。王族の城に出るモノなら、王族に相応しい強さを持っているかもしれない。

そんな怯えが口から出てしまったのか、ダリウスは苦笑しながらナターリエを撫でてくれた。

「部屋に入れなければ問題ない」

「ほ、ほんとに？」

「怖ければ、声をかけられても無視すればいい」

「っっ⁉」

その手があったかと、ナターリエはダリウスの胸から顔を上げる。なんて言って断ればいいのかと考えるより、無視する方が簡単だろう。

いっそ、布団を頭から被っておくというのはどうだろうか。ダリウスと一緒に布団に潜る。子供の頃に遊んだ、秘密基地を作ってもいい。天蓋に布や布団をかけて、ベッドごと秘密基地にすれば楽しいかもしれない。

なんて考えていたら、遠くから声が聞こえてきた。

「……だ、ダリウス様」

「……静かに」

何を話しているのかはわからない。ただ、数人が喋りながら部屋に近付いて来ているのがわかる。

一人じゃないのか。ベンヤミンだけが来るのだと思っていたのに、複数の声にナターリエは硬直した。

バクバクと心臓がうるさい。さーっと血の気が下がる気がする。冷や汗を掻きながらダリウスに抱き付いて、ぎゅうっと守るように力を入れる。

コンコンと、扉を叩く音がして、ナターリエの身体が跳ねた。

「お誘いに上がりました！」

「っっ……」

ベンヤミンの声が聞こえて、ナターリエは慌てて耳を塞ぐ。聞いちゃ駄目だ。声を出してはいけない。目をぎゅっと瞑る前に、ダリウスを見る。

「……だ、だりうす、さまも」

「ん？」

小さな小さな声を出して、ナターリエはダリウスの腕を取り、耳を塞ぐように動かした。耳を塞いで目を閉じて、ダリウスにもたれかかるように身体を寄せる。

「おお！　この世で一番勇猛な騎士よ！」

「っ！」

「……」

頭の中に自分の心音が聞こえているのに、それを切り裂くようなベンヤミンの声に泣きそうになった。

振り払うように頭を振る。目をつむって作り出された暗闇に、どんどん恐怖が降り積もっていく。

「吟遊詩人に天使と謳われる妻を得て一年！　お二人にも退廃的な空虚が襲いかかってい

るでしょう！」

わかっていますとも。それが選ばれし貴族の憂鬱《ゆううつ》。そう、叫ぶベンヤミンに、ナターリエは声を殺して震えた。

本当に取り憑かれている。これが、取り憑かれるということなのか。知らないからこそ半信半疑だったが、言っていることがおかしいにもほどがある。パーティーの時もおかしいと思っていたけど、わざわざ部屋の前まで来て言う意味がわからないから怖くなった。

「さぁ！　心のままに！　この扉を開けて一歩を踏み出そうではありませんか‼」

今すぐ、窓から飛び降りて、馬に乗って実家に帰りたい。馬の背にダリウスを括り付けて、物凄い速さで実家に帰りたい。

「開けてください！　ここを！　参りましょう‼」

早馬として王都に向かった時には、確か一日ぐらいで着いた。休みを入れなければ、きっと一日かからない。馬には申し訳ないけど、緊急事態だ。駄目なら自分で走ればいい。

ダリウスと一緒に走ればいい。

「夜の集いです！　饗宴《きょうえん》です！　一緒に参りましょう‼」

「………ひっっ」

駄目だ。もう、駄目だ。

喉の奥から引き攣れた声が漏れる。身体は震え、涙が零れる。

「……ナターリエ」

「……だ、りうす、さま」

ゆっくりと、ダリウスの大きな手が、耳を塞ぐナターリエの手に重なった。

自分で耳を塞ぎ、さらに上からダリウスの手が添えられる。大きな手はナターリエの顔まで隠せそうで、温かさに少しだけ息が漏れる。

とくとくと、頭の中に響く音に気を逸らせば、柔らかい何かに口を塞がれた。

「……んっ」

「しー……」

唇が触れている状態で、静かにと小さく言われる。耳を塞がれているから聞こえないと思ったけど、聞こえてしまうから完全には音を遮断《しゃだん》できないのだと知る。

でも、何度も何度もキスをされ、唇を唇で撫でられると、ゆっくりとナターリエの身体から力が抜けた。

さすがはお呪いということか。ようやく、息ができるような気がする。全身に血が巡ってくるような気がする。ドンドンと扉を叩く音は怖いけど、ナターリエは少しだけ目を開けた。

「……ナターリエ」

「……んん、ダリウス、さま」

視点が合わないぐらい近い距離でダリウスが笑うから、ナターリエは身を任せる。熱い舌が唇を舐めると、条件反射のように唇を開けて目を閉じる。

ぬるりと入ってくる舌は、なんでも知っていると、ナターリエは唾液を飲み込んだ。

「んん、ぅ……」

声を出しちゃいけない。扉は塞いである。剣や斧で壊したとしても、内開きの扉の前に置かれたテーブルやソファが阻んでくれる。

ダリウスの舌は熱くて厚くて、ナターリエの口の中をいっぱいにした。

舌を噛まれる。ぞわりと腰が重くなるのが解って逃げれば、意地悪な舌は口蓋を擽ってくる。

ゆったりと、弱く強く。撫でるように喉の奥まで擽った。

「おお！　恥ずかしがらずに出てきてください！　一緒に参りましょうっっ‼」

「……ひっっ」

切羽詰まった金切り声に、恐怖が一気に蘇る。口いっぱいに入っていたダリウスの舌のせいで、悲鳴は飲み込めたけど喉が引き攣る。

もう、諦めて欲しい。行かない。そんな集いになど行かないから、諦めて帰ってくれないだろうか。

なおも続く声に身体が震え、叩かれるドアの音に涙が零れた。

ほろりと、涙が頬を伝って落ちていく。ほろほろと、涙を零して震えると、耳を塞ぐダリウスの力が少しだけ強くなる。

「大丈夫だ。ナターリエ」

小さな小さな声で宥められ、少し目を開けたナターリエはダリウスの瞳に安心した。

緑色の瞳。左の頬から首まである傷痕。赤茶の髪は、いつも遠くから見ていたと思い出す。手の届かない憧れだった。叶わない恋だと思っていたのに、こうして今、自分を守ってくれている。

幸せだ。こんな恐怖の中にいても、幸せだと思う。

でも、ドンドンと扉を叩く音が大きくなり、金切り声が部屋に響いてきた。

「さぁさぁっ‼　夜の宴です！　参りましょうっ！」

「うるさい！」

ダリウスの声が鼓膜を震わせる。腹の底に響くような低い声が部屋の蠟燭を揺らし、ベンヤミンの金切り声を一掃した。

怒鳴り声というよりは、部隊を率いる隊長としての声だろう。戦場でも通る声。馬上にあっても、遠くまで届く声。

嫌な空気が、一喝で消える。扉の向こう側で、悲鳴が上がった。

「よ、酔いに負けてしまいましたな！　ははは！」

一瞬の沈黙の後に、ベンヤミンの震える声が聞こえてくる。扉の向こう側では、ざわざわと囁く声が響いている。

焦りと困惑を含んだ声で、ベンヤミンは言い訳のように叫んだ。

「し、しかしですね、ぜひともお二人と交遊したく思っているのですよ！」

「即刻、立ち去れ！」

誘う言葉が揺れるのがわかる。幽霊だろうが悪魔だろうが、ダリウスの声は怖いのだろうか。良く通る声は耳に残り、ナターリエには安心だけを運んできた。

もう、大丈夫だろうか。大丈夫だろう。ダリウスがいれば、大丈夫だ。

これで自分が声を殺しておけば問題ない。小さな小さな声ならば、扉の向こうには聞こえない。

「み、み、皆がお待ちですよ！　ペーツォルト家もいらして……」

「立ち去れという声が聞こえないのか！」

大きな声に聞き惚れていると、ダリウスの手が片手だけ離れていった。

少し安心して、恐怖が薄れていたから、ナターリエはダリウスの手を目で追う。何をするのだろうと見ていると、手はベッドの下の方を探って何かを取り出す。

ちいさな小瓶。見たことのある小瓶。中身は液体だろうか。少し、もったりと重たそうな液体が揺れていた。

なんだろう。見たことがある。どこで、見たのか。何だったのか。不思議に思ってさらに目で追えば、歯を使って栓を抜くのが目に映る。

ふわりと香る、ハーブや甘い匂いに、ナターリエはビキリと固まった。

「ツェツィーリエ様もいらしてますし！　み、皆、お話がしたいと！」

「妻はすでに寝ている！　邪魔をしないでもらいたい！」

「……っ……っっ……」

遠慮がちに叩かれる扉の音も、焦って揺れる声も、ダリウスの声ですら遠くに聞こえる。ぶんぶんと必死に頭を振って、ナターリエは小瓶が割れないかと視線に力を入れるのに忙しくなった。

だって、コレはアレだ。確か、初夜の時に使う物だと聞いた。初めての時に使うオイルで、身体が熱くなって疼《うず》く。一年以上前のことなのに覚えているのは、コレがお仕置きに使われていたからだった。

いや、駄目だろう。駄目に決まっている。

薪割りが恋しくなって斧を振るったり、塀をよじ登ったりした時に、お仕置きだと言われて使われた。それはもう、怪談話の次に恐れるお仕置きだ。

「……だ……だりうすさま……」

「ヨゼフィーネも言っていただろう？　我々の仲が良いとわかれば立ち去る」

「……だか、ら……それ、む、むり……」

扉の向こう側で小さな喧嘩が始まったが、そんなのどうでもいい。夜のパーティーだろうが、悪魔との集会だろうが、好きにやればいい。

とろりと、ダリウスの大きな掌に零されるオイルを見て、ナターリエはぶんぶんと頭を振った。

耳を塞いだままで硬直していたから、ダリウスの手から逃げられるわけもない。小回りが利いて素早いのがナターリエの売りだというのに、逃げる前に濡れた手がガウンの裾から入り込む。

べちょりと、ぬるぬるの手が内腿を掴んだ。

「……ひっ」

「む、少し冷えているな……」

「……だ、だめ……だめ、だから……」

控えめに叩かれる扉に、仲違いの応酬。自分達を仲間に引き入れられなかったことで、悪魔に叱られるのだろうか。「駄目だったじゃないか」とか。「どうするんだ」とか。切れ切れの声が聞こえてくる。

だけど、そんな外の声を気にする余裕はなかった。

じりじりと這い上がってくる手が、指が、足の付け根を撫でる。濡れている肌がひりひりと疼き、手がどこに向かってくるのかわかって震える。

本当に駄目だ。だって、コレの効力を嫌というほど知っている。教え込まれたと言ってもいい。本当に駄目になると、ナタ－リエは怯えた瞳でダリウスを見た。

「思う存分、鳴くといい」

「……や、やだ、ダリウス、さま」

指が柔らかな媚肉を撫で、割れ目に沿って動く。まだ慎ましい突起をすぐに見付けられ、オイルで濡れた指が弄る。

ひくりと、身体が揺れた。

優しく突起を撫でる指は、垂れたオイルを掬《すく》いにいく。性器に塗り込めるみたいに、何度も往復するから、ナターリエの下肢はぬるぬるになる。

じわじわと熱が上がって、じわじわと肌が粟立つのがわかった。

「ふむ。足りないか?」

「……っっ……っ」

我慢しているとわかっているくせに、ダリウスは意地悪く笑う。腰が揺れて強請《ねだ》りそうになるのを止めているると、わかっているくせに、つんと腫れだした突起ばかりを弄る。

とろりと零れるのは、オイルだろうか。それとも自分が濡れているのだろうか。耳を塞いでいた手を外して口に持っていき、荒くなる息を隠そうとした。

「……めっ……だめっ……」

指から逃げようと、ダリウスの膝から逃げる。ベッドから転げ落ちようとも構わないと、震える膝を叱咤して後ろに下がる。

しかし、腰を摑まれ、指が中に突っ込まれた。

「やぁあっっ‼」

ぐちゅっと、二本。ダリウスの太い指が入ってくる。どう体勢を変えられたのかわからないけど、ベッドに寝かされて中を掻き混ぜられた。

なんか、おかしい。何かが、おかしい。

熱くなると、疼くと、知っているオイルの強さは内腿と突起だけを苛む。指が掻き混ぜる中はいつもの快楽なのに、じりじりと勝手に快楽を拾う突起に脳が混乱した。

「うそっ！　やだっっ！　だめっ、だめっ」

震える手でダリウスの腕を掴み、必死になって引き剝《は》がそうとする。指の根元まで突き入れられて、掌が性器に押し付けられるから腰が揺れた。

痒《かゆ》い。じりじりする。熱い。もどかしい。

普段ならば、腫れた突起を指で弄られるのに、掌で擦られるだけで軽い絶頂を感じた。

「ああっ⁉　あっ、あぅっ」

ぷちゅっと蜜液が噴き出す。内腿と突起に塗られたオイルが残っているのか、中までじりじりと熱くなる。

どうしよう。腰が揺れる。無意識に揺れて、ダリウスの掌に突起を擦り付けようと動いてしまう。

駄目だ。こんなの駄目だ。駄目なのに腰が揺れて、縋るようにダリウスを見つめる。

「だ、だめっ、もっと、もっと、ほしぃ」

「……何が、欲しい？」

ダリウスの低い声がぐるぐる頭の中に回って、ナターリエは身体を揺らした。

指が。ダリウスの指が、中を掻き混ぜる。バラバラに動く指に腰が跳ね、奥まで突き入れられて下腹が疼く。戯れに触れる突起は余計に敏感になり、内腿は熱くて痒くてどうしようもない。

もう、頭の中がぐちゃぐちゃだ。お仕置きされた時とは違う。ただ謝って許してと泣き叫ぶ快楽ではなく、もどかしいような苦しいような、わからない快楽に戸惑った。

「あ、あ、おく、もっと、だめぇ」

「奥？　こう、か？」

「ひぃあっっ‼」

指が増える。三本。四本。わからないけど、根元まで入れられて、掌が性器に押し付けられた。

手を揺らして中を掻き混ぜられて、目の前に火花が散る。突起も擦られ、痒さを掻かれている快楽なのか何なのかわからなくなる。

「やだっ、やだっ、もっと、あぁあっっ！」

ダリウスの腕を摑んで腰を振り、ナターリエは身を捩って悶《もだ》えた。

気持ちいい。どうしよう。もっと。駄目だ。足りない。もう止めて。頭の中が壊れたみたいにバラバラになり、どうしていいかわからなくなる。

だって、知らない。こんなの知らない。気持ちいいのに、もどかしい。

胸を掴まれ、乳首を抓《つね》られると悲鳴が零れる。脇腹を囓《かじ》られて、ナターリエは泣きじゃくり出した。

「だりうぅ、す、あっっ、だりうすのっ、いれてっ、いれてっ、いれてぇっ！」

「珍しい……はしたないお強請《ねだ》りだな……」

「だってぇ、だって、いれてっ、おねが……っっ！」

ずるりと指が引き抜かれる。引き抜かれるだけで腰が揺れ、足りないと心が叫ぶ。思わず縋るようにダリウスを見つめて、自分の格好に気付いてしまった。

ダリウスの膝の上に腰を乗り上げた、はしたない格好に目眩がする。両足を開いて、濡れた性器を見られて、急に恥ずかしくて身を捩る。

なのに、ダリウスはゆっくりとガウンの紐を解いて、ナターリエの膝にキスをした。

「欲しいのなら、入れようか」

「あ、だりう、す……」

ダリウスが見せつけるように、自分の性器を握っている。こんなにも大きかっただろうか。少し怖くなって身体を揺すると、濡れた蜜口をダリウス自身で撫でられる。

くちゅくちゅと、重い水音が聞こえてきて、じわりと濡れた気がした。

「欲しいのだろう？」

「だ、だり、ぅす……お、おっきぃ……」

こんなに、まじまじと見るのは初めてかもしれない。ダリウスの髪の色も、瞳の色も、肌についた傷痕までがしっかりと見えた。

普段ならば、ベッドの天蓋から布を落として、薄闇の中でしている。なのに今は暖炉の火は強く、蠟燭の数も多い。

明るい。明るすぎる。天蓋から布も落としていないから視界は広く、いつもと違うから視線が彷徨《さまよ》った。

「いつも入っている……」

「そ、だけど……」

「……ふむ。見て、おくか？」

小さく笑ったダリウスが、ゆっくりと身を寄せてくる。凶悪な形をしたダリウス自身が、蜜口を広げて中に入り込む。

視覚でも、犯される。ぬるりと入り込む性器の先端に、ナターリエの全身が真っ赤に染まって熱くなった。

入る。入っていく。中を広げるように。重く大きな性器が自分の中に埋まっていく。

「う、うそ、はいっちゃう、なかっ」

心臓がうるさいぐらいに鳴って、まだ半分しか入っていないダリウスを締め付けた。

ダリウスに抱かれることには慣れたけど、こんな風に抱かれていると初めて思い知らされたような気がする。

中が熱い。広げられて、ダリウスの形になって、嬉しいと身体が言っている。

「あ、あ、もっと、だめっ、いれてっ、いれないでっ！」

「……ああ、ナターリエ……凄い、な……」

「いぅっ、あっ、あっっ！」

ゆったりと、怖いぐらいに遅く、舐めるような這うような遅い速度で中を開かれて、ナターリエは涙を零した。

もっと、いつものように強く突き上げて欲しい。身も世もなく泣き叫ぶ快楽が欲しい。

なのに、じりじりと開かれて、奥の奥まで入れられてしまった。

「ふぁ……だ、りうす、だりうすっ」

ぬるま湯に浸かっているような快楽は脳を溶かす。ぐずぐずに溶けて零れて何もわからなくなる。

どきどきする。気持ちいい。身体の中からも、違うどきどきが聞こえてくる。腕を伸ばしてダリウスを見ると、すぐに気付いてくれたのか望むように抱き締めてくれた。

「だり、うす……きもち、いぃ……」

「……しっかり、摑まっていろ」

「え……あ、あっっ！　あぁああっっ⁉」

ダリウスの首に腕を回されて、摑んだ瞬間に腰を摑まれる。強く摑まれ、痛みを感じるぐらいに摑まれて、奥の奥まで突き入れられた。

ずくっと、頭の中で音が鳴る。そこは、駄目だ。そんな深くまで入れちゃ駄目だ。そんな奥でゆるゆると揺るように動かされたら、開いてしまう広がってしまう崩れてしまう。

ほんの少しの抽挿は、ナターリエの何かを壊していく。

「だっ、だぇっ、あぁあっ、あっ、やっ、おく、だめっっ‼」

一番奥を突き破るみたいに動かされ、ナターリエは泣いて頭を振った。

ぷしゃりと、蜜液が噴き出す。ぐちゃぐちゃになった思考が真っ白になって、バチバチと火花が散る。

怖い。駄目。そんなの駄目。

何度も何度も絶頂を迎え、ナターリエはダリウスの鎖骨に齧り付いた。

「っく……ナターリエ……私の、ナターリエっ」

「ひっっ、あっ、おくっ、やっっ、やだぁあっっ‼」

何もわからない。わからなくなる。ただ、揺すぶられ、壊れたように悲鳴を上げるしかできない。

ダリウスが中で膨らんで震えるのまでわかったのに、ナターリエの意識が途切れるまで揺さぶられた。

# 終章

「ヨゼフィーネ！」

「こちらにおります。グロリア様」

手のつけられていない酒瓶に酒樽。食事もそのままで、テーブルクロスに皺《しわ》の一つもない。

どうやら夜のパーティーは開かれなかったと知り、使用人達は安心して片付けをしていた。

「まだ、片付けの最中です。ドレスが汚れないようお気を付けください」

「……あ～、乱痴気騒《らんちき》ぎは失敗って感じね」

そんな珍しくも晴れ晴れとした気持ちで皆が片付けをしているなか、グロリアが小走りでヨゼフィーネに近付いてくる。

今、ここにいる者の気持ちは一つになっているだろう。

ダリウスとナターリエ、凄い。さすがは吟遊詩人に謳われる最強夫婦。

使用人達はただただ感心しているが、昨夜の騒ぎを部屋で聞いていたグロリアは、ダリウスとナターリエに感謝したかった。

だって、凄かった。あのまま乱闘騒ぎになるんじゃないかと思うぐらいに凄かった。

最悪の場合、アロイスと止めに行くしかないと頷き合ったのを思い出す。緊急時に使う秘密通路を通って応援を呼びに行くか。騒ぎを聞きつけた使用人に応援を呼びに行かせるか。応援で騎士達を集合させていいものなのかと、グロリアは真剣に悩んだと思い出す。

しかし、無事にことは収まり、こうして夜のパーティーを中止に追い込んだ。

「初めてでございますよ。本当に安心いたしました」

「ワインの一杯も飲まなかったみたいね……凄いわ……」

不倫や乱行は貴族の文化、なんて言う輩を簡単に排除できない。教会の教えに反していると言っても、交遊のためと言われたら用意しないわけにもいかない。

一部の王族や貴族のこういった行為は、富と地位と権力があるだけに止められなかった。

はっきり言って、忌々《いまいま》しい。

こんなことに、忙しい手を煩《わずら》わせないで欲しい。

不倫や乱行のためにパーティーを手配するのだって大変だ。場所の用意に、食事の手配に、何があってもいいようにテーブル等を配置しなければいけない。そうでなくとも忙しいというのに、何が悲しくて不倫や乱行のために忙しくならなければならないのかと、グロリアは真剣に思っていた。

「でも、本当だったのねぇ……」

「あの噂ですか？　デマンティウス家のような一部の貴族達だけに伝わっているようでしたから、グロリア様が知らなかったのも無理はありません」

王宮での噂話は、裏方を務める使用人達の方が詳しい。

特に、女王としての立場があるグロリアには、裏の噂話など耳に届かないようにされていた。

そんな、裏の噂話だったが、一部には恐怖と共に伝わっていたらしい。

破天荒な妻に正された騎士が、大罪を犯す者を粛清《しゅくせい》する。教会の教えに反する淫奔を、許すべからず。

こんな噂が流行っては、昨夜大騒ぎをした者達には大打撃だっただろう。

実際にベンヤミン達は焦って、普段は近寄りもしないダリウスに近付いた。粛清される前に落としてしまえばいいと、今回のパーティーではデマンティウス家のベンヤミンを筆頭にろくでもない者達が集まっていた。

「ダリウス様とナターリエ様が、ふしだらなことをなさるわけがありません」

「あの二人、一年経ってもラブラブ新婚だからね〜」

ダリウスとナターリエを落とせなければ、粛清されると怖気づいて大人しくなるだろう。

昨夜、ダリウスに怒鳴られ仲間割れを起こしていたのを、グロリアとアロイスは聞いている。

その後に、妙に静かになって退散したのは不思議だったが、どうせダリウスがナターリエを抱いて仲良しアピールでもしたのだろう。

あの二人を不倫や乱行に誘うことが間違っているのだと、グロリアは心の中で溜め息を吐いた。

「それよりも……ナターリエ様は、まだ怪談話だと思っているのですか？」

「……それね。本当に怪談話だと思ってるみたいね。ダリウスがナターリエに、下劣で下品で不道徳なことなど教えたくないって言うから」

昼のパーティーで、ナターリエが叫んでいた言葉を思い出す。

ナターリエは必死に『だってダリウス様が過保護なんです！』なんて言っていたけど、それを正すことも矯正することもできない。

まさか、自分の弟がここまで過保護になるとは、王位継承権から外れていたのに女王となったグロリアだって気付けなかった。

「レンネンカンプは辺境伯だとお聞きしているのですが……」

「あそこは騎士団みたいな感じだからね。国境を守るための領土だから……」

ダリウスの過保護も、ひどいものだろう。

しかし、ナターリエも負けてはいない。

純粋だとか清らかだとか無知だとか、そういう次元の問題じゃないような気がした。

夜のパーティーが、どうして怪談話になるのか。ベンヤミンの言葉も、良く考えなくても、不倫や乱行のお誘いだとわかる。吟遊詩人を気取って言い回しがおかしいけど、一年夫婦やってたら飽きただろうと言っていると、誰が聞いてもわかる。

「……朝の支度にダリウス様のお部屋に行ったんですけどね」

「うんうん」

「扉が開きませんでしたので、お隣の部屋から伺ったんです」

「うん？」

「扉の前に……テーブルやソファや椅子が積み上げられていて……有事の際に立て籠もる手本になりそうな塞ぎっぷりでした」

「………うわぁ」

実は、ちょっとだけ、ナターリエのアレは演技じゃないかなと疑っていた。

だって、そんな馬鹿な話はないだろう。貴族でなくても、不倫や乱行なんて言葉は知っている。確かに、ダリウスのせいでナターリエには貴族や王族の友人はいない。下世話な話もしないだろうが、幾ら何でもアレだろうと思っていた。

「…………今日は、ダリウスの執務も私がやるわ」

「…………そうですね。私も後で食事だけをワゴンで運んでおきます」

ダリウスの過保護に拍車がかかりそうだと、グロリアとヨゼフィーネは溜め息を吐く。

確かに、ここまで何も知らない無垢《むく》な妻ならば、過保護にもなるだろう。

しかし、今更こんな下世話なことを教えるのも嫌だから、このままでいいのかもしれないと思うことにした。

幸せの国と謳われたブルグスミューラー王国。

教会の教えも守り、乱れた生活とも無縁で、清く正しい国で名を馳せるだろう。

あとがき

初めまして、永谷圓《ながたにえん》さくらです。

このたびは拙作『ただ今、蜜月中！　騎士と姫君の年の差マリアージュ＋新婚生活にキケンな誘惑⁉』をお手に取って頂きありがとうございました。

今回の話も、合い言葉「はー〇〇〇ろ〇んす」です。それは変わりないです。変わりないのですが、もう誤魔化しがきかないぐらいに、はー〇〇〇ろ〇んすじゃない気がしてきました。

で、でも、騎士と貴婦人だし！　お城と騎士と姫と恋物語だし！（はー〇〇〇ろ〇んすを基本的に理解していない）

なんと言うか、「恐怖映画を見て怖がる恋人とニャンニャンするつもりが本気で怯えられてどうしよう」という感じになってしまいました。

まぁ！　ニャンニャンするんですけどね！　ソレはするんですけどね！

そして、色々な方に感謝を。

担当さまには本当にお世話になりました。

イラストをつけてくださった、DUO BRAND.さま。本当にありがとうございます。格好良いダリウスに可愛いナターリエ！　体格差に身長差におっきいちっさい萌えの私には崇め拝む勢いです！　それにダリウスの傷痕！　皆様もぜひ萌えてください！

相談に乗ってくれた山ちゃんも本当にありがとう。しのちゃんもありがとう！　差し入れの某有名海外系スーパー特大ケーキは美味しく頂いたよ！　でも、いつも多いよね！　どうして私一人で食うと理解してくれないっ！

修羅場中に私が「神様が降臨してくれれば！」と言っていたせいで、神様が降臨する踊りだとか三点倒立だとか祈りだとかを捧げてくれた妹ですが……最近はＵＭＡにご執心のようです。「今日はチュパカブラがお姉ちゃんを応援するよ！」とか言い出しやがりましたが、そんな未確認のモノに応援されてどうにかなるものでしょうか？

それでは。こんなところまで読んでくださった皆様。ありがとうございます。

少しでも楽しんで頂ければ幸いです。

◆初出一覧◆

『ただ今、蜜月中！　騎士と姫君の年の差マリアージュ』

ジュエルブックス『ただ今、蜜月中！　騎士と姫君の年の差マリアージュ』

（２０１４年６月　株式会社ＫＡＤＯＫＡＷＡ刊）

『ただ今、蜜月中！　新婚生活にキケンな誘惑⁉』／書き下ろしジュエル文庫をお買い上げいただき、ありがとうございます!
ご意見・ご感想をお待ちしております。

**ファンレターの宛先**
〒102-8584 東京都千代田区富士見1-8-19
株式会社 KADOKAWA アスキー・メディアワークス ジュエル文庫編集部
「永谷圓さくら先生」「DUO BRAND.先生」係

ジュエル文庫
http://jewelbooks.jp/

# ただ今《いま》、蜜月中《みつげつちゅう》!

## 騎士《きし》と姫君《ひめぎみ》の年《とし》の差《さ》マリアージュ+新婚生活《しんこんせいかつ》にキケンな誘惑《ゆうわく》!?

2016年 4 月30日　初版発行

著者　永谷圓さくら

イラスト　DUO BRAND.

発行者 ———— 塚田正晃
発行 ———— 株式会社 KADOKAWA
〒102-8177 東京都千代田区富士見2-13-3
プロデュース —— アスキー・メディアワークス
〒102-8584 東京都千代田区富士見1-8-19
03-5216-8377(編集)
03-3238-1854(営業)
装丁 ———— Office Spine
印刷・製本 ——— 株式会社暁印刷



小社ホームページ http://www.kadokawa.co.jp/

Printed in Japan
ISBN 978-4-04-892142-8 C0193

ジュエル文庫
永谷圓さくら
Illustrator
成瀬山吹
国王陛下をたぶらかすつもりが(処女バレして)てのひらで転がされました。
ケンカップルっぽい新婚バカップル♥
敵だった人間界の王に嫁いだニコラ。私は魔王の娘！
最強の美貌と色気！　人間の王なんてオトすの楽勝！
メロメロにしようと夜這いをかけたら——逆に大人のテクですっごい感じさせられ!?
お子さま扱いするなんて、いじわる！　だけど体格差も心の余裕差もありすぎ！
結局、オトナな旦那さまの、てのひらの上で、甘やかされ奥様生活にどっぷり浸ることに♥

大好評発売中